메리다 헤매스

Pepita Jiménez

Juan Valera

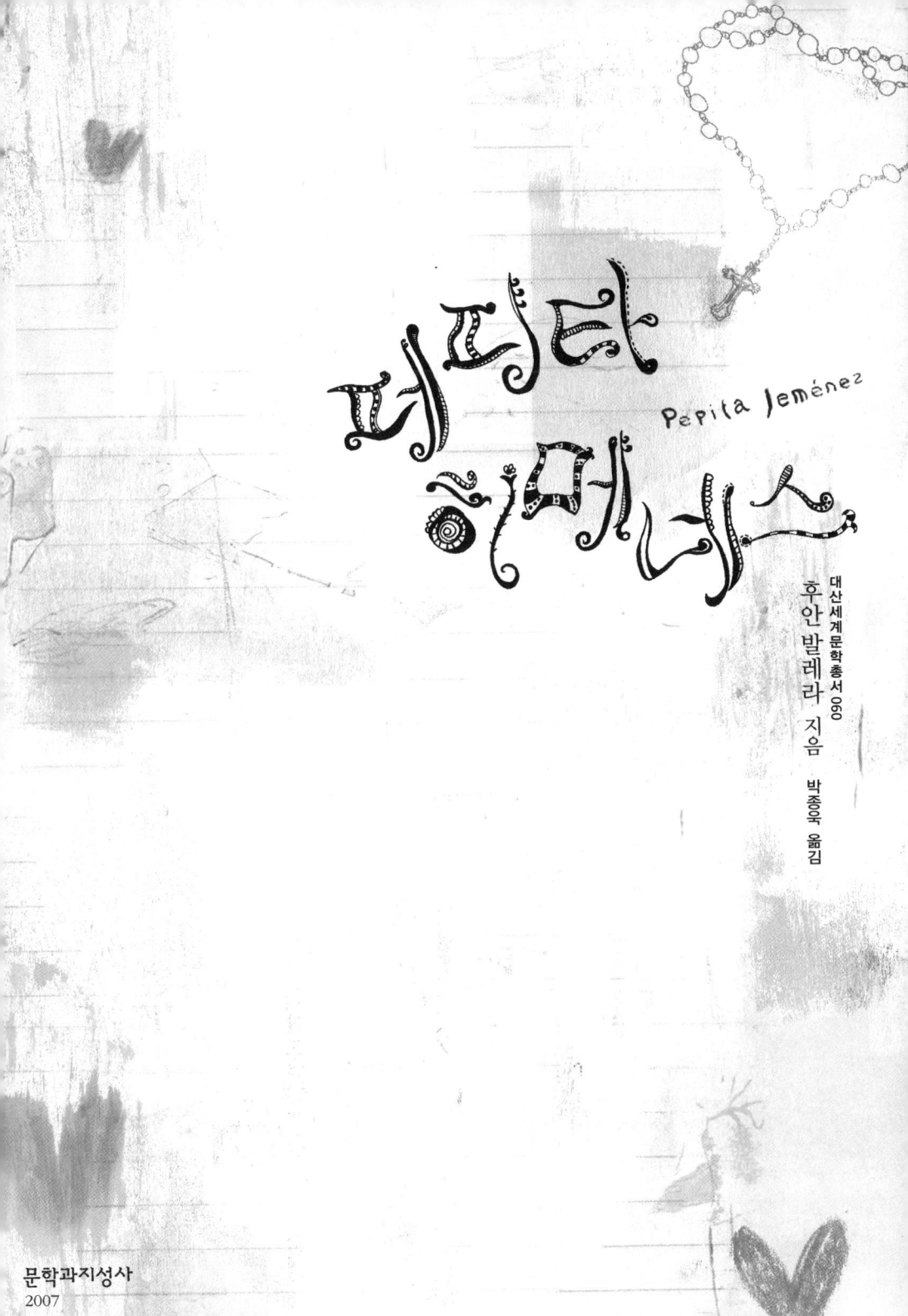

대산세계문학총서 **060**_소설
페피타 히메네스

지은이__후안 발레라
옮긴이__박종욱
펴낸이__채호기
펴낸곳__㈜문학과지성사

등록__1993년 12월 16일 등록 제10-918호
주소__서울 마포구 서교동 395-2(121-840)
전화__02)338-7224
팩스__02)323-4180(편집) 02)338-7221(영업)
전자메일__moonji@moonji.com
홈페이지__www.moonji.com

제1판 제1쇄__2007년 3월 16일

ISBN 978-89-320-1762-4
ISBN 978-89-320-1246-9(세트)

한국어판 ⓒ 박종욱, 2007.

이 책은 대산문화재단의 외국문학 번역지원사업을 통해 발간되었습니다.
대산문화재단은 大山 愼鏞虎 선생의 뜻에 따라 교보생명의 출연으로 창립되어 우리 문학의 창달과 세계화를 위해 다양한 공익문화사업을 펼치고 있습니다.

차례

Ⅰ 조카의 편지 9
Ⅱ 숨겨진 이야기 106
Ⅲ 에필로그 207

옮긴이 해설: 신의 사랑과 인간의 사랑, 그 아름다운 갈등의 노래 216
작가 연보 226
기획의 말 229

Nescit labi virtus
덕(德)은 추락(墜落)하지 않는다

　몇 해 전에 돌아가신 대성당의 주임 신부님이 남겨 놓으신 서류들 가운데 종이 뭉치 하나가 놀랍게도 어느 한 부분 빠짐없이 온전한 상태로, 이 사람 저 사람의 손을 거쳐 내 손에까지 들어오게 되었다. 내가 비록 책의 제목으로 여인의 이름을 택하기는 했지만, 종이 뭉치에는 이 글의 제사(題詞)로 사용하고 있는 라틴어 문장이 제목으로 붙여져 있었다. 겉표지가 라틴어로 씌어 있었던 까닭에, 아마도 사람들이 강론이나 신학적인 내용일 거라 추측하고, 읽어보기는커녕 포장도 뜯지 않아 온전히 보존되어 올 수 있었을 것이다.
　종이 뭉치는 세 장으로 구성되어 있는데, 첫번째 장은 「조카의 편지」, 두번째 장은 「숨겨진 이야기」, 그리고 에필로그는 「동생의 편지」다.
　이 모든 내용은 같은 필체로 씌어 있어서, 대성당 주임 신부님의 필체일 거라고 추정된다. 그리고 비록 줄거리가 없기는 하지만 전체적으로 소설 같은 형식으로 씌어 있었기 때문에, 나는 대성당 주임 신부님이 여가 시간을 이용해 당신의 재능을 살려 소설 쓰는 연습을 했던 것이 아니었을까 상상하기도 했다. 그러나 글을 차분하게 읽은 후 문체의 자연스러운 간결함으로 판단해보니, 그 편지들은 소설이 아니라 주임 신부님이 찢거나 태워버리거나 혹은 주인들에게 돌려보내기 전에 베껴 쓴 편지들이 틀림없었다. 또한 「숨겨진 이야기」라고 이름이 붙어 있는 서술 부분은 편지들만으로는 알 수 없는 사건의 전모를 그려내기 위해 주임 신부님이 직접 정리해 작성한 부분이라고 나는 믿고 있다.

일이야 어찌 되었건, 나는 이 종이 뭉치를 대하면서 싫증나기는커녕 무척 들떠 있었다. 그래서 오늘날 다른 많은 사람들에게도 이 글을 읽을 기회를 주기 위해, 더 살펴볼 것도 없이 이 종이 뭉치를 출판하기로 결심하였다. 그렇지만 혹시라도 편지에 등장하는 사람들이 아직 살아 있다면, 자신들이 원하지도 허락하지도 않았을 이런 글이 출판되는 것을 보지 않게 하기 위해 그들의 실제 이름에 대해서는 입을 다물기로 했다.

첫번째 부분에 나오는 편지들은 신학에 대해서는 꽤 학식이 있지만 세상사에 있어서는 현실감이 부족한 청년이 쓴 것으로 보인다. 그는 종교적 열정이 강해서 성직자가 되기로 결심하고, 자신의 숙부인 대성당 주임 신부의 지도를 받으며 신학교에서 공부를 한 듯하다. 이 청년을 돈 루이스 데 바르가스라 부르기로 하겠다.

앞서 말했던 그 종이 뭉치는 다음과 같이 원본에 충실하게 출판되었다.

1
조카의 편지

3월 22일

사랑하는 숙부님이며 존경하는 스승님께.

들뜬 마음으로 제가 태어난 이곳에 도착한 지 나흘이 되었습니다. 아버지와 본당 신부님, 친구들과 친척들 모두 건강하십니다. 몇 년의 공백을 뛰어넘어 그분들을 만나 뵙고 함께 얘기를 나눌 수 있다는 만족감이 제 정신을 마비시키고 시간을 빼앗아 가버렸기에, 이제야 숙부님께 글을 올릴 수 있게 되었습니다. 용서해주시겠지요.

어렸을 때 이곳을 떠났다가 이제 제법 어른이 되어 돌아와 보니, 기억하고 있던 사물들이 아주 특별하게 다가옵니다. 모든 것들이 작게, 아주 작게, 그러나 간직하고 있던 기억보다 훨씬 아름답게 느껴집니다. 기억 속에서 거대하게 생각됐던 아버지의 집은 대지주의 저택이라고는 해도 신학교보다 훨씬 작습니다. 요즘 제가 가장 경탄하는 것은 이곳 주변의 전원 풍경입니다. 무엇보다도 과수원이 아름답습니다. 과수원 사이로 놓인 오솔길이 얼마나 근사한지 모르겠습니다. 과수원 한쪽으로, 어떤 때는 양쪽으로 투명한 시냇물이 종알거리며 흐르고 있습니다. 냇가 양쪽은 향긋한 풀과 수천 종류의 꽃으로 가득합니다. 순식간에 제비꽃 한 다발을 만들 수 있을 정도입니다. 화려하고 커다란 호두나무와 무화과나무, 그리고 다른 많은 나무들이 오솔길에 그늘을 드리우고, 가시나무와 장미, 석류나무와 인동덩굴은 담장을 꾸미고 있습니다.

들판과 가로수 길에서 즐겁게 노래하는 새들의 수는 놀랄 만큼 많습니다. 저는 과수원에 흠뻑 취해 오후에는 두어 시간씩 산책을 합니다.

아버지는 제게 올리브밭과 포도밭 그리고 넓은 농지들을 보여주고 싶어 하시지만, 아직 아무것도 보지 못했습니다. 저는 집 주변과 집을 에워싼 기분 좋은 과수원을 벗어나지 않았습니다.

사실 많은 사람들의 방문을 받느라 시간도 별로 없습니다.

다섯 명의 여인들이 저를 보러 왔었는데, 모두 제 보모들이었습니다. 그들은 저를 껴안고 키스를 해주었습니다.

모두들 저를 작은 루이스, 아니면 돈 페드로의 꼬마 정도로 부릅니다. 스물두 살이 넘었는데도 말입니다. 사람들은 제가 없을 때 아버지에게 꼬마가 어디에 있냐고 묻습니다.

읽으려고 가져왔던 책들이 아무런 쓸모가 없게 될 듯싶습니다. 한순간도 혼자 있는 시간이 없기 때문입니다.

농담 정도로 가볍게 생각했던 대지주의 권위는 정말이지 대단합니다. 아버지는 이 지방의 대단한 대지주잖아요.

여기서는 신부가 되고 싶어 하는 저의 종교적 열망을 이해하는 사람이 거의 없습니다. 거칠긴 하지만 순박하고 선량한 이곳 사람들은 오히려 사제복을 벗어던져야 한다며, 신부란 가난한 사람들에게나 어울리는 법이라고 주장하곤 합니다. 제가 대단한 상속자기 때문에 결혼을 해서 예쁘고 건강한 손자들을 많이 낳아 늙으신 아버지를 위로해드려야 한다는 거지요.

사람들은 아버지와 저에게 아첨을 하느라 남자, 여자 할 것 없이, 제가 성실하고 재치 있고 매력 넘치는 젊은이라고 말합니다. 또 제가 이 세상의 비참한 모습들과 광기에 대해 이미 너무나 잘 알고 있어서 스캔들에 휘말리지도 않을 것이고 아무것에나 놀랄 만큼 소심하지도 않을 뿐 아니라, 두 눈에는 쉽게 마음 상하고 속상해하거나 부끄러워하지 않을 만한 장난기와 끼가 보인다고도 말합니다.

사람들이 말하는 저의 유일한 단점이라면 공부하느라 너무 말랐다는 정도입니다. 사람들은 제가 살이 좀 붙을 수 있도록 이곳에 머무르는 동안 공부나 글을 읽는 것을 못하게 해야 한다고 제안했습니다. 또한 그들은 주방과 동네 제과점에서 만드는 모든 맛있는 것을 먹이려 결심들을 한 모양입니다. 분명한 것은 저를 살찌우려고 한다는 사실입니다. 저에게 선물을 보내지 않은 가정이 없을 정도입니다. 벌써 카스텔라 케이크, 요구르트, 피라미드 모양의 설탕 절인 잣 과자, 꿀 한 병을 받았습니다.

제가 받은 배려는 그분들이 보내온 선물들뿐이 아니었습니다. 마을 유지 서너 분이 저녁 식사에 저를 초대한 것입니다.

내일은 숙부님도 틀림없이 들어보셨을 페피타 히메네스라는 분의 집에서 식사를 하기로 했습니다. 여기에 있는 사람들은 모두 제 아버지가 그분을 특별히 여기고 계시다는 사실을 알고 있답니다.

아버지는 쉰다섯이라는 나이에도 동네의 어지간한 젊은이들의 부러움을 살 만큼 건강하십니다. 여자들에게는 돈 후안 테노리오 류의 경력과 같은 강력하면서도 저항할 수 없는 남성적인 매력을 갖고 계시지요.

저는 아직 페피타 히메네스를 알지 못합니다. 모든 사람들이 아주 아

조카의 편지 11

름다운 여인이라고 말합니다. 약간 촌스럽긴 하지만 순박한 아름다움이 아닐까 생각합니다. 그녀에 대해 말하는 것만 들어서는 그녀가 도덕적으로 좋은 편인지 아닌지 결정하기가 쉽지는 않지만, 분명한 것은 그녀가 자유분방한 성격이라는 점입니다. 페피타는 스무 살 정도 되었는데, 결혼한 지 겨우 삼 년 만에 미망인이 되었답니다. 그녀는 숙부님도 짐작하시듯,

*그가 죽어 남긴 것은 오직 하나
대대로 물려받은 영광의 검*

이라는 한 시인의 노래처럼, 죽은 퇴역 대위의 미망인 도냐 프란시스카 갈베스 여사의 딸입니다. 페피타는 열여섯 살이 되기까지는 어머니와 함께 아주 비참하게 살았습니다.

그녀에게는 돈 구메르신도라는 아저씨가 있었는데, 그는 쥐꼬리만 한 재산을 물려받았습니다. 보통 사람들 같으면 그 정도의 상속 재산에서 나오는 수입으로는 빚에 눌리면서 때깔나는 치장은 꿈도 못 꾼 채 계속해서 궁핍하게 살아갔을 테지만, 돈 구메르신도는 재산을 불리는 데 재능이 있는 특별한 사람이었습니다. 혼자만의 힘으로 재산을 증식시켰다고는 말할 수 없겠지만, 다른 사람들이 각자 자신의 재산을 소비하는 동안 그는 다른 이의 재산까지 흡입하여 자신의 것으로 빨아들이는 놀라운 재능을 보였습니다. 아마도 재산을 유지하고 행복한 삶을 꾸리는 데 있어서 그와 비슷한 사람을 지구상에서 찾기란 아주 어려울 것입니다. 그가 어떻게 살아왔는지 아무도 알지 못합니다. 그러나 그는 안전한 대출만을 기반으로 돈을 모아, 팔순이 되었을 때는 이미 엄청난 재산을 축적했습니다. 이 지방에서는 그를 고리대금업자라 비난하기는커녕 오히려 자애로운 사람이라

평가했습니다. 그는 모든 면에서 온건했지만 특히 대금업에서 그랬는데, 이 지방의 다른 사람들은 보통 일 년 이자가 이 할이나 삼 할, 심지어는 그 것도 적다고 하는 형국에, 그는 단지 일 할만을 이자로 받았다고 합니다.

이렇듯 온건한 규정과 솜씨, 그리고 꾸준한 열정 덕분에 그는 언제나 재산을 까먹지 않고 늘려갔는데, 결혼을 해서 애를 갖고 담배를 피우는 것조차 사치로 여겨 스스로 절제하며 살다가, 말씀드렸던 팔순이 되자 안달루시아 지방 특유의 과장된 표현으로 소위 '무진장한' 재산을 소유하게 되었습니다.

매우 깔끔하고 조심스러운 성격인 돈 구메르신도는 사람들의 입에 오르내리는 것을 싫어하는 노인이었습니다.

그의 소박한 옷장에 있는 옷들은 낡았지만 얼룩 하나 없이 깨끗하게 손질되어 있었다고 합니다. 물론 그는 오랫동안 똑같은 망토와 재킷, 바지와 조끼를 입고 다녔기 때문에, 가끔 사람들이 새 옷을 입은 그를 본 적이 있는지 할 일 없이 서로 질문을 던져댈 정도였다고 하네요.

누구나 지니는 몇몇 단점을 제외하면, 돈 구메르신도는 인근 지역에서 대단한 사람으로 인정받았습니다. 붙임성도 별로 없고 친절한 편도 아니었으며 유난히 정이 많지도 않았지만, 그리고 무엇보다도 돈을 써야 하는 일에는 인색했지만, 그는 정말 자신의 도움이 필요한 곳에서는 비록 힘들고 고생스럽고 수고스러운 일이라 해도 선뜻 나서 사람들에게 기쁨을 주는 사람이었습니다. 농담과 재담을 즐겼고, 돈을 부담해야 하는 것만 아니라면 모든 모임과 파티에 모습을 드러내서 그리 우아하지는 않아도 신중한 대화와 기분 좋은 태도로 사람들을 기쁘게 해주곤 했습니다. 한 번도 여자에게 연정을 품어본 적은 없었지만 악의 없이 순수하게 모든 여자들을 좋아했고, 처녀들을 구슬리고 자지러지게 웃길 줄 아는, 주변 십 리

안에서는 정말 최고의 노인이었습니다.

    그 노인이 바로 페피타의 아저씨라는 사실은 이미 제가 말씀드렸죠. 그가 팔순이 되었을 때, 페피타는 이제 막 열여섯 살이 되려는 무렵이었습니다. 가난하고 의지할 데 없는 그녀에 비해서 그는 강하고 번듯했습니다.

    페피타의 어머니는 판단이 흐리고 저속한 본성을 지닌 평범한 여자였습니다. 딸을 사랑하기는 했지만, 딸에게 기울인 자신의 희생과 그동안의 궁핍, 서글프게 찾아온 노년을 줄곧 비통한 심정으로 가슴 아파했습니다. 페피타 위로 오빠가 하나 있었는데, 노름꾼이며 싸움꾼이어서 동네에서는 정말 골칫덩어리였습니다. 울화통 터지는 수많은 사건들을 겪은 뒤, 그의 어머니는 멍에를 벗을 요량으로 바다 건너 하바나에 어렵사리 볼품없는 작은 일자리를 아들에게 구해주었습니다. 그렇지만 그는 하바나에서 지낸 지 몇 해 되지도 않아 잘못된 행동을 저질러 일찌감치 일자리에서 쫓겨났고, 돈을 요구하는 편지를 보내와 어머니를 귀찮게 하곤 했습니다. 그러나 자신과 페피타 단둘이 살아가는 데에도 허덕이던 어머니는 복음에 나오는 인내심을 발휘하기는커녕, 절망하고 격분하여 자신과 자신의 운명을 저주하기에 이르렀고, 결국 모든 곤궁에서 벗어나기 위해서 어떻게 해서라도 돈 푼이나 있는 사람에게 페피타를 시집 보내 돌파구를 마련했으면 하는 희망을 품곤 하였습니다.

    이런 상황에서 돈 구메르신도는 페피타의 집을 수시로 드나들었고, 다른 여자들의 환심을 샀던 집요함으로 열심히 페피타와 그녀의 어머니의 마음을 두드리기 시작했습니다. 결혼할 생각도 없이 팔순을 넘겨 이미 한 발, 아니 거의 두 발 모두를 무덤에 얹어놓고 있는 노인이 흑심을 품고 있으리라 상상한다는 것은 말도 안 되는 상황이었기 때문에, 페피타는 물론이고 그녀의 어머니조차도 돈 구메르신도의 무모한 생각을 감히 의심하지 않았습니다. 그러던 어느 날 돈 구메르신도는 농담 반 진담 반 몇 차례의 환심 어린 말끝에 격식을 갖춰 단도직입적으로 말을 꺼내 두 사람을 놀라 자빠지게 하였습니다.

"얘야, 나와 결혼하면 어떻겠니?"

페피타는 많은 농담 끝에 나온 말이어서 이 말도 농담으로 받아들일 수 있었고 아직 세상사에 별다른 경험도 없었지만, 여자들, 특히 순박한 처녀들조차 갖고 있는 본능적인 감각으로 돈 구메르신도의 청혼이 농담이 아닌 진지한 것일지도 모른다는 생각을 하게 되어, 얼굴을 앵두 열매처럼 붉게 물들인 채 아무런 대답도 하지 못했습니다. 그러자 그녀의 어머니가 대신 대답했습니다.

"얘, 버릇없이 굴면 못 쓴다. 아저씨에게 제대로 대답을 해드려야지. 예, 아저씨. 언제든 원하시는 대로 하겠습니다, 라고 말이야."

바로 "예, 아저씨. 언제든 원하시는 대로 하겠습니다"라는 말은 그 이후로도 어머니의 위엄에 찬 명령이나 불만, 훈계나 설교에 맞춰 페피타의 떨리는 입술을 통해 몇 번씩이나 반복되곤 했다고 합니다.

페피타 히메네스에 관한 얘기로 그만 너무 많은 시간을 할애하고 말았습니다. 그렇지만 들리는 말이 사실이라면 그녀는 숙부님께는 제수, 저에게는 새어머니가 될 수도 있기 때문에 저로서는 무척 흥미 있는 얘기고 숙부님께도 관심사가 될 수 있다고 생각합니다. 숙부님께서 아무리 오래 고향 땅을 밟지 않으셨다 해도, 이미 어느 정도 알고 계실 수도 있는 이런 일들을 미주알고주알 말씀드리기보다는 간추려서 말씀을 드릴까 합니다.

결론적으로 말씀드리자면, 페피타 히메네스는 돈 구메르신도와 결혼했습니다. 결혼이 진행된 당시와 그 이후 몇 달 동안이나 두 사람의 결합에 대한 험담이 많았다고 합니다.

사실 이러한 결혼이 지닌 도덕적 가치에 대해 부정적인 견해가 많은 게 어쩌면 당연할 수도 있을 것 같습니다. 그러나 당사자의 입장에서 본다면, 어머니의 간청과 불만과 명령에 따랐기 때문이건, 어머니에게 안락한 노년을 제공하고 불명예로 망가진 오빠를 구하기 위해 스스로 수호천사나 후견인이 되고 싶어 했기 때문이건, 사람들의 모진 비난은 좀 너무한 것이 아닌가 생각합니다. 결혼이 무엇인지 알지도 못하고, 세상 돌아가는 얘기도 모른 채 조용히 자라온 처녀의 마음에 숨겨진 비밀스러운 내면을 누가 알 수 있을까요. 어쩌면 페피타는 그런 늙은이와 결혼한다는 것이, 그를 돌보고, 그의 간호사가 되며, 고용된 사람들의 손길에 그를 내버려두기보다는 인간의 모습을 한 천사가 되어, 자신의 젊음과 아름다움에서 나오는 눈부시고 부드러운 빛으로 그의 마지막 여생을 비추고 장식하여 줌으로써 자신의 삶을 성스럽게 만드는 거라고 이해했을지도 모를 일입니다. 그녀가 자신의 행동이 사람들에게 어떻게 비칠 것인지 제대로 알지 못했으며, 게다가 자신을 희생하고 봉사하는 삶에 헌신하겠다는 식으로 생각했다면, 그녀의 도덕성에는 아무런 문제가 될 것이 없는 것이지요.

그러나 일이야 어찌 되었건 제가 개인적으로 페피타 히메네스를 알지 못하므로, 이러한 심리 분석은 제쳐두어야 겠네요. 분명한 것은 그녀가 노인과 삼 년 동안 평화롭게 살았으며, 노인은 그 어느 때보다도 행복한 시간을 보냈다는 사실입니다. 그녀는 노인을 지극 정성으로 잘 돌봐주었고, 중병에 걸린 노인의 최후의 순간에도 지극 정성으로 밤을 새워 시중을 들었습니다. 결국 노인은 페피타에게 막대한 재산을 남긴 채 그녀의 손에서 죽음을 맞이했습니다.

어머니를 여읜 지 이 년이 되었고, 남편을 먼저 보낸 것도 일 년 반이나 되었는데, 페피타는 아직도 상복을 입고 있습니다. 그녀의 이런 태도와 조용한 삶, 슬픔은 매우 진지해서 어느 누구라도 페피타가 잘생긴 젊은 남편이라도 죽어서 슬퍼하고 있는 것이라 생각할 정도입니다. 그러나 페피타가 정신적으로 교만하기 때문이거나, 혹은 단순히 돈이 탐나서 그런 별난 결혼을 했던 것은 아닌가 하는 불순한 의도의 눈초리를 의식해서 조심스럽게 생활하는 것은 아닌지 의심하는 사람들도 없지는 않은 모양입니다. 그들은 페피타 히메네스가 자신의 양심에 꺼려지는 죄책감 때문에 그토록 오랫동안 은둔하며 엄격한 생활을 하는 것이지, 사랑과 연민이 마음에서 우러나와 죽은 노인을 생각하는 것은 아닐 수도 있다고 의심합니다.

어디에 살든 사람들은 돈에 무척 관심들이 많습니다. '어디에 살든'이라고 한 것은 잘못 표현한 듯싶습니다. 많은 사람들이 모여 사는 도시나 문명의 큰 중심지에는 돈보다도 다양한 것들에 관심이 있어서, 세상으로 나갈 수 있는 기회가 많고 신용과 배려도 있을 수 있다고 생각합니다. 그러나 작은 시골 마을에서는 문학의 영광이나 과학의 영광도 없으며 사고방식의 차이도 없어서, 우아함과 분별력, 아늑함 등의 차이에 대해 평가하거나 이해하려는 법이 없이 오직 돈이나 그 외의 사물을 많게 혹은 적게 가졌다는 것으로 사회적 신분이 매겨지거든요. 페피타는 돈을 많이 가졌고 아름다운데다 다른 사람들이 말하듯 돈을 제대로 쓸 줄 아는 사람이라, 이제는 정말 놀랄 만큼 인정받고 존중받게 되었답니다. 이 마을은 물론 근처 마을에서까지 잘난 청년들이 그녀에게 구혼을 하려 몰려들었습니다. 그러나 그녀는 적을 만들지 않을 만큼 아주 부드럽게 모든 청혼들을 거절한 듯 보입니다. 아마도 열렬한 신앙심이 그녀의 영혼을 가득 채우고 있어서, 자선과 종교적인 사랑을 베푸는 것으로 자신의 삶을 성스럽게 하려는 생각이 충만하기 때문인 듯합니다.

사람들이 말하는 것처럼 아버지가 다른 구혼자들에 비해 특출나거나 유리한 편은 아니었지만, 페피타는 용감한 사람에게는 공손함이 따르는 법이라는 속담을 따르기라도 하듯 아버지에게 솔직하면서도 애정 어린 각별한 우정을 보여주는 데 인색함이 없습니다. 그녀는 아버지를 환대하고 배려하면서 마음의 문을 열었으며, 특히 아버지가 사랑에 대해 얘기를 하거나 헛된 허영과 세상을 속이려 했던 지난날의 잘못들을 후회하면서 달콤한 연설을 늘어놓기라도 할 때면 더욱 마음의 문을 활짝 열었습니다.

주변에서 온통 그녀에 대한 말들을 듣고 있어서 그런지, 그녀를 알고 싶다는 호기심이 생기고 있다는 사실을 숙부님께 고백해야 되겠군요. 그렇지만 제 호기심이 경박하거나 헛되고 죄를 짓는 것은 아니라고 생각합니다. 저는 페피타의 마음을 믿습니다. 아버지가 노년기에 보다 나은 삶의 기회를 맞이하여 젊은 시절의 혼란이나 열정 따위를 다시 되풀이하지 않고, 평온하고 행복하며 명예로운 노년을 맞으시길 소망하기 때문이지요. 다만 한 가지, 저는 페피타의 우호적인 감정에 대해 다른 생각을 하고 있습니다. 그녀가 원하는 것처럼 아버지와 그냥 우호적인 마음으로 지냈다가는 아버지가 홀아비로 남을 수밖에 없을 게 뻔하기 때문에, 그녀가 아버지를 진심으로 사랑해주는 훌륭하고 품위 있는 여인이라면 어서 빨리 결혼을 했으면 하는 보다 구체적인 희망을 갖는 것이지요. 그래서 페피타를 만나고 싶고, 비록 그녀가 젊은 미망인의 달콤하고 우아함을 지니고 있다 해도 집안의 자긍심에 비추어볼 때 아니다 싶으면 내칠 수도 있다는 생각을 하면서 과연 그녀가 아버지의 아내로 적합한 사람인지 알아보고 싶습니다.

만일 제가 다른 상황에 놓여 있었다면 아버지가 그냥 홀아비로 계시는 편을 더 좋아했을 것입니다. 그러면 외아들로서 아버지의 모든 재산과 함께, 소위 말하는 이 지방 대지주의 권한을 물려받게 될 테니까요. 그렇지만 숙부님께서도 알고 계시듯 성직에 대한 제 결심은 흔들림이 없습니다.

비록 볼품없고 비천하긴 해도 사제의 소명을 받았기에, 대토지는 제게 별다른 의미가 되지 못합니다. 만약 제가 또래 특유의 격정과 젊은 열정을 갖고 있다면, 그것은 적극적이고 풍성한 자선 행위를 위한 자양분으로 사용될 것입니다. 숙부님께서 읽으라고 주신 많은 책들과 아시아 국가들의 고대 문명사에 관한 저의 지식까지도 제 안에서 신앙을 전파하려는 열망을 위한 과학적인 호기심으로 한데 뭉쳐, 저 먼 동양의 선교사가 되려는 희망을 북돋으며 저를 초대합니다. 사제가 되기 전에 아버지 곁에서 시간을 가질 수 있도록 숙부님께서 배려하여 보내주신 이곳 고향을 떠나, 비록 제가 무지하고 죄에서 벗어나지 못하였지만, 지극하신 분의 지고의 선덕분에 사람들을 가르칠 수 있는 사명과 죄인들을 용서할 수 있는 권한이라는 초자연적인 은총으로 새로 태어나길 바랍니다. 그래서 인간으로 오신 하느님을 두 손으로 모시는, 영원하며 기적적인 은덕을 갖게 된다면, 저는 복음을 전파하기 위해 스페인을 떠나 먼 이국땅으로 즉시 떠나려 합니다.

저는 제가 허영심 때문에 이렇게 행동한다고는 생각하지 않습니다. 저는 제가 다른 사람들보다 우월하다고 믿고 싶지 않습니다. 제가 해낼 수 있으리라는 신앙의 힘은 하느님의 배려와 은혜 다음으로 사랑하는 숙부님의 훌륭한 교육과 성스러운 가르침, 그리고 숙부님 당신의 훌륭한 모범 덕분입니다.

제가 스스로에게 고백할 수 없는 것이 하나 있습니다. 그것은 제 의지를 넘는 것으로, 빈번하게 제 마음을 파고 들어오는 생각이며 화두입니다. 그것은 이미 제 마음에 침투해 들어와 있습니다. 숙부님께 고백을 해야겠군요. 제 안의 가장 깊숙한 생각들, 의지를 넘어서는 생각들을 숙부님께 숨긴다는 것은 적절하지 못하기 때문입니다. 숙부님은 영혼이 느끼는 것을 분석하는 법, 영혼의 근본이 선한 것인지 악한 것인지 발견하는 법, 마음 가장 깊숙한 심연을 조사하는 것을 연구하는 법, 한마디로 인식을 세심하게 분석하는 법을 제게 알려주셨습니다.

교육에 있어서 상이한 두 가지 방식에 대해 여러 차례 생각해보았습니다. 하나는 순결을 지키려 애쓰지만 순결과 무지를 혼동하여, 알려지지 않은 악은 알려진 악보다 쉽게 피할 수 있도록 교육할 수 있다고 믿는 사람들의 방식입니다. 다른 하나는 이성에게 끌리는 나이가 되자마자 끔찍할 만큼 추악하고 놀라운 악에 스스로를 드러내어, 당당하게 악을 이겨내거나 비켜갈 수 있다고 믿으며 교육하는 사람들의 방식입니다. 악이 무엇인지 알게 됨으로써, 순수하게 잉태된 욕망의 이상이자 도달할 수 없는 목표인 무한한 신의 선함을 알 수 있게 되는 것이라고 생각합니다. 원인을 온전히 이해하고 분별력 있는 열정으로 희구해야 할 것과 거부해야 할 것을 구분할 수 있도록, 숙부님께서 성경에 묘사되어 있는 꿀과 버터의 가르침으로 저를 선함과 악함에 눈 뜰 수 있게 해주셨음에 감사를 드립니다. 저는 제가 선과 악을 알고서 덕을 향해 나아갈 수 있기에, 이 눈물의 골짜기를 통해 일궈내야 하는 순례의 여정에서 모든 가혹함과 고난을 알면서 인간에게 허용된 완덕을 향해 나아갈 수 있기에, 영원한 죽음과 파멸로 인도하는 여정에 놓여 있는 꽃으로 가득한 길, 달콤한 길, 쉬운 길, 평탄한 길을 모른 채 하지 않고도 앞으로 나아갈 수 있기에 무척 기쁩니다.

또 감사해야 할 점은 흥겹고 안락하기보다는 엄격하고 숙연한 것이긴 하지만 사람들의 결함과 죄악에 대해 감지할 수 있도록 숙부님께서 알려주신 관대함과 관용입니다.

제가 이런 얘기를 하는 것은 표현하기에 적당한 용어를 찾을 수 없을 만큼 민감하고 어려운 주제에 대해 숙부님께 말씀드리고 싶기 때문입니다. 저는 가끔 혼자 질문을 던지곤 합니다. 사제의 길을 걷겠다는 나의 목표가 본질적인 면에 있어서 조금이라도 아버지와의 관계에서 연유된 것은 아닐까? 진심으로 나는 아버지가 당신의 경박스러운 행동으로 가련한 어머니를 희생양으로 만들었다는 사실을 용서할 수 있게 되었는가?

이러한 의문들을 신중하게 고려하였지만, 제 마음에서 한 점의 원망도 찾을 수가 없습니다. 오히려 반대로 감사한 마음이 모든 의혹을 씻어주고 있습니다. 아버지는 저를 사랑으로 키워주셨고, 제 안에 있는 어머니에 대한 기억을 명예롭게 만들어주시려 노력하셨습니다. 사람들은 아버지가 어린 저를 키우고 돌보고 귀여워하고 소중히 다룰 때, 마치 선하고 부드러운 천사였던 어머니의 영혼이 화를 낼까 봐 어머니의 분노한 그림자를 달래듯 저를 다뤘다고 말했을 것입니다. 다시 말씀드리자면 저는 아버지에 대한 감사의 마음으로 가득합니다. 아버지는 제 가능성을 알아보시고 제가 열 살이 되자 지금의 저를 있게 만들어주신 숙부님께 보내셨으니까요.

만약 제 마음에 한 톨의 덕이 있다면, 제 가슴에 조금의 지식이 있다면, 제 의지에 약간의 명예롭고 선한 목표가 있다면, 그것은 모두 숙부님 당신 덕분입니다.

저에 대한 아버지의 애정은 특별하고 위대합니다. 저에 대한 아버지의 평가는 과분할 정도입니다. 어쩌면 허영심에서 온 것일 수도 있겠지요. 아버지의 사랑에는 자기중심적인 면이 있습니다. 아버지는 제가 마치 당신으로부터 유출되어 나오기라도 한 것처럼, 제게 무슨 장점이라도 있으면 그것이 육체적이건 정신적이건 모두 당신의 창조물로 생각하려 듭니다.

그렇지만 어떻든 아버지가 저를 사랑한다는 사실을 믿습니다. 또한 그 애정에는 단순히 자기중심적인 것이 아닌, 전에 말씀드린 적이 있는 것처럼 용서할 수 있을 것 같은 무엇인가가 있습니다.

아버지와 저를 연결하는 피의 힘, 자연과의 유대, 그런 신비한 고리가 저를 이끌어 아무런 의무감도 없이 아버지를 사랑하고 존경하도록 만든다는 사실을 알아차리고 느낄 때, 저는 커다란 위안과 평화를 느끼며 그로 인해 하느님께 열렬한 감사를 드립니다. 만약 진심으로 아버지를 사랑하지 못하고 그저 십계명을 지키기 위해 아버지를 사랑해야만 한다면 그건 끔찍할 것입니다. 그럼에도 불구하고, 제 고민은 다시 시작됩니다. 아버지의 막대한 유산 가운데 아버지와 같은 풍요를 누릴 수 있을 만큼의 일부만을 받거나, 혹은 상속받기를 거절하면서 사제나 수사가 되려는 저의 목적이 과연 세상의 것들을 경멸하면서 진정한 종교적 소명을 이루려는 것인지, 아니면 어머니가 숭고한 아량으로 용서하셨던 것을 받아들이지 못하는 제 안에 있는 그 무엇과 자만심, 숨겨진 원망, 혹은 불만들이 함께 작용하여 나온 것은 아닌지 고민스럽습니다. 이러한 의문은 이따금씩 저를 공격하여 매우 곤혹스럽게 만들지만, 저는 거의 매번 제 편으로 결론을 짓습니다. 아마도 저는 아버지에 대한 자긍심이 부족한 듯합니다. 제가 필요로만 한다면 모든 원하는 것을 아버지로부터 받을 수 있으리라 생각합니다. 그렇기에 저는 아무리 적은 것이라도 아주 많게 생각하며 아버지께 감사드리는 제 모습에 만족합니다.

숙부님 안녕히 계십시오. 앞으로는 장황함이란 과오를 피하기 위해 오늘처럼 늘어지게 쓰지는 않겠지만, 숙부님께서 아실 수 있도록 충분히, 그리고 자주 편지를 올리겠습니다.

3월 28일

고향에 머물고 있자니 하루하루가 지루하고 나른합니다. 시간이 갈수록 숙부님께 돌아가고 싶은 마음이 커져만 갑니다. 어서 빨리 서품을 받았으면 하는 마음 또한 간절합니다. 그러나 아버지는 오히려 이 황량한 곳에 제가 더 머물러 있기를 바라십니다. 심지어 최소한 두 달은 더 머물러 있기를 원하시지요. 아버지가 저에게 어찌나 자상하고 친절하게 하시는지 조금이라도 아버지에게 누를 끼치고 싶지 않습니다. 그렇게 원하시니 좀더 머물러 있어야 할 듯합니다.

아버지의 비위를 맞추려다 보니 마음에 내키지 않는 이런저런 행사는 물론이고 사냥 행사에까지 아버지와 동행하고 있습니다. 즐겁게 보이기 위해 무척 애쓰고 있습니다. 마을 사람들은 농담 반 진담 반으로 저를 성인이라 부르고 있답니다. 저로서는 이런 호칭이 너무도 부담스러워 외모에서 종교적 풍모가 풍기지 않도록 신경을 쓰는 한편, 겸양의 미덕으로 종교적 색채를 축소시키거나 반감시키려 노력하게 됩니다. 때론 한 번도 성인이나 종교적 성덕을 쌓은 이들을 가까이 해본 적이 없는 사람들에게서 나타나는 순진한 명랑함으로 짐짓 꾸미기도 한답니다. 숙부님께 고백하건대, 마을 사람들이 시시덕거리는 음담패설이나 농담에 정말 진력이 납니다. 공연히 다른 사람들 뒤에서 험담이나 하는 사람이 되고 싶지는 않습니다만 숙부님께는 말씀을 드리게 되네요.

제가 고향을 떠나 인도나 페르시아, 아니면 멀리 중국에 가서 주님의 말씀을 전하려는 계획보다 이곳 사람들을 순화시키는 일이 훨씬 힘들 수도 있겠다는 생각이 들곤 합니다. 아무도 모를 일이지요. 요즘 말하는 물질주의나 불신이 정신적인 피폐함의 원인이라고 생각하는 사람들도 있습니다. 그렇지만 그런 정신에 물든 사람들이라고 해서 의도적으로 그렇게 된 것은 아닐 거라고 생각합니다. 뭔가 마법이나 주술, 악마적인 이상한 이유 때문인지도 모르겠습니다. 아무튼 분명한 것은 이 동네 사람들은 좋은 책이건 나쁜 책이건, 책을 도무지 읽지 않습니다. 이런 환경에서 도대체 어떻게 위험한 교리로부터 자신을 보호할 수 있는지 모르겠습니다. 전염병의 독소처럼 나쁜 교리가 공기 중에 떠도는 것일까요? 어쩌면 이런 잘못된 풍토는 신부들이 제대로 역할을 수행하지 못하기 때문은 아닐까요? 감히 숙부님께 주제넘는 이야기를 하게 됨을 용서하십시오. 우리 스페인 신부들은 복음을 위한 올바른 삶을 살아가고 있나요? 전국 각지의 모든 이들을 제대로 가르치고 도덕적인 삶으로 이끌고 있는지요? 평신도 각자의 삶에 종교적인 성찰이 반영될 수 있도록 신부들이 발 벗고 나서나요? 종교적인 삶과 영혼의 사제로서의 삶을 위해 자신을 바치려는 숭고한 소명이 이 땅 위에 얼마나 있는지요? 행여 다른 많은 경우처럼 또 하나의 평범한 삶에 머물면서 영혼의 구원을 위한 헌신에 목말라 하지 않고 자신의 직분을 소극적이고 비관적으로 바라보며, 그저 일상생활에서 요구되는 평범한 삶을 지향하고 마는 것은 아닌지요. 무엇이 되었건, 덕이 높고 준비된 사제들이 부족하다는 현실은 사제가 되어 사회를 위해 헌신해야 되겠다는 제 개인적인 소망에 불을 붙이곤 합니다. 의욕이 저를 속이는 것이 아니길 바랍니다. 물론 제 결점도 잘 알고 있습니다. 그렇지만 제 안에서 타오르는 성직에 대한 소명이 다른 적지 않은 사제들의 경우에서처럼 성령의 불꽃으로 올곧게 타오를 수 있기를 기원합니다.

사흘 전에 페피타 히메네스의 집에 초대되었습니다. 전에 말씀드렸었지요, 그녀를 한번 만나고 싶었다는 것 말입니다. 그녀는 워낙 조용히 살고 있어서 초대된 날이 될 때까지는 전혀 그녀를 볼 수 없었답니다. 정말 소문처럼 아주 미모가 뛰어난 여인이었습니다. 간간이 드러나는 상냥함으로 보아 아버지에게 적지 않은 호감을 갖고 있음을 눈치 챌 수 있었답니다.

제 새어머니가 될 수도 있는 분이었기 때문에 특별히 눈여겨 살펴보았습니다. 제가 보기에는 매우 특별한 분이었는데, 도덕적으로는 뭐라 한마디로 표현하기 어렵습니다. 그녀에게는 전체적으로 차분한 기운이 풍겼고, 외모에서는 평화가 느껴졌습니다. 차분함과 평화는 영혼의 고고함과 마음의 따스함에서 어우러져 나오는 것 같았고, 영혼의 이러한 고양된 상태는 자신을 절제하며 여러 상황을 잘 살펴 다른 욕망을 가라앉힐 수 있을 만큼 안정되어 보였습니다. 사회가 요구하는 몫을 해내며 삶을 충실히 살아가려는 생각과 순수한 욕구, 그리고 마음의 평정으로 더 높은 곳을 지향하는 듯 보였습니다. 그녀의 이러한 조화로운 태도는 어쩌면 그녀가 자신의 마음을 너무 높지 않은 곳에 두고 모든 것을 현실적으로 사려 깊게 배려하기 때문이거나, 수필 같은 삶과 시적인 동경을 잘 조화시키며 살아가기 때문이 아닌가 싶습니다. 이것은 억지로 만들어진 것이 아니라 그녀의 천성으로 만들어진 것이기 때문에, 다른 사람들에게서는 찾아보기 힘들 만큼 틀에 얽매이지 않은 새로운 형태의 조화라고 느껴졌습니다.

그녀의 삶의 태도는 그녀를 에워싼 사람들과 분명 달랐습니다. 옷을 입는 것만 해도 그렇습니다. 그녀는 시골 여자들이 흔히 입는 것처럼 옷을 입지는 않습니다. 그렇다고 대도시 여자들처럼 유행에 따라 민감하게 바꿔 입는 것도 아닙니다. 뭐랄까요, 시골풍과 도시풍의 옷을 적절하게 섞어 입는다고 할까요. 그녀의 옷차림은 그녀를 도시의 귀부인처럼 보이게도 하지만, 또한 동시에 시골의 아낙네처럼 보이게도 합니다. 요즘 제가 남들 앞에서 저를 꾸며서 드러내려 애쓰는 것과는 반대로, 그녀는 남들 앞에서도 자신을 꾸미려 하지 않습니다. 심지어 간단한 화장조차 하지 않는 것 같습니다. 그녀의 곱고 하얀 손과 단정하면서도 잘 다듬어진 손톱, 그리고 청결하고 단정한 옷차림은 도무지 시골 사람들에게서는 찾아보기 힘든 정결함을 느끼게 할 뿐 아니라, 세상의 허망함에 한눈 팔지 않고 천상의 것에 마음을 두는 그녀의 정신적인 지향을 엿볼 수 있게 한답니다.

페피타 히메네스의 집은 먼지 하나 없이 깨끗했고, 물건들도 가지런하게 잘 정돈되어 있었습니다. 가구들은 고가품도 아니고 우아하지도 않았지만, 오히려 으스대지 않으면서도 단아한 그녀의 취향을 돋보이게 해주었습니다. 뒤뜰과 거실, 복도에 가득한 꽃과 나무가 그녀의 존재를 시적으로 드러내었지요. 꽃과 나무들 모두 이 동네에서 흔히 볼 수 있는 아주 평범한 것들이었지만, 곱고 수려한 그 모습들 속에 그녀의 정성과 배려가 느껴졌습니다.

금박을 입힌 새장에 있는 카나리아들의 노랫소리는 집 안 가득 은은하게 울려 퍼졌습니다. 이 집 주인이 자신의 손길을 기다리는 생명에게 얼마나 필요한 존재인지 저절로 느껴졌답니다. 주인이 신경을 써서 뽑았을 하녀들도 하나같이 곱고 선한 얼굴을 하고 있었고, 나이든 하녀들은 물론이고 앵무새와 개, 두세 마리의 고양이 같은 동물들조차 밝은 기운을 뿜어냈습니다. 특히 고양이들은 낯선 손님들 앞에서 재롱까지 떨어댔답니다. 거실 한쪽에는 기도실이 있었는데, 그곳에는 푸른 눈에 금발을 한 아기 예수의 조각상이 빛을 발하고 있었습니다. 아기 예수 상의 옷은 흰 융단이었으며, 어깨에 걸친 푸른 망토에는 금빛 별이 가득했고, 조각상 곳곳에 장신구와 보석이 장식되어 있었습니다. 아기 예수 상이 놓여 있는 단은 꽃으로 둘러싸여 있었고, 루스쿠스와 월계수 화분이 단을 감싸고 있었습니다. 그리고 작은 계단을 통해 오를 수 있는 재단에는 여러 개의 양초가 불을 밝히고 있었고요.

　이 모든 것을 살펴보면서 제가 무슨 느낌을 갖게 되었는지 저도 확실하게 표현할 수는 없습니다. 다만, 분명한 것은 이 젊은 미망인이 자신을 위해 많은 시간을 보내며 살아가고 있으며, 자신의 삶을 사랑하고 있다는 정도입니다. 그녀에겐 고양이와 카나리아, 꽃들과 아기 예수에 대한 사랑이 삶이며, 오락이고, 취미며, 신앙인 것 같았습니다. 어쩌면 그녀의 영혼 깊숙한 곳에서 아기 예수는 고양이나 카나리아보다 더 우위에 있지 않을지도 모르겠습니다.

　페피타 히메네스가 분별이 뚜렷한 사람이 못 된다고 말할 수는 없을 것 같습니다. 농담이라고는 전혀 하지 않았을 뿐더러, 얼마 안 있으면 제가 성직자가 될 것이라는 사실에 대해서나 제 종교적 소명에 대해서도 물은 적이 없었습니다. 저와는 동네에서 일어난 일들, 예를 들어 올해의 수확이 어땠으며, 올리브 기름이나 포도주를 잘 만들기 위해서는 어떻게 하는 편이 좋다는 등의 이야기를 했을 뿐입니다. 그녀는 이야기를 하는 동안 자신이 많이 알고 있다는 인상을 주지 않으려 애쓰면서, 겸손하고 자연스러운 태도를 유지하였습니다.

　그녀에 대한 아버지의 태도는 지극히 예의 바르고 친절했습니다. 아버지는 다시 젊어진 것 같았지요. 그녀는 아버지의 세심한 배려와 공손함을 받아들이는 것 같았지만, 사랑 때문이라기보다는 감사함의 표현인 것으로 보였습니다.

　본당 신부님은 그녀를 높이 평가했습니다. 신부님은 페피타 히메네스가 얼마나 착하고 마음이 고운 사람인지 제게 몇 번씩이나 되풀이해서 말씀하곤 하셨습니다. 그녀가 베푼 자선과 봉헌에 대해서 말입니다. 신부님은 심지어 그녀를 성녀라고 부르기도 하였답니다.

신부님의 말씀을 들으며, 또 다른 한편으로는 제 스스로의 이성적 판단에 귀 기울이며, 아버지께서 페피타 히메네스와 결혼하고 싶어 하시는 것을 막을 아무런 이유가 없다는 생각을 하기에 이르렀습니다. 아버지는 원래 그러셨던 것처럼 앞으로도 절제와 회개의 삶을 지향하지는 않으실 것입니다. 그러나 그녀와의 결혼을 통해 폭풍우처럼 휘몰아치던 이제까지의 불안정했던 삶을 바꾸고, 남은 인생을 위해 뭔가 안정되면서도 평화롭게 새 출발할 것을 꿈꾸고 계신 것은 분명해 보입니다.

페피타 히메네스의 집에서 돌아오자 아버지는 자신의 계획을 제게 털어놓으셨습니다. 지금까지 방탕한 삶을 살아오면서 한 번도 잘못을 고쳐보려는 생각을 하지 않았지만, 페피타 히메네스를 알게 되면서 삶에 대한 새로운 욕구와 함께 스스로 많이 변화되어가고 있다는 사실을 느끼고 있기 때문에, 구원과도 같은 그녀가 거절하지만 않는다면 그녀와 결혼하고 싶다고 말씀하셨습니다. 그녀에 대한 아버지의 관심과 계획을 예상하고 있었기 때문에 놀라지는 않았습니다. 아버지는 계속해서 자신의 다른 관심사에 대해 말씀을 하셨지요. 당신이 얼마나 많은 재산을 갖고 계신지, 그리고 그 가운데 가장 많은 재산을 저에게 주실 것인데, 만약 다른 자식들이 생긴다고 하더라도 결과는 같을 것이라는 말씀이셨습니다. 그래서 제가 계획하고 있는 삶을 위해서는 돈이 전혀 필요 없다는 점을 상기시켜드리고, 제 기쁨이란 아버지가 옛날의 방황과 어려움을 모두 잊고 새롭게 출발하여, 가족과 행복하게 살아가는 모습을 보는 것이라고 말씀드렸지요.

제 얘기를 듣고 아버지는 들뜬 사람처럼 당신의 계획에 대해 이것저것 늘어놓기 시작했습니다. 마치 제가 나이든 아버지가 되고, 아버지는 제 또래의 젊은이라도 된 것 같았습니다. 아버지는 페피타 히메네스의 연인이 되기가 얼마나 어려운 일인지를 설명해주었습니다. 열다섯에서 스무 명가량이나 되는 젊은이들이 페피타에게 구혼을 하였으나 보기 좋게 거절을 당하고 말았답니다. 그래도 다행스럽게 아버지에 대해서만큼은 우정과 호감을 보여주고 있지만, 그게 영 마음이 놓이지 않는 단계라는 것이지요. 아버지에게 호감을 보이고는 있지만, 사랑의 감정은 아직 생겨나지 않았다는 겁니다. 어떻게 해서라도 우정과 호감을 사랑으로 바꿔놓아야만 할 텐데, 그게 그리 쉽지는 않은 모양입니다. 게다가 아버지는 그녀가 무슨 생각을 하고 사는지 그 실체를 도무지 짐작조차 할 수 없어 안타까워하고 계셨습니다.

페피타는 수도원으로 들어가거나 회개의 삶을 살려 하지는 않습니다. 사람들을 만나지 않고 집에만 머물며 조용히 살아가려는 태도나 종교적인 열성에도 불구하고, 자신이 좋아하는 것들을 일부러 멀리 하지는 않습니다. 이러한 그녀의 태도는 수도자들의 행동과는 분명 거리가 있는 것이지요. 아버지 생각으로 페피타가 평범하지 않은 것은 틀림없이 그녀 자신에 대한 자신감 때문이라고 합니다. 그녀는 사실 무척 우아하지요. 다른 여인들과도 많이 다르고요. 자기 소신도 있고 지적이지만 무엇보다 그러한 사실을 겸손하게 숨길 줄도 압니다. 그리고 그녀는 지금까지 자신을 흠모해온 사람들에게 쉽게 마음을 줄 이유도 없었습니다. 그녀는 자신의 영혼이 하느님의 신비한 사랑으로 가득하다고 생각하고, 오직 하느님만이 그녀를 충족시킬 수 있다고 믿고 있지요. 그것은 지금까지 그녀가 아기 예수에 대한 사랑을 잊게 할 만큼 호감이 가고 분별력이 있는 남자를 한 번도 만나본 적이 없기 때문이랍니다. 아버지 말씀으로는, 정말이지 엉뚱한 얘기가 될 수도 있겠지만, 저 정도는 되어야 그런 행복한 남자가 되지 않겠냐는 것이었습니다.

사랑하는 숙부님, 마을에서 아버지가 갖고 계신 관심이나 걱정거리라는 것이 이런 정도랍니다. 물론 그러한 관심이나 걱정거리들이 저에게는 하나같이 모두 낯설고, 제 개인적인 삶의 목표나 생각, 그리고 종교적 헌신의 길과는 아주 동떨어진 것들이지요.

숙부님께는 말씀드리기도 송구스럽고 부끄럽습니다만, 저와 상의를 하려는 마을 사람들이 아주 많답니다. 저를 학식과 인품이 높은 사람으로 취급하여, 자신들의 근심을 털어놓고 앞으로 어떻게 살아가야 할지 길을 인도해달라고 부탁을 하곤 합니다. 신부님조차도 당신이 고해실에서 들은 고해 성사의 비밀과 같은 은밀한 내용을 말씀하시며 저에게 자문을 구하시기도 하신답니다.

마을의 다른 사람들처럼 신부님도 정색을 하고 직접 들은 고해의 내용들을 제게 말씀하시곤 합니다. 물론 고해를 한 사람들의 이름은 발설하지 않으시지만, 여간 신경이 쓰이는 게 아닙니다.

신부님이 해주신 말씀 가운데 이런 얘기가 있었습니다. 명상과 은둔의 생활에 대한 강한 욕구를 느끼는 한 여인은 자신의 종교적 열의가 과연 진정한 겸손에서 온 것인지, 아니면 자만의 모습으로 나타난 악마의 유혹에 의해 만들어진 것인지 혼란스러워 고민에 빠져 있었다고 말입니다.

그녀는 세상의 그 어떠한 생명보다 하느님을 사랑하며, 자기 영혼의 가장 깊은 곳에서 그분을 찾으려 애쓰면서 자신을 정화하고, 진정으로 그분과 하나가 되고 싶다는 소원이 감상으로부터 온 것이 아닌 순수하고 영적인 것이었으면 하는 소망을 갖지만, 행여 그것이 겸손하지 못한 생각에서 오는 것은 아닌지 의문을 갖고 있다고 했습니다.

고해 성사를 했던 그 여인이 설사 죄가 많은 영혼이거나 품위가 없더라도, 다른 사람들의 영혼보다 제 영혼을 우월한 것처럼 여기는 저를 부끄럽게 만들었습니다. 그녀의 자기 성찰은 제 내면과 의지의 아름다움이 제가 알고 있는 사람들에 대한 사랑으로 혼란스러워지거나 품위가 떨어진다고 뻐기고 있는 것은 아닌지, 그들이 제 사랑을 받을 자격이 없다고 생각하고 있는 것은 아닌지 제 스스로를 되돌아보게 만들었습니다.

모든 것에 앞서 하느님을 진정 사랑하고 있는가? 아니면 그저 별로 중요하게 생각하지 않는 소수의 사람들보다 하느님을 더 사랑하고 있을 뿐인가? 만약 제 소명이라는 것이 고작 이러한 기초 위에 놓여진 것이라면, 두 가지의 커다란 오류가 있다고 생각합니다. 첫째는 하느님에 대한 순수한 사랑이 겸손과 자비가 아닌 오만으로 만들어진 것이라는 점이죠. 둘째는 제 소명이라는 것이 확고하고 분명한 것이 아니라 공중에 그려졌다는 점입니다. 영혼이 창조주를 무한히 사랑해서가 아니라, 자신의 사랑을 바칠 지상의 대상을 발견하지 못했기 때문에 제 자신을 창조한 분을 사랑하는 것이 아니라고 누가 감히 확신할 수 있을까요?

이러한 자의식의 문제가 한 시골 여인의 뇌리에 걱정거리로 자리를 잡았고, 결국 신부님을 거쳐 저에게로 오게 되었습니다. 저는 아직 어리고 경험도 부족하다는 핑계를 대며 아무런 대답도 하지 않으려 했습니다. 그러나 신부님은 결국 제가 입을 다물고 있지 못하도록 밀어붙이셨습니다. 할 수 없이 신부님의 생각이 제 생각과 같기를 바란다면서 몇 마디 말씀을 드렸습니다.

고해 성사를 한 여인에게 중요한 것은 자신을 둘러싸고 있는 사람들을 친절하게 대하는 점이라고 했습니다. 주변의 사람들을 냉정하게 평가하고 분석하기보다는 그들이 각자 갖고 있을 장점을 보려고 애쓰면서 그들을 사랑하고 높이 평가할 수 있어야 한다고 덧붙였지요. 또한 여인은 각 개인에게서 사랑할 만한 가치를 발견하도록 노력해야 하며, 인간이란 결국 하느님의 모상을 닮아 만들어졌기 때문에 그들에게서 진정한 덕목과 장점을 발견할 수도 있다는 말과 함께 말입니다.

우리를 에워싸고 있는 것을 제대로 바라보고, 피조물을 있는 그대로 평가하고, 나아가 변화의 조짐을 높이 받아들인다면 우리 각자가 갖고 있는 결점과 죄악을 덮어줄 수 있는 의식이 더욱 심오하게 빛을 발하게 되는데, 이러한 과정을 통해 우리는 성스러운 겸손을 얻게 될 수 있다고 하였습니다. 이때 마음은 인간적인 사랑으로 가득하지만, 사물과 인간이 지닌 장점을 제대로 평가하면서 창조주에 대한 무한한 사랑으로의 도약을 꿈꿀 수 있게 되기에, 인간적인 사랑을 두려워하지 않아도 되면서 오히려 무한한 사랑과 선이 자기 안에서 끊임없이 용솟음치게 됨을 경험할 수 있을 것이라고 결론을 맺었습니다.

제가 예상했던 것처럼 신부님에게 고해를 했던 여인은 페피타 히메네스였습니다. 아직도 아버지는 그녀의 마음을 사로잡지 못했던 것입니다. 그렇지만 신부님께서는 제가 드린 말씀을 그녀에게 들려주었고, 그녀 또한 신부님의 말씀을 실천에 옮기기 위해 노력하였습니다. 제가 듣기로는 그녀는 마리아 데 아그레다 수녀가 그랬던 것처럼, 일단 신비주의와 창조주에 대한 열망과 사랑의 마음은 뒤로 미뤄둔 채 주변에 있는 사람들에게 사랑과 정을 주기 시작하는 것 같습니다. 그러니 그녀가 아버지의 간절한 마음을 알아차리고 내민 손을 마주 잡으며 결혼을 승낙할 날도 멀지 않은 듯합니다.

4월 4일

이곳에서의 단조로운 생활에 이젠 정말 진력이 나기 시작합니다. 겉으로 드러나는 제 생활은 예전에 비해서 훨씬 활동적입니다. 여기에서는 주로 걷거나 말을 타고 산책을 합니다. 들에도 나가지요. 아버지를 기쁘게 해드리려고 함께 카지노나 그 외의 모임에도 참석합니다. 사실, 제 생활 태도와는 너무도 다르기 때문에 제 생활의 중심 밖에 밀려 있는 것 같습니다. 제 지적 생활은 거의 무력한 수준입니다. 책을 한 권도 읽지 못했습니다. 제가 책을 읽고 있도록 내버려두지를 않습니다. 조용히 생각에 잠겨 명상과 성찰을 할 여유도 거의 없습니다. 예전에 제가 가장 좋아하던 시간은 조용히 생각에 잠기고 명상을 하는 것이었는데, 지금 제 지적 생활은 그야말로 아무런 움직임도 없는 무력한 상태처럼 느껴집니다. 숙부님께서 해주시는 귀한 말씀과 조언으로 이곳 생활을 그럭저럭 견디고 있습니다.

　제 영혼이 완전한 평화를 얻지 못하는 다른 이유는 저도 모르게 관심이 가는 것들이 갈수록 생생해지고 있다는 사실에 대한 우려 때문입니다. 제 삶의 목표와는 거리가 있는 것들에 대한 관심이 세속적인 것은 아닐까 염려됩니다. 피조물의 아름다움에 마음이 끌려 저의 마음을 무겁게 짓누르고 있습니다.

　안달루시아의 들판 위로 생동하던 봄기운이 차분해지면 고즈넉한 밤하늘에 빛나는 수많은 별들, 푸른 초목이 덮여 있는 싱그럽고 활기찬 전원, 냇물이 흐르고 새들이 꽃과 향기로운 풀잎 사이로 날아다니며 노래하는 아름다운 목장, 이러한 조용한 장소를 바라보면서 예전에는 제 영혼을 살찌우고 스스로를 자극하여 종교적 열정으로 가득 차는 것을 느끼곤 했었습니다. 그러나 지금은 이러한 순간적이고 감성을 자극하는 피조물을 감상하면서 영원한 것을 잊는 행위가 감각적인 것들에 넋을 빼앗기고 있는 듯하게 느껴져, 도저히 용서받을 수 없는 죄악으로 여겨지곤 합니다.

제가 보아도 덕이 한참이나 부족하고, 영혼 또한 공상이 만들어낸 허상으로부터 자유롭지 못한 것 같습니다. 외부에서 접하는 느낌으로부터 참된 자아를 독립시키지도 못할 뿐 아니라, 상상이나 형상에서 벗어나 진리와 선을 제대로 볼 수 있도록 제 마음의 정점과 지혜의 중심에 자리한 사랑의 힘도 보지 못합니다.

숙부님, 두렵습니다. 육체를 지닌 인간인 제 기도로는 참된 제 모습을 제대로 떠올리지도 못할 듯합니다. 이성적인 성찰 또한 제 근심을 덜어주지는 못합니다. 하느님을 제대로 알기 위한 추론이나, 하느님을 사랑하기 위해 타당한 사랑의 원인을 밝히는 것도 선뜻 마음이 가지 않습니다. 근본적인 내면의 고요한 명상 상태로 훌쩍 뛰어 날아가고 싶은 마음 간절합니다. 누군가 제게 비둘기의 날개를 주어 제 영혼이 사랑하는 깊은 곳으로 날아갈 수 있었으면 좋겠습니다. 그런데, 과연 제가 장점을 갖고 있기는 한 걸까요? 있다면 도대체 무엇일까요? 나 자신을 죽이고, 오랜 시간 동안 기도를 바치고, 단식을 하였지만, 그것이 무엇을 이루어주었나요? 오, 하느님, 제가 한 일이 무엇인지요? 당신의 신망을 조금이라도 받기 위해 제가 한 일이 과연 무엇입니까?

요즘 불경스러운 사람들은 기본적인 논의도 제대로 갖추지 못한 채 말하기를, 세상의 모든 사물을 부정하고 마치 악마적인 것이 들어 있기라도 한 것처럼 사물이나 자연을 경멸하며 멸시하라는 교회의 태도는 지나친 것이라고 합니다. 모든 사랑과 애정을 신성에만 결집시키려는 교회의 요구는 지나친 배타주의로, 신을 사랑하지만 또한 스스로 자신의 영혼에 집착하는 이기주의적인 태도를 낳을 수도 있는 것이라며 교회를 비난하는 것을 들었습니다. 물론 이러한 비난이 교리를 제대로 이해하지 못하고 하는 말인 것은 잘 알고 있습니다.

진정한 교리는 신성한 사랑을 자비로, 하느님을 사랑하는 것은 모든 것을 사랑하는 것으로 보며, 하느님 안에 모든 것이 들어 있으며 하느님은 말로 설명하기 어려운 방식으로 모든 사물에 깃들어 있음을 설파하고 있지요. 제가 사물을 사랑한다고 해서 하느님의 사랑을 배신하는 것이 아니라는 것을 잘 알고 있습니다. 하느님의 사랑이란 사물을 있는 그대로 사랑하는 것에 있으며, 그것은 만물이 하느님의 사랑의 결실로 만들어진 것이기 때문이라는 것도 익히 알고 있습니다. 그러나 제 마음을 불편하게 하는 정체가 어떠한 두려움인지, 걱정인지 도무지 알 길이 없습니다. 어렸을 때 밤하늘의 별이나 꽃을 보면서 느꼈던 감정, 암컷에게 구애를 하는 산비둘기의 노래나 제비의 재잘거리는 소리를 들었을 때와 밤의 적막을 깨고 울려오는 나이팅게일의 노래를 들으며 갖게 되었던 희열을 느끼는 제 자신이 왠지 모를 두려움과 걱정에 에워싸여 있음을 부정할 수 없습니다. 모든 곳에서 드러나는 이러한 감각적인 열락은 제 자신에게서 보다 높은 희구와 열망을 향한 마음을 순간순간 잊게 만들기도 합니다. 제 영혼이 육체를 압도하기를 바라지는 않습니다. 그러나 영적이기보다는 육체적인 감각에 의해 느낄 수 있는, 들판 가득 부드럽고 청량한 향기의 산들바람이나 새들의 지저귐, 정원이나 목장에 늦은 밤 고요하게 깔리는 적막함 같은 사물의 아름답고 부드러운 달콤함 때문에, 조화로운 세상의 창조주에 대한 저의 사랑을 한순간이라도 느슨하게 만들거나 초월적인 아름다움을 놓치는 일이 없기를 간절히 바랍니다. 이러한 모든 물질적인 것들이 제게는 책 속의 활자와도 같아서, 비록 완전한 메시지나 수치가 기록되어 있는 것은 아닐지라도 초월적 세계의 속성을 반영하고 있기 때문에, 영혼에게는 하느님의 아름다움을 읽고 발견할 수 있는 심오한 의미를 찾아갈 수 있는 길잡이며, 기호요, 신호입니다. 이러한 영적 세계와 물질적 세계 사이의 간격을 인식하면 할수록 더욱 근심이 생기고, 자기 절제가 필요하다고 느끼게 됩니다.

저는 스스로에게 묻고 대답하곤 합니다. 내가 만약 세상 피조물의 아름다움을 있는 그대로 사랑한다면, 그리고 그 아름다움을 적정한 수준에서 인정한다면, 그것도 우상 숭배가 될 수 있을 것인가? 이런 물음에 저는 피조물의 아름다움을 있는 그대로가 아닌 천상의 아름다움을 반영하고 있는 표상으로 받아들임으로써, 어떠한 사물이나 피조물보다 수천 배 값지고 비길 데 없이 중요한 신성의 아름다움을 받아들여야 한다고 대답을 합니다.

며칠 전에 스물두 살이 되었습니다. 지금까지 제가 느낀 종교적 열정은 하느님의 무구한 사랑과 교회에 대한 무한한 사랑에서 나왔으며, 제 소명은 하느님을 향한 믿음이 지상의 어떠한 다른 믿음보다 넓게 퍼져나가는 것이었습니다. 숙부님께 고백하건대, 그러한 순수한 마음에 세속적인 감정이 없었다고는 할 수 없을 것입니다. 제가 몇 번 이런 말씀드릴 때마다 숙부님께서는 사람이란 존재는 결코 천사가 아니므로, 만약 자신이 완벽하다고 느낀다면 그것이 오히려 자만의 결과라고 하셨지요. 그러므로 세속적인 감정을 조절하려고 노력을 하되 완전히 배제하려고 해서는 곤란하다고 하셨지요. 지식을 사랑하는 것이 그 지식을 소유함으로써 얻게 되는 명성에 대한 사랑과는 구분이 되어야 할 것입니다. 비록 좋은 목적과 종교인의 겸손으로 일을 한다고 해도, 그 안에는 뭔가 이기적인 마음이 있을 것입니다. 그러나 그러한 이기적인 마음도 고귀하고 영원한 해결을 위한 긍정적인 자극이 될 수도 있겠지요. 요즘 저는 권태롭고 무기력하여 의지를 조절하지 못하고 있습니다. 공연히 쉽게 눈물을 흘리기도 한답니다. 작고 예쁜 꽃 한 송이를 보거나 밤하늘 먼 곳의 별에서 흘러나오는 가느다란 빛줄기에도 눈물이 납니다. 이러한 제 자신이 두렵습니다.

숙부님, 이러한 나약함이 뭔가 제 안의 병약한 부분 때문에 불거져 나오는 것은 아닌지 살펴주시어 판단을 내려주시면 감사하겠습니다.

4월 8일

마을에 이런저런 놀이가 꼬리를 물고 계속되다 보니, 제 의지에도 불구하고 많은 시간을 빼앗기고 있습니다.

아버지를 따라 거의 모든 농장을 돌아보고 있답니다. 아버지와 친구분들은 제가 생각보다 시골 생활에 대해 어느 정도 알고 있다는 사실에 놀라고들 계시지요. 그분들은 제가 신학만 공부한 것이 아니라, 모든 학문과 지식을 공부했다고 믿고 있는 것 같습니다. 이제 막 싹이 움터오는 포도나무를 보고 제가 페드로 히메네스 포도주와 돈 부에노 포도주가 될 포도를 구분하는 것을 보고 어찌나 놀라워하시던지요. 제가 보리의 싹과 아니스의 싹을 구분하는 것을 보고는 거의 감동을 하고 말았습니다. 그분들은 과실수를 구별하고, 들판 여기저기 자란 온갖 풀의 이름과 성장 상태를 알아보는 저를 감격 어린 표정으로 바라보았답니다.

페피타 히메네스는 아버지를 통해 제가 이곳 농장들에 아주 관심이 많다는 사실을 알아차리고는 아버지와 저를 이곳에서 가까운 자신의 농장으로 초대해 그곳에서 키우는 딸기를 대접하겠다고 했습니다. 아버지에 대한 그녀의 이러한 깜찍한 마음은 아버지를 무척 들뜨게 만들어서, 저로서는 아버지를 진작 다정하게 대해주지 않았던 그녀의 태도를 비난하고 싶을 정도였습니다. 그러나 막상 그녀를 만나 자연스럽고 솔직하며 담백한 모습을 보자, 전에 가졌던 부정적인 생각이 괜한 오해에서 비롯되었음을 알게 되었습니다. 천진난만한 그녀가 원했던 것은 우리 집안과 우호적인 관계를 유지하기 위해서였다는 사실을 깨닫게 되었으니까요.

그제 오후에 우리는 페피타 히메네스의 농장을 방문했습니다. 상상할 수 없이 아늑하고, 그림 같은 풍경이 가득한 아름다운 곳이었습니다. 우리가 서 있던 곳 맞은편으로 가로질러 흐르는 강은 수백 개의 작은 줄기로 나뉘며 농장 구석구석을 돌아 흘렀습니다. 강물이 모여 떨어지는 곳 주변으로는 백양나무와 버드나무, 꽃이 만발한 복숭아나무와 다른 많은 울창한 나무들이 심어져 있었습니다. 폭포에서 떨어지는 물은 깊은 골을 이뤘고, 그곳은 일렁이는 물결로 만들어진 거품에도 불구하고 바다 깊숙이까지 들여다보일 만큼 맑고 투명했습니다. 폭포에서 휘돌았던 물은 다시 자연스럽게 흘러들어 하구를 향했는데, 양쪽 기슭은 수많은 풀과 꽃으로 뒤덮여 있었답니다. 군데군데 제비꽃 군락이 눈에 띄었습니다. 농장이 끝나는 한쪽 경사면으로는 떡갈나무와 무화과나무, 개암나무를 비롯한 여러 종류의 우람한 나무들이 서 있었습니다. 그리고 평지에 잘 일궈놓은 텃밭에는 딸기와 토마토, 강낭콩, 피망 등이 탐스럽게 자라고 있었습니다. 농장에 딸린 정원은 크지는 않았지만, 이 동네에서 잘 자라는 아름다운 꽃들이 자라고 있었습니다. 무엇보다 장미가 많았는데, 그 종류가 수십 가지는 되는 것 같았습니다. 농장에 있는 집은 인근에서 볼 수 있는 집들에 비해 훨씬 깨끗하고 예뻤습니다. 페피타 히메네스는 농장 감독을 위해 마련된 안채로 우리를 안내했고, 정성스럽게 마련한 간식을 내놓았습니다. 사실, 간식은 우리에게 딸기 맛을 보게 해주기 위한 구실이었지요. 제철은 아니었지만 많은 양의 딸기가 준비되었기에, 우리는 페피타가 기르는 산양에서 짠 젖에 곁들여 마음껏 딸기를 맛볼 수 있었습니다.

아버지와 저 이외에도 의사 선생님과 공증인, 도냐 카실다 숙모, 그리고 신부님도 함께 페피타 히메네스의 목장을 방문하였습니다. 특히 페피타의 영성 지도 신부이기도 한 본당 신부님이 그 자리에 빠질 수는 없었지요. 그녀가 가장 존경하는 분이거든요.

깔끔한 분위기에 맞게, 농장 감독이나 부인, 젊은 총각들이 아닌 단정하면서도 우아하게 차려입은 아가씨 두 명이 음식을 내왔습니다. 페피타의 인정을 받는 그 처녀들은 밝은 색 무늬가 있는 짧은 치마를 입어 날씬한 옷맵시를 드러냈고, 어깨에는 비단 천을 걸쳤으며, 흑단처럼 검게 빛나고 풍성한 머리카락을 곱게 땋아 달팽이라 불리는 비단 리본을 이용하여 머리에 바짝 붙여 올렸습니다. 땋아 올린 머리 위로는 화사하게 피어오른 장미꽃 한 줄기씩을 화관처럼 둥글게 말아 장식을 하였습니다.

페피타의 옷은 검은색의 고급 천으로 만든 것이었지만 특별하지는 않았습니다. 옷의 디자인은 음식을 시중드는 아가씨들의 옷과 비슷했으며, 치마의 길이는 눈에 거슬릴 만큼 짧거나 바닥의 먼지를 쓸고 다닐 만큼 길지도 않게 적당했습니다. 단아한 모양의 검은 천으로 만든 그녀의 옷은 이 지방의 여인들이 보통 그렇게 하듯 가슴과 어깨를 가렸습니다. 그녀는 또한 시중드는 아가씨들과 달리 머리에 아무런 장신구도 없이 금발을 자연스럽게 가지런히 늘어뜨렸습니다. 페피타 히메네스가 다른 여인들과 두드러지게 다른 점은 장갑을 낀다는 사실이었습니다. 그녀는 다른 무엇보다도 손을 희고 예쁘게 가꾸고 싶은 마음이 큰 모양입니다. 분홍빛으로 곱게 반짝이는 손톱과 잘 다듬어진 손을 갖고 싶다는 마음은 분명 인간적인 허약함에서 나온 사치고 허영일 것입니다. 그러나 제가 잘못 기억하고 있는 것이 아니라면, 대 데레사Santa Teresa de Jesus처럼 완덕이 높았던 성녀도 젊었을 때는 손을 곱게 가꾸고 싶다는 마음을 갖고 있었으니, 큰 허물이라 할 수는 없을 듯합니다.

사실 이러한 허영이라면 이해하지 못할 것도 없지요. 깔끔하고 정갈하면서도 우아한 손을 보면 귀족적이고 세련된 듯한 느낌을 받게 됩니다. 가끔은 이런 느낌에 상징적인 의미가 담겨 있는 것은 아닌지 생각합니다. 손은 노동할 때 사용하는 도구이지만, 우리의 우아함을 드러내고 지식과 예술적인 표현 양식을 나타내는 표상이며 하느님이 모든 인간에게 허락하신 권능을 수행하고 의지를 드러낼 때 사용하는 도구가 되기도 합니다. 거칠고 강하며 못이 박힌 노동자의 손은 명령과 수행의 권능을 귀하게 드러내줍니다. 그런 손은 때론 기계같이 보이기도 하고, 때론 파괴적으로 보이기도 합니다. 그러나 페피타 히메네스의 손은 옅은 분홍색 잉크로 그려놓은 듯한 바탕에 푸르고 가느다란 혈관의 흐름이 고스란히 들여다보일 만큼 희면서도 투명해 보였습니다. 그녀의 가늘고 긴 손가락은 그려놓은 듯 여려 보여서, 하느님이 지으신 눈에 보이는 모든 세계에서 물리적인 힘이 결여된 채 인간의 정신으로 지배되고, 인간을 통해 신을 성찰하고 명상하는, 신비스러운 영역을 의미하는 마술적 상징으로 보였습니다. 그녀의 깨끗한 손으로 하는 일에 조금의 욕심이나 불순함, 혹은 부정적인 기운이 스며 있으리라는 가정을 떠올리는 것조차 제겐 불가능하게 느껴졌습니다.

아버지가 페피타 히메네스에게 빠져 있다고 말씀드리는 것이 옳을지 모르겠습니다. 그녀는 아버지에게 상냥하고 친절하게 잘 대해주고 있습니다. 물론 아버지가 원하는 사적인 감정이라기보다는 어른을 깍듯하게 공경하는 상냥함에 가깝습니다. 아버지의 여성 편력에 대해 세간에 나도는 부정적인 소문과 달리, 아버지가 페피타를 대하는 태도는 이상적인 편력 기사 아마디스가 평소에 흠모하던 꿈의 여인 오리아나에게 사랑을 고백할 때 스스로를 겸손하게 낮추던 태도보다 어쩌면 훨씬 더 조심스럽고 부드러운 듯합니다.

　아버지는 이곳 안달루시아 사람들이 모였다 하면 우스개 소리로 쉽게 꺼내곤 하는 남녀의 사랑에 관계된 농담을 입 밖에 꺼내지도 않았으며, 부적절한 어휘를 사용하거나 상황에 맞지 않는 말을 하지 않으려 무척 애를 쓰곤 하셨습니다. 아버지는 페피타에게 '눈이 아름답습니다'라는 식의 말도 꺼내지 않으셨지요. 사실 키르케의 초록빛 눈동자처럼 빛나는 그녀의 두 눈동자는 정말 아름답습니다. 그러나 페피타의 큰 장점은 자신이 그렇게 아름다운 눈을 가졌다는 사실을 알아차리고, 또 그 사실을 이용해서 다른 사람들의 마음을 흔들어놓으려 하거나 호감을 주려는 의도가 조금도 없을 뿐 아니라, 자신의 외모에 대해 아무런 생각이 없이 행동하는 순수한 모습에 있습니다. 숙부님께서는 눈이란 사물을 보기 위해서 있는 것이지 다른 가치가 무엇이 있겠느냐고 반문을 하시겠지요. 그렇지만 제가 듣기로는 미모가 뛰어난 젊은 여인들은 자신의 아름다운 눈을 남자들의 마음을 사로잡아 포로로 만드는 무기나 전기 장치처럼 생각한다고 합니다. 물론 페피타의 눈은 그러한 눈이 아닙니다. 오히려 하늘의 평화와 차분함이 담겨 있는 눈이지요. 그렇다고 차갑고 무표정하게 사람들을 본다는 말은 아닙니다. 그녀의 두 눈에는 자비와 달콤함이 가득하기 때문입니다. 그녀의 눈은 한줄기 빛이나 한 송이 꽃, 심지어는 생명이 없는 사물에도 다정하게 머물지요. 사람들과 함께 있으면 더욱 환하고 다정한 눈길로 그들을 받아들입니다. 곁에 있는 사람이 우쭐대며 수작이라도 걸어오는 경우만 아니라면, 차분하고 온화한 눈길로 마음을 여는 것이지요.

　저는 페피타의 이런 태도가 주도면밀한 계산에 의해 만들어진 것은 아닐까 생각해보기도 했습니다. 만약 그렇다면 그녀는 대단한 연극배우겠지요. 그런데 그렇게 보기에는 그녀의 모든 행동이 너무도 일관되고 악의가 없어 쓸데없는 의혹일 수밖에 없겠구나 하는 결론을 내리게 되었습니다. 그녀의 눈망울과 눈빛은 그녀 안에 내재되어 있는 자연스러움에서 나오는 것이었으니까요.

페피타는 자신의 어머니를 가장 사랑하였습니다. 그리고 다음으로 돈 구메르신도를 도덕적인 의무감이자 인생의 동반자로서 사랑하였습니다. 하지만 그가 죽은 뒤로는 지상의 어떠한 대상에게도 자신의 열정을 피워 올리지 않았습니다. 그리고 지금은 하느님을 사랑하고 있으며, 또 그 사랑 안에서 모든 피조물을 사랑하고 있습니다. 그녀는 영적으로 아주 안정되고 편안한 상태에 있는 것 같습니다. 그러한 그녀가 부럽기도 합니다. 만약 그녀의 태도에서 비난할 것이 있다면, 그것은 그녀 자신도 모르고 있을 이기주의라고 할 수 있을 것 같습니다. 그녀처럼 사랑으로 괴로워하지 않으면서 사물을 사랑하는 것은 어쩌면 쉬울 수도 있습니다. 그녀의 사랑이란 어쩌면 겨뤄야 할 열정도 없이, 자기 자신에 대한 사랑을 조용히 보완하고 보조하는 식으로 이뤄지는 것일 수 있으니까요.

가끔 제 자신에게 물어보곤 합니다. 내 안에도 페피타의 이러한 성향이 있는 것은 아닌지. 그리고 과연 제가 스스로를 판단할 자격이 있는지 말입니다. 그녀의 영혼 안에서 무슨 일이 일어나고 있는지 판단할 만큼 저는 그녀를 알지 못합니다. 설령 제가 그녀의 영혼을 본다 하더라도, 그것은 오히려 제 영혼을 본 것은 아닐까요? 저는 살아오면서 이겨내야 할 열정에 힘들어한 적이 없습니다. 그것은 지금도 마찬가지입니다. 저의 모든 지향은 숙부님의 가르침과 인도에 따라 모든 선한 본능과 악한 본능을 고스란히 지닌 채 동일한 목표를 향해 앞으로 나아갔습니다. 그 목표 아래 욕망으로부터 초연하고 고귀한 마음은 물론이고, 개인적이고 이기적인 욕망과 영광에 대한 집착, 지식에 대한 굶주림, 낯선 나라에 대한 호기심,

명성을 쫓는 마음이 한데 모였습니다. 이 모든 것은 제가 걷고 있는 성직의 길이라는 용어 아래 둥지를 틀고 있습니다. 한편으로는 제가 페피타를 비판할 수 있을 만한 충분한 자격이 있는 것은 아닌가 하며 우쭐대는 면이 있지만, 다른 한편으로는 저야말로 오히려 비판을 받아야 할 대상이 아닌가 하는 생각도 듭니다.

저는 이제 성직의 길에 발을 들여놓았습니다. 이미 세상의 허망한 가치들로부터 제 영혼을 격리시켰습니다. 삭발례도 치렀고, 제단 앞에서 제 자신을 봉헌하기도 했습니다. 그렇지만 제 앞에 뭔가 깨끗이 비워지지 않은 마음이 있음을 보게 됩니다. 제가 가지고 있는 조건으로 스스로 만족할 수 있을 법한 곳에 도달하는 데에 있어서 자유롭지 못한 제 자신을 봅니다. 페피타의 영혼은 어떠한 상태일까요? 그녀는 무엇을 갈망하고 추구하고 있을까요? 제가 굳이 그녀를 비판해야 한다면 손을 가꾸는 그녀를 탓할 수 있겠죠. 어쩌면 자신의 아름다움에 대한 스스로의 만족감을 탓할 수도 있을 것 같습니다. 또한 화려한 옷에 대해서도 지적할 수 있겠지요. 그렇지만 전체적으로는 단정하면서도 검소한 그녀의 옷차림을 선정적이라거나 요염하다고 말할 수 있을지는 모르겠습니다. 그렇다면 혼란스럽습니다. 단정치 못한 옷차림을 덕망이 있는 것이라 할 수는 없을 것이고, 더러운 옷차림을 성스럽다 할 수 없을 테니까요. 순수하게 정갈한 영혼이 자신의 육체 또한 그렇게 순수하고 정갈하기를 원해서는 안 되는 것일까요? 페피타 히메네스의 정갈함과 아름다움을 바라보는 저의 시선에 악의가 있는 것은 아닐까요? 그녀는 어쩌면 저의 새어머니가 되실 수도 있는 분인데 말입니다. 하긴, 그녀 스스로가 원하지 않을 수도 있겠지요. 아버지가 원하지 않을 수도 있겠고요. 사실 여인들이란 이해하기가 힘든 존재인 것 같습니다. 아버지를 사랑하지 않고, 그래서 그와 결혼할 생각이 없으면서도 겉으로는 호감을 주고받으며, 지속적인 관계를 유지할 수도 있지 않은가 하는 생각도 듭니다. 곧 알게 되겠지요.

농장에서의 파티는 정말 편안하면서도 기분이 상쾌해지는 즐거운 시간이었습니다. 모두들 꽃과 과일, 묘목과 나무 심는 일에 관해 수없이 많은 이야기를 나눴습니다. 농장 일에 대한 페피타의 지식은 아버지와 저는 물론이고 본당 신부님까지도 놀라게 만들었습니다. 신부님은 그녀가 얘기를 할 때마다 놀라 벌어진 입을 다물지 못했을 정도랍니다. 신부님께서는 육십 년이 넘는 오랜 세월 동안 안달루시아 지방 곳곳을 안 다녀본 곳이 없을 정도로 샅샅이 돌아다녀보셨지만, 페피타 히메네스처럼 지적이면서도 겸손하고 분별력 있는 여인은 본 일이 없다고 맹세까지 하셨으니까요.

어디를 갔다 오는 길이든, 집으로 돌아가는 길이면, 저는 아버지에게 제가 진정으로 원하는 것은 사제의 길을 걷는 것이며, 따라서 숙부님께 곧 돌아가서 계속 공부를 하고 싶다고 말씀을 드리곤 하였습니다. 그러나 아버지는 그때마다 당신 곁에 저를 두고 있어서 얼마나 마음이 흡족한지 모르겠다며, 지방 유지로서 지금처럼 농장과 농토를 돌보면서 앞으로도 오랫동안 살고 싶다는 마음을 드러내곤 하셨습니다. 물론 페피타 히메네스에 대한 당신의 마음을 애써 숨기려 하지도 않으셨지요. 아버지는 꿈의 여신을 살펴보듯 그녀를 지켜보고 계시며, 앞으로도 몇 달 동안은 그렇게 하실 것처럼 보였습니다.

아버지는 저를 당신 곁에 붙들어놓기 위한 좋은 핑계를 여러 가지 만들어놓으신 것 같습니다. 제 생각은 아랑곳하지 않으시고, 지난번 제가 포도나무의 싹을 보고 어떤 포도주가 만들어질 수 있을지를 정확하게 알아맞혔던 것을 계기로 포도나무를 가꾸는 일을 제가 지켜보게 만드실 계획을 갖고 계셨습니다. 그뿐이 아닙니다. 올리브밭에 관개를 원활하게 하기 위해 나무들 사이로 도랑을 파는 일을 핑계 삼아 아버지 곁에 저를 묶어두실 작정인 듯합니다. 착한 아들을 만들고 싶으신 것이지요.

　문제는 이런 일을 가까이 접하면 할수록 제가 너무 물질적인 것에 노출될까 두려워하게 된다는 점입니다. 기도를 하면서도 제 자신이 영적으로 삭막해졌다고 느낍니다. 제 종교적인 열정이 수그러드는 기분입니다. 세속의 생활에 노출되면 될수록 그러한 생활에 익숙해지는 것만 같습니다. 예전 제 영혼은 깊은 침묵 속에서 하느님을 고양하며 기도에 빠져들 수 있었는데, 요즘은 기도를 할 때 떠오르는 여러 가지 생각들 때문에 집중하기조차 어려울 때가 많습니다. 제 마음은 당연히 추구해야 할 대상을 품에 안지도 못한 채 이리저리 주변적인 것들에 휘둘리고 있습니다. 저를 에워싸고 있는 대상과 상황에 맞서 제 자신을 주체하지 못하는 모습이 부끄럽고 안타까울 뿐입니다.

　한번은 한밤중에 잠에서 깼습니다. 멀리 어디선가 엉성한 기타 반주에 맞추어 부르는 사랑의 노랫소리가 들려왔지요. 노래나 반주 모두 엉성하고 투박하며 가사 또한 제멋대로였지만, 저에게는 마치 천상의 화음처럼 여겨졌습니다. 하지만, 동시에 불순하고 눈먼 열정의 노래라 치부하기도 했지요. 또 어떤 날인가는 아버지 밑에서 일하는 농장 관리인의 아이들이 참새 둥지를 들고 있는 모습을 발견하였습니다. 둥지 안에는 어미 품에서 멀리 떨어진 새끼들이 깃털도 없이 꾸물거리고 있었지요. 저는 새끼들의 처참한 모습을 보고 슬픔에 겨워 그만 눈물을 뚝뚝 흘리고 말았습니다. 그리고 며칠 전에는 한 시골 농부가 다리가 부러진 새끼 송아지를 데리고 왔습니다. 그는 송아지를 도살장에 데리고 갈 계획이었는데, 아버지가 혹시 송아지 고기를 필요로 하지 않을까 해서 온 것이었습니다. 아버지는 고기 약간과 머리와 다리를 주문하셨습니다. 저는 송아지를 보는 순간 목이 메어 당장이라도 농부에게 송아지 값을 치르고 부러진 다리를 치료하면서 살려보고 싶었습니다. 하지만 부끄러움에 그렇게 하지는 못하고 말았습니다.

사랑하는 숙부님, 제 마음이 이렇게 힘들다는 사실을 고백하고 의논 드리는 것은 예전의 조용한 생활로 돌아가서, 학업에 정진하고, 성찰과 명상에 몰두하며, 당연히 그래야 할 건강하고 선한 제 영혼에 불을 붙여 하루라도 빨리 신부가 되고 싶은 마음이 간절하기 때문입니다.

4월 14일

아버지의 간절한 요청 때문에 좀더 머물기로 했습니다. 그래서 요즘도 여전히 비슷비슷한 나날을 보내고 있지요.

아버지 곁에 머물며 기쁘게 해드리는 것 다음으로 제가 즐기는 일은 본당 신부님과 함께 이야기를 나누며 산책하는 것입니다. 신부님은 팔순에 가까운 연세에도 불구하고, 아직은 정정하시고 잘 걸으시는 편입니다. 오히려 그분보다 제가 먼저 지칠 정도지요. 아무리 길이 험하고 어려워도 신부님의 발길을 막을 수는 없습니다. 경사가 심한 언덕이나 낭떠러지까지도 별 무리 없이 올라가시니까요.

본당 신부님은 숙부님같이 해박한 지식을 가진 신부님들만 뵈었던 저에게 보통 스페인 신부의 모습을 알려주는 역할을 하고 계시지요. 아는 것이 별로 없으시거든요. 그렇지만 신부님의 영혼이 얼마나 순수한지 감탄하곤 합니다. 착한 심성을 지닌 신부님은 아주 다정다감하시면서 또 정말 순진하십니다. 정말 순수하고 고운 마음과 영혼을 지닌 분입니다. 그렇다고 본당 신부님의 이해력이 낮은 것은 아닙니다. 많은 교육을 받지 못하셔서 문화적으로 부족하신 것은 사실이지만 맑고 분명한 사고력을 지니셨답니다. 가끔 그분에 대해 제가 너무 좋게만 판단하기 때문은 아닌가 생각해보기도 했습니다. 그렇지만 그런 것은 아닌 듯합니다. 본당 신부님은 문명이 가져다준 모든 좋은 것들을 높이 평가하는 마음과 성교회의 믿음을 현명한 시각으로 잘 조화시키고 계신 것 같습니다. 무엇보다도 감정을 표현하실 때의 단순하고 절제된 그분의 태도가 무척 마음에 듭니다. 온갖 종류의 어려운 일을 다 겪으셔서 지금의 신부님이 되신 것 같습니다. 하늘이 무너져도 솟아날 구멍이 있다는 말처럼 위로가 없는 절망은 없으며, 대안이 없는 문제도 없고, 회복되지 않는 부끄러움은 없으며, 온정의 손길이 미치지 않는 가난함도 없다는 말이 맞는 것 같습니다.

아무튼 이러한 신부님의 곁에는 최선을 다해 신부님을 돕는 페피타 히메네스가 있습니다. 신부님은 어려운 일이 있으면 그녀에게 도움을 요청했으며, 선행이 필요할 때나 헌금이 필요할 때, 그리고 간절한 기도나 민간요법 등이 필요할 때에도 페피타에게 헌신의 기회를 주었습니다. 본당의 재단이 아름다운 꽃으로 눈부시게 빛나는 날이면, 그것은 어김없이 페피타 히메네스가 자신의 정원에서 가꾼 꽃을 가져와 장식했기 때문이었습니다. 고통의 성모님이 걸치고 있던 낡은 망토가 새롭게 눈부신 망토로 바뀌었다면, 그것 또한 그녀가 정성스럽게 짜서 만든 망토였습니다.

그녀의 이런저런 선행과 자선을 지켜본 신부님은 두고두고 고마움과 기쁨을 드러내곤 하였습니다. 신부님과 산책을 하는 동안 제 편에서 별달리 드릴 말도 없고, 또 신부님께서도 억지로 제 얘기를 꺼내려고 하지 않는 경우가 있습니다. 그럴 때면 저는 주로 입을 다문 채 신부님의 얘기를 듣게 됩니다. 신부님 입에서 나온 수많은 이야기들을 듣고 있다 보면 주제는 어느새 페피타 히메네스에 관한 이야기로 머물곤 하였습니다. 사실 신부님께서 제게 들려주실 이야기가 뭐가 있었겠습니까? 의사나 약사, 아니면 부유한 몇몇 농부들에 대해 이야기를 하신다 해도 몇 말씀하신 뒤에는 별로 하실 이야기가 없으셨습니다. 들려줄 이야기가 없었던 것이지요. 신부님은 다른 사람들이 살아가는 이야기에 대해 알고 계신 것이 너무도 없었기 때문입니다. 당연한 것이기도 하죠. 그래도 그나마 제일 자주 만나 이야기를 나누는 사람이 페피타 히메네스다 보니 자연스럽게 이야기의 주제도 그녀에 대한 것이 되고 말았던 것 같습니다.

그녀가 어떠한 책을 읽었는지 어떤 교육을 받았는지는 알 수 없습니다. 그러나 신부님의 말씀을 통해 짐작할 수 있는 것은 그녀가 차분하면서도 지적 탐구욕이 많다는 사실이지요. 끝도 없이 계속되는 그녀의 질문 때문에 신부님은 즐거우면서도 난처한 상황에 처하시곤 한답니다. 신부님은 학문을 본격적으로 하지는 않으셨고, 다만 미사와 전례 의식 등에 관련된 공부만 하셨기 때문에 사물의 이치나 진리에 대한 체계적인 생각과 깨달음은 부족하신 편이지요. 그런데 페피타 히메네스의 질문을 통해 신부님이 미처 생각해보지 않은 새로운 인식 분야에 대해 막연하게나마 생각을 하고, 철학적 성찰을 하시게 된 계기를 무척 기쁘게 받아들이시고 있습니다. 뜬구름 잡는 얘기처럼 불분명하지만 그러한 새로운 인식에 대한 관심과 지적 자극이 신부님에게는 새로운 매력으로 다가오고 있습니다.

신부님은 당신이나 페피타 히메네스의 능력으로는 이러한 생각과 성찰들을 바르게 정리할 수 없을 뿐 아니라, 자칫하면 사교(邪敎)나 이단(異端)이 될 수도 있다는 가능성을 모르시지 않습니다. 신부님은 위대한 신학자도 아니고 교리 문답 정도만 이해하는 수준이지만, 하느님께 완전히 의탁하는 자세만 잃지 않는다면 정도에서 크게 벗어나지 않을 것이며,

따라서 당신의 충고를 따르는 페피타 히메네스 또한 올바른 길에서 벗어나지는 않을 것이라는 신념으로 혼란스러운 마음을 차분하게 가라앉히십니다.

본당 신부님이 들려주신 이야기를 정리해보면 페피타 히메네스의 영혼은 분명 겉으로 드러나는 것처럼 차분하고 평온하지만, 그 안에 예민한 아픔이 함께 있는 것 같습니다. 그녀 안에는 순수함에 대한 갈망이 있었는데, 지난 과거에 대한 보상 심리인 것 같습니다. 그녀가 돈 구메르신도를 사랑한 것은 사실이지만, 인생의 동반자로서, 그리고 선행의 대상으로서, 무엇보다도 도덕적인 의무감에서였습니다. 그녀는 자신이 돈 구메르신도의 부인이었다는 사실에 커다란 부끄러움을 느끼고 있습니다.

성모 마리아를 향한 그녀의 소명은 시작부터 잘못되었던 엉터리 결혼생활에 대한 기억으로부터 나온 우울함과 고통스러운 자기 연민의 감정에 의한 것일 수도 있다고 느껴집니다.

페피타가 집에 꾸며놓은 재단에 아기 예수 상을 모시고 경배를 바치는 것도 원죄와 타락으로부터 자유롭게 태어난 생명에 대한 모성애적 사랑에서 나온 것은 아닌가 생각합니다.

본당 신부님은 페피타가 아기 예수를 마치 하느님을 공경하듯 하는 태도에서, 원죄 없이 잉태하여 낳은 아기를 사랑하는 어머니의 간절한 마음을 느낄 수 있다고 하십니다. 또한 그녀가 이상적인 어머니와 이상적인 아들에 대한 특별한 염원을 갖고 있어서, 원죄 없는 성모 마리아와 아기 예수를 더욱 사랑하는 것 같다고 말씀하셨습니다.

이런 별난 신앙 자세와 태도에 대해 제가 무슨 판단을 해야 할지 모르겠습니다. 여인들이란 정말 알 수 없는 존재인 것 같습니다. 저는 페피타에 대해 신부님이 들려주시는 이야기에 많이 놀라고 있습니다. 가끔은 그녀가 정말 순수하고 좋은 사람이라고 생각합니다. 그러나 가끔은 아버지 때문에 걱정이 되기도 합니다. 아버지는 쉰다섯이라는 나이에 사랑에 빠지셨습니다. 그러나 그녀가 의도적으로 아버지에게 잘 대해주고 있는 것인지, 주도면밀한 생각과 계획에 따라 그렇게 하고 있는 것은 아닌지, 아니면 어차피 그 이상의 관계를 생각하지 않기 때문에 호의적인 관계를 유지하고 있는 것인지 이런저런 생각이 머릿속을 스쳐 지나갑니다.

페피타가 훌륭한 선행을 많이 하고, 기도를 열심히 하며, 조용히 절제 있는 생활을 하고, 교회를 위한 봉헌이나 가난하고 힘든 사람들을 위한 적선을 잘한다고 해서, 그녀가 속세의 주술이나 뭔가 기이한 풍습에 따른 행동을 하지 않는다는 것을 어떻게 알 수 있을까 제 스스로에게 질문을 던지곤 합니다. 어수룩한 본당 신부님을 속이기란 어린아이 손목 비틀기만큼 쉬울 테니까요.

페피타 같은 여인이 아버지처럼 신앙심도 별로 없고, 낭만이라고는 찾아보기도 어려운 거친 남자에게 보여주는 호의도 잘 이해하지 못하겠습니다.

이 시골 동네 사람들이 페피타에게 드러내는 사랑과 존경이 그녀의 선행 때문이라고 믿기도 쉽지가 않습니다. 어린아이들은 밖에 잘 나오지 않는 그녀를 보기 위해 일부러 그녀의 집을 찾기도 하고, 소년들은 그녀를 보면 손에 입을 맞추며, 소녀들은 그녀에게 미소 지으며 사랑스러운 인사말을 건넵니다. 남자들은 길에서 그녀를 만나기라도 하면 얼른 모자를 벗어들고 공손한 자세로 다정한 인사를 합니다.

많은 사람들이 페피타 히메네스를 보아왔을 것입니다. 적지 않은 사람들이 그녀가 태어났을 때부터 보아왔을 것이고, 그녀가 경제적으로 무척 힘든 나날을 보내고 있을 때에는 물론, 돈 구메르신도와 결혼하여 살고 있는 모습도 보았을 텐데, 어찌된 영문인지 사람들은 이런 모든 과거를 잊은 것처럼 마치 먼 이국땅에서 순수하고 맑은 영혼의 순례자가 이제 막 도착하기라도 한 듯이 그녀를 존경과 사랑으로 대하고 있는 것입니다.

본당 신부님처럼 저도 온통 페피타 히메네스에 대한 이야기로 정신이 없네요. 하지만 제가 그녀에 대해 이야기하는 것은 어쩌면 너무도 당연한 일입니다. 이 지방에서는 온통 그녀에 대한 이야기로 가득하거든요. 이곳에는 이 독특한 여인의 이미지와 생각과 영혼에 대한 이야기가 많습니다. 저는 아직도 그녀가 정말 천사 같은 여인인지, 아니면 뭔가 기막히게 뛰어난 수단으로 스스로를 꾸미고 있는 것인지 혼란스럽습니다. 하지만 조금만 생각하면 그녀가 최소한 자신의 헛된 영광을 위해 스스로를 꾸미고 있는 것은 아니라는 확신이 듭니다.

그녀에게는 진지함과 밝음이 있습니다. 그녀가 어떤 사람인지 확인하기 위해서라면 그녀를 한번 만나보기만 하면 충분합니다. 그녀의 걸음걸이나 앉은 모습, 날씬한 키, 매끈하고 시원한 이마, 서글서글하고 맑은 눈망울 등은 모두 하나의 리듬으로 적당한 조화를 이뤄 무엇 하나 어긋남이 없어 보입니다.

이곳에 내려와 이렇게 오래 머물고 있다는 사실만으로도 저에게는 하루하루가 정말 힘에 겹습니다. 숙부님 댁과 신학교에서는 대부분의 나날을 아무런 어려움이 없이 보내왔고, 동료 신학생들과 선생님들 틈에서 명상과 신학의 세계에 흠뻑 파묻혀 지금까지 순조롭게 살아왔는데 말입니다. 그런데 이제 갑작스럽게 여기로 내려와 있으려니까, 제가 마치 해야 할 공부와 명상, 기도 등의 세계에서 벗어나 낯선 속세의 한가운데로 내던져진 기분입니다.

4월 20일

    사랑하는 숙부님께서 보내주신 최근의 편지는 제 영혼에 커다란 위안이 되었습니다. 언제나 그랬던 것처럼 숙부님의 조언은 지혜로운 광채로 저를 비추어주었습니다.

    제 열정이란 비난받아 마땅합니다. 맞습니다. 저는 과정도 거치지 않은 채 그저 목표 지점을 향해 달려가려는 마음으로 가득합니다. 거친 여정을 한 발 한 발 내디디며 앞으로 갈 생각은 하지 않은 채, 그저 종착점에 도달하려는 생각부터 하고 있습니다.

    기도를 할 때에도 메마른 제 영혼이 부끄럽습니다. 분심에 흔들리며 유치한 대상에 감상적인 마음을 쏟아붓습니다. 본질적인 관상기도나 하느님과의 긴밀한 접촉에 목말라하면서도, 이성적이고 추론적인 명상과 상상의 기도를 하찮게 여깁니다. 순수함에 도달하지 못하면서, 빛을 보지도 못하면서, 사랑의 기쁨을 얻기를 바라는 제 자신이 부끄럽습니다.

    제 안에는 오만이 가득합니다. 제 스스로가 보기에도 지나친 오만으로부터 저를 겸손하게 낮춰야 하겠습니다. 하느님께서 허락하신다면, 제 오만과 자만이 악령으로 하여금 저를 저 아래 낭떠러지로 내던지게 하기 전에 말입니다.

    숙부님께서 제게 조언하신 것처럼, 이 모든 상황에도 불구하고 제 영혼이 추악하고 상상할 수도 없는 타락의 길에 떨어지리라고는 생각하지 않습니다. 저는 제 자신을 믿지는 않습니다. 그렇지만 하느님의 자비를 믿습니다. 당신의 은총으로 결코 제가 벼랑 아래로 떨어지는 일이 없기를 희구합니다.

페피타 히메네스와 너무 가까이 지내지 않았으면 좋겠다는 숙부님의 조언에는 일리가 있습니다. 그렇지만 그녀로부터 멀어지기에는 그녀와 이미 너무 가까워진 것 같습니다.

여인들과 가까이 지내면서 거리낌 없는 우정을 나누는 남자들의 경우에는 그들이 일반 신자들이건 성인이 된 수도자나 성직자들이건 노년에 이르렀을 때이고, 그렇지 않다면 그들이 참회와 고행으로 이미 경지에 도달했거나 혹은 열정이 누그러졌을 때이며, 아니면 성 제로니모와 성녀 파울라의 관계나 성 십자가의 요한이나 성녀 테레사의 관계처럼 두 사람 사이에 나이 차이가 많을 때라는 사실을 저도 잘 알고 있습니다. 그렇지만 영적 사랑의 경우에도 죄를 지을 수 있는 것이 아닐까요? 하느님께서 우리 영혼의 주인이며 신랑의 자격으로 우리의 영혼이 다른 어떠한 존재의 방해도 받지 않은 채 오롯이 그분만을 사랑할 때 만족하신다면 말입니다.

제가 위험을 경솔히 여기며 잘난 척하느라 오히려 위험을 찾아나섰다고 생각하지는 말아주세요. 누가 위험한 상황에 있다고 해서, 그 사람이 위험을 즐기기 때문인 것은 아니라고 생각합니다. 솔로몬을 비롯해서 많은 현왕들도 하느님이 그들로부터 얼굴을 돌리시자, 뛰어난 지혜에도 불구하고 혼돈에 빠지고 죄를 짓기도 했습니다. 저같이 젊고 경험도 없으며 가련한 죄인이 덕과의 싸움에서 확고하지 못하다고 한다면 무엇을 해야 할까요?

하느님을 두려워하고 제 나약함을 받아들이며, 숙부님께서 제게 주신 지혜로운 말씀과 충고를 결코 잊지 않겠습니다. 지워야 할 세속의 미련들을 지우기 위해 하느님의 세계를 생각하고 기도하며 열중하렵니다. 그러나 지금까지 제 인식의 깊은 곳에 숨겨 있는 것들을 의혹의 눈초리로 살펴보아도 숙부님께서 염려하시는 부분에 대해 한 점의 두려움도 갖고 있지 않다는 것은 확신합니다.

먼저 보내드린 제 편지들이 페피타 히메네스의 영혼에 대한 칭찬으로 가득했다면, 그것은 아버지나 본당 신부님 때문이지 제 탓은 아닙니다. 왜냐하면 저는 그 여인에 대해 어떠한 호의도 마음에 두고 있지 않았을 뿐 아니라, 오히려 엄격한 잣대로 그녀를 맞이할 준비가 되어 있었기 때문입니다.

페피타 히메네스의 아름다움과 우아함에 대한 제 표현은 그녀의 순수함에 대한 판단에서 나온 것임을 믿어주십시오. 숙부님께서 어떻게 받아들이실지 몰라 이런 말씀을 드리기 쉽지 않았습니다. 제 영혼의 고요한 거울에 페피타 히메네스가 어른거리는 얼룩이 되어 있다는 사실을 부인할 수는 없지만, 숙부님의 거센 의혹이 도리어 저를 그녀와 연결지어 생각하게 만드는 심리적인 역작용도 있지 않나 하는 생각이 듭니다.

사실 숙부님께서 염려하시는 정도는 아닙니다. 제가 페피타 히메네스에 대해 무엇을 생각하고, 보았으며, 칭송을 했나요? 어느 누구도 제가 그녀에 대해 우정이 아닌 어떤 다른 감정을 느끼고 있다거나, 혹은 저의 감정이 예술 작품에 대해 갖는 순수하고 깨끗한 감동과는 다른 종류의 것이라고 판단하지는 못할 것입니다. 만약 제게 감동을 주는 대상이 최고 수준의 예술가의 작품이거나 천상의 사원이라면 더욱더 그런 얘기는 하지 않을 테지요.

사랑하는 숙부님, 다른 한편으로 생각한다면 저는 세상 속으로 들어가야 하는 것은 아닐까요? 세상에 살면서 사람들을 만나고 그들을 교화하며 그 속에서 살아야 하잖습니까. 저에게 조용히 은거하며 명상의 삶을 살아가기보다는 세상에 하느님의 말씀을 전하며 보다 적극적인 삶을 살아가야 한다고 수천 번씩이나 말씀하시지 않으셨나요? 그건 일단 접어두기로 하죠. 자, 그러면 제가 페피타 히메네스를 조심해야 하는 이유는 과연 무엇입니까? 그녀의 아름다운 두 눈을 보며, 그녀의 하얗고 부드러우며 정갈한 피부의 아름다움을 보며, 웃을 때면 환하고 가지런하게 드러나는 진주알 같은 잇속의 아름다움을 보며, 붉은 입술의 아름다움을 보며, 매끈하고 온화한 이마의 아름다움을 보며, 그리고 하느님이 그녀에게 부여한 수많은 아름다움을 보며, 모른 척 두 눈을 감아야 한다면 좀 우스꽝스럽지 않을까요? 물론 자신의 영혼에 음란한 생각의 싹과 악습의 발효균을 가지고 있는 사람은 페피타를 보면서 느끼는 어느 한 가지 느낌만으로도 부싯돌에 불꽃을 튀게 만들어 모든 것을 불사르고 앗아가버릴 수도 있겠지요. 하지만 이러한 위험에 대응하여 스스로 준비하고 기독교 신자로서의 분별이라는 방패로 무장하고 있다면 염려와 걱정할 것이 없다고 생각합니다. 또한 위험에 맞서는 것이 비록 두려운 일이라고는 해도, 자신 앞에 놓인 위험과 맞서지 않고 그로부터 도망부터 치려는 것은 비겁한 태도라 생각합니다.

그러니까 너무 심려치 마세요. 저는 페피타 히메네스를 하느님의 아름다운 창조물로 보고 있을 뿐입니다. 그녀에 대한 제 마음은 주님 안에서 자매에 대한 형제적 사랑입니다. 만약 제가 그녀에 대한 어떠한 호감을 갖고 있다면, 그것은 아버지나 본당 신부님, 혹은 이 동네 사람들로부터 들은 칭송 때문이랍니다.

아버지를 생각하면 페피타 히메네스가 은둔과 명상의 삶과 계획을 포기하기를 원해야 하겠지요. 하지만 아버지가 변덕을 부리시거나 잘못된 열정에 사로잡혀 있는 경우라면, 차라리 그녀가 지금처럼 순결한 미망인의 삶을 살아갔으면 하는 바람을 갖습니다. 그렇게 된다면, 제가 인도나 일본, 아니면 아주 위험한 선교지에 있더라도 그녀에게 순례와 선교에 대한 이야기를 편지로나마 들려줄 수 있는 기쁨을 갖게 될 수도 있겠지요. 그리고 제가 나이가 들어 다시 고향으로 돌아오게 된다면, 역시 나이가 든 그녀와 가까이 지내면서 지금 본당 신부님이 그렇게 하시듯 영적인 대화를 나눌 수 있겠지요. 그렇지만 지금 저는 젊은 청년이므로 그녀 가까이 가지도 않습니다. 직접 말을 건네는 일도 피하고 있지요. 사람들에게 괜한 오해를 일으키거나 헛소문이 나는 것을 원하지 않습니다. 그녀에 대한 제 감정을 드러내고 싶지도 않습니다. 차라리 수줍고 어리석으며, 붙임성이 없는 사람으로 보여지는 편이 낫지요.

페피타에 대한 숙부님의 생각에 저는 조금도 동의하지 않습니다. 두세 달 안에 신부가 될 사람에게 그녀가 어떤 계획을 세울 수 있겠습니까? 그녀는 이제껏 수많은 남성들을 거절하였는데, 이제 와서 무엇 때문에 저를 붙잡으려 하겠습니까? 저는 제 자신을 잘 알고 있습니다. 저는 다행스럽게도 열정에 사로잡히는 부류의 사람이 아닙니다. 물론, 사람들이 저를 못생겼다고 하지는 않습니다. 그렇지만 저는 모든 일에 서투르고, 느리며, 재치도 없는데다가 유쾌한 성격도 아닙니다. 저는 제가 평범한 신학생이라는 사실을 잘 알고 있습니다. 제가 페피타 히메네스에게 구혼을 했던 잘난 청년들과 견주어 무엇이 더 낫겠습니까? 비록 시골 청년들이지만, 그들은 말도 잘 타고, 성격도 유쾌하며, 조리 있게 얘기도 잘하고, 창세기에 나오는 니므롯 같은 훌륭한 사냥꾼이며, 신체로 하는 온갖 운동에 뛰어나고, 노래도 잘 부르며, 안달루시아의 모든 축제에서도 둘째가라면 서러울 정도로 다재다능하고, 춤도 잘 추고, 우아하며, 매력적인데 말입니다. 만약 페피타가 이 모든 재능을 다 거절했다면, 어찌하여 이제 와서 저한테 관심을 두고 악마의 계략과 음모로 제 영혼의 평화를 흔들어놓아 제가 소명을 포기하고 무너지기를 바라겠냐는 말입니다. 그럴 리가 없습니다. 불가능한 얘기입니다. 저는 페피타 히메네스의 선함을 믿습니다. 조금의 과장도 없이 말씀드리자면 저는 미천한 존재입니다. 저는 그녀를 사랑하기에도, 그녀와 친구가 되기에도 미천한 존재일 뿐입니다. 그녀가 성스럽고 성실한 제 삶의 태도 때문에 저를 높이 평가하여, 저에 대한 호감을 갖게 되는 날이 오리라고도 생각하지 않습니다.

숙부님의 편지에서 제 얘기를 모른 척하시는 것이 마치 저를 비난하며 나쁜 결과를 예상이라도 하고 계신 것처럼 느껴져 변명이 지나치게 늘어지게 된 점 죄송스럽게 생각합니다. 용서해주십시오.

숙부님께서 제 얘기를 묵살하신다고 불평하는 것은 아닙니다. 제게 주신 말씀은 지혜로운 충고이며, 대부분 받아들이고 따를 생각입니다. 염려하시는 탓에 설령 조금 지나치신 부분이 있다 하더라도, 그 모든 것이 저를 위한 것임을 잘 알기에 마음으로부터 깊은 감사를 드립니다.

5월 4일

이렇게 오랫동안이나 편지를 드릴 시간이 없었다면 이상하겠지요. 그렇지만 사실이랍니다. 아버지는 저를 가만 놔두지를 않으세요. 그리고 끝없는 방문과 만남이 저를 몰아붙입니다.

대도시에서라면 사람들을 만나지 않고 조용히 홀로 은거할 수도 있으며, 시끌벅적한 소란 속에서도 테베의 은둔지에 있는 듯이 지내는 것이 그리 어려운 일이 아니지만, 이곳 안달루시아에서는, 특히 저처럼 대지주의 아들은 대중들 가운데 노출된 채 살아가야만 합니다. 본당 신부님과 공증인, 도냐 카실다의 아들인 사촌 쿠리토와 그 외의 수많은 사람들이 아무런 제지나 방해를 받지 않고, 지금 글을 쓰고 있는 이 방은 물론 침실까지도 저를 찾으러 오곤 합니다. 그들은 저와 함께 어딘가로 가고 싶다면, 침실에까지 들어와 자고 있는 저를 깨우곤 할 정도니까요.

이곳에 있는 카지노는 밤에만 영업을 하는 것이 아니라 대낮에도 문을 열고 있습니다. 오전 열한 시부터 사람들이 모여들어 한쪽에서는 신문을 펼쳐들고 새로운 소식에 대해 말을 주고받고, 다른 한쪽에서는 카드놀이를 합니다. 어떤 사람들은 하루 종일 카드놀이에 몰두하기도 합니다. 그들의 하루를 지켜보자면 정말이지 더 한가로운 것이 무엇인지 생각이 나지 않을 정도입니다. 한가로움과 나태함을 만끽하기 위해 사람들이 즐기는 놀이의 종류는 아주 많습니다. 카드놀이도 다양해서 단순한 놀이부터 내기와 도박을 즐기기 위한 놀이까지 있습니다. 높은 순서를 만드는 놀이와 여왕 놀이도 있지요. 물론 체스와 도미노도 빠지지 않습니다. 아, 그리고 적지 않은 사람들이 닭싸움에 열을 내기도 합니다.

이런 일을 제외하고도 제가 하는 일은 많습니다. 사람들을 만나고, 농장 일의 진행 사항을 감독하며, 매일 저녁마다 농장 관리인과 하루 입출금을 계산하고, 술 저장고와 양조장을 방문해서 포도주 통을 바꾸고 숙성 과정을 하나하나 확인하며, 집시들이나 말 장수들을 만나 말이나 노새, 당나귀 등을 사고팔거나 교환하고, 헤레스에서 온 이달고라 불리는 사람들과 헤레스 원액에 들어갈 포도주 거래를 성사시키는 등의 일이 제가 요즘 하는 일들이랍니다. 이곳 안달루시아에는 추수나 포도 수확, 올리브 열매 수확 때와 같이 특별한 시기가 되면 또 다른 일과 놀이가 있습니다. 축제나 투우가 이곳 마을이나 가까운 마을에서 벌어지기라도 하면 젊은이들은 여자 친구에게 선보이려고 투우 망토를 두르고 밖으로 뛰쳐나옵니다. 기적의 성모 마리아 상을 성당에서 꺼내어 성지까지 모시는 순례 행렬 축제가 벌어지면, 스카폴라 조각을 걸치고 열렬한 신앙심으로 고양된 수많은 사람들이 소망과 기원을 기도에 담아 순례 행렬에 참여합니다. 이 마을에서 가까운 산맥의 정상에도 그런 순례 성지가 있는데, 소녀들조차 맨발로 길을 걸어 거친 식물의 뿌리와 가시, 자갈에 발을 베이고 다치면서도 가파르고 험난한 산길을 오릅니다.

이곳의 생활은 확실히 매력이 있습니다. 영광을 꿈꾸지 않고 야심에 사로잡히지 않았다면, 비록 힘들기는 해도 달콤한 삶이 될 거라고 확신합니다. 이곳에서도 조금만 노력한다면 고요함을 얻을 수 있을 것 같습니다. 저야 잠시 이곳에 머물기 때문에 상황이 다르지만, 만약 제가 이곳에 정착한다면 다른 사람들의 기분을 상하지 않게 하면서 하루 종일 제 공부와 명상에 집중할 수도 있을 것 같습니다.

마지막에 보내주신 숙부님의 편지는 제 마음을 아프게 했습니다. 숙부님이 계속 제 마음을 믿지 못하시니, 제가 이미 말씀드린 그 답변 이외에 어떤 말씀을 더 드릴 수 있을지 도무지 모르겠습니다.

숙부님께서는 전투에 따라 어떤 경우에는 몸을 피하고 도망을 치는 것이 이기는 것이며 위대한 승리가 될 수도 있다고 조언해주셨습니다. 사도와 교부들과 위대한 학자들의 말씀을 어찌 제가 무시할 수 있겠습니까? 숙부님께서는 제 의지에 따라 도망칠 수 있는 상황은 이미 아니라는 사실을 잘 알고 계시잖아요. 아버지는 제가 떠나기를 원하지 않으십니다. 저는 도망치는 것 이외에 다른 방법으로 이 상황을 이겨내고 싶습니다.

생각하시는 것처럼 모든 일이 그렇게 빨리 진행되어 있지도 않고, 싸움이 벌써 시작된 것도 아니라는 점을 되풀이해서 말씀드림으로써 숙부님께서 안심하실 수 있다면 좋겠습니다.

페피타 히메네스가 저를 사랑하고 있다는 어떤 정황도 없습니다. 행여 저를 사랑한다고 해도, 그것은 숙부님께서 크게 우려하시듯 보통 여인들이 하는 그런 사랑은 분명 아닐 것입니다. 오늘날 교육을 제대로 받고 정직한 여인은 옛날 이야기 책에 나오는 그런 여인네들처럼 뜨겁게 달아오르거나 터무니없지는 않습니다.

숙부님께서 일례로 들어주신 후안 크리소스토모 성인의 일화는 정말 존경스러운 이야기입니다. 그러나 성인의 예가 모든 경우에 들어맞지는 않을 것이라 생각합니다. 파라오 시절 이집트의 수도인 테베에 살던 매우 아름다운 한 귀부인이 야곱의 아들인 요셉에게 사랑을 느끼며 헛되이 동침을 원했습니다. 그러나 요셉은 현명하게 행동을 했고, 결국 이러한 그의 절제와 분별력은 금 신상에 절하라는 느부갓네살 왕의 명령을 지키지 않아 불구덩이에 떨어지게 될 운명에 처해졌던 사드락과 메삭, 아벳스고야 이렇게 세 젊은이들을 불길로부터 구원하는 경이로운 기적을 이뤄냈습니다.

아름다움에 대해서 말하자면, 이집트의 귀부인도 파라오의 궁전에 있는 어떤 여인들도 페피타 히메네스의 아름다움을 능가한다고는 할 수 없을 것입니다. 하긴, 제가 요셉처럼 신의 축복과 선물로 가득한 존재는 물론 아니지요. 페피타 또한 하느님에 대한 믿음이 없는 것도 아니고 말입니다. 설령 그렇다고 하고 이러한 모든 부정적인 가능성을 생각해봐도, 제 경우와 비교하는 것은 좀 심하다는 생각입니다. 후안 크리소스토모 성인이 말씀하시는 교훈은 이교도 문화의 중심지에서 타락한 도덕성을 염두에 둔 것이며, 타락과 추문의 대표적인 상징인 여왕 때문에 나온 것이기 때문에 더욱 거리가 먼 얘기라고 생각합니다. 오늘날은 기독교 정신이 사회에 큰 영향을 미치는 시대이므로, 야곱의 아들이 정절을 지키는 이야기가 바빌로니아의 세 젊은이들이 불에 타 죽지 않은 이야기보다 훨씬 경이로운 일화라고는 생각하지 않습니다.

　숙부님께서 지적하신 다른 부분에 관해서 말씀드리겠습니다. 제게는 위로가 되기도 하며 칭찬으로도 들리는 부분이 있었습니다. 숙부님은 먼저 저의 과장된 감상적 태도와 성향 때문에 유아적인 동기에도 제가 약해지고 눈물짓는 거라고 판단하셨지요. 제 안에 이미 존재하고 있는 이런 여성화된 감상은 없애야 할 대상이며, 그러한 감상을 기도와 명상과 뒤섞이도록 놓아두어 올바른 정신이 오염되도록 해서는 안 된다고 지적하셨지요. 숙부님께서는 제 안에 하느님을 받들어 올리려는 진실한 남성적 힘을 인정하며 격려해주셨습니다. 하느님을 이해하려 애쓰는 지혜란 분명 정열적일 것입니다. 하느님께 온전히 복종하는 의지는 모든 유혹을 벗어던지고 온갖 욕망과의 거친 싸움에서 승리를 거둔 의지겠지요. 의지의 박약함과 느슨함, 그리고 병세가 있는 부드러움으로는 하느님의 사랑과 헌신, 자비를 제대로 이뤄낼 수 없을 것입니다. 여성적인 성향으로는 힘이 부족할 수도 있겠지요. 만약 이러한 성향을 열정이라고 부를 수 있다면, 이러한 열정은 남성적이거나 천상적이라기보다는 여성적일 수 있다고 생각합니다. 숙부님께서 저를 믿으신다며, 느슨하게 풀어진 마음과 연민 때문에 악습에 마음의 창을 열지 않도록 제 자신을 단단하게 만들어야 한다는 말씀은 옳다고 느낍니다. 주님께서는 저를 구원하시겠지만, 저 또한 그분의 도움을 힘껏 받아들여야 구원될 수 있을 것입니다. 제가 만일 정신을 놓는다면, 영혼의 적들과 죄악이 제 마음의 빗장을 부수기 위해 은밀하게 다가오는 것이 아니라, 치열한 전투를 끝내고 온통 피로 물든 깃발을 펄럭이며 마음 놓고 다가오겠지요.

　최근 며칠 동안 저는 가장 잔인한 방식으로 제 사랑을 죽이고 참아야만 했습니다.

아버지는 지난번 페피타 히메네스의 초대에 보답하고 싶어 하셨습니다. 그래서 그녀를 포소 델 라 솔라나에 있는 아버지의 별장에 초대하셨지요. 4월 22일이었습니다. 저는 결코 그 날짜를 잊을 수 없습니다.

포소 델 라 솔라나는 여기에서 약 십일 킬로미터가량 떨어져 있었는데, 길이 없어서 말을 타고 가야만 했습니다. 저는 말 타는 법을 배울 기회가 없었지요. 아버지를 따라 인근 마을을 다닐 때에도 저는 작은 노새를 타고 다녔는데, 노새꾼 디엔테의 표현에 의하면 그 노새가 어찌나 얌전하고 조용한지 마차보다도 훨씬 편안해서 잠이 올 정도라고 했지요. 포소 델 라 솔라나로 가는 여행에서도 저는 그 노새를 타기로 했습니다.

아버지와 공증인, 사촌 쿠리토는 아주 좋은 말을 타고 있었지요. 도냐 카실다 숙모는 거대한 몸집에도 불구하고 힘 좋은 당나귀에 부인용 안장을 얹고 올라탔습니다. 본당 신부님은 저처럼 조용하고 얌전한 노새를 타셨고요.

저는 페피타 히메네스가 숙모처럼 부인용 안장을 얹은 당나귀를 타고 올 것이라 상상했습니다. 저처럼 말을 제대로 타지 못할 거라 생각했던 것이지요. 그런데 그녀는 마치 여전사라도 되는 듯 옷을 간편하게 입은 채, 힘이 넘치고 젊은 말 잔등 위에 모습을 드러내 저를 놀라게 했습니다. 말을 다루는 솜씨가 어찌나 자연스럽고 기교가 뛰어났는지 또 한 번 놀랄 수밖에 없었습니다.

저는 페피타가 말을 타고 씩씩하게 나타난 모습을 보고 기뻤습니다. 그러나 곧 저는 도냐 카실다 숙모와 본당 신부님 곁에서 겨우 앞으로 나아가는 제 모습에 그만 풀이 죽고 말았습니다. 우리는 선두로부터 상당한 거리가 떨어진 채 마차를 타고 가듯 천하태평으로 느린 발걸음을 떼었지요. 물론 앞서 달려가는 말의 경쾌한 발걸음은 저만큼씩 멀어져만 갔습니다.

노새 위에 앉아 있는 제 모습이 불쌍하고 측은했고, 페피타를 생각하니 화가 치밀었습니다. 사촌 쿠리토는 처음에는 은근한 미소를 지은 채 저를 돌아보곤 하였지요. 그러나 곧 저를 놀려대고 조롱하기 시작하는 것이 아니겠습니까?

숙부님, 저의 놀라운 인내심에 박수를 보내주세요. 저는 감정을 드러내지 않으려 애를 썼습니다. 쿠리토는 심하게 놀려대도 제가 별다른 변화를 보이지 않자 더 놀려대지 않았습니다. 그러나 저는 속으로 얼마나 속이 상했는지 모릅니다. 말을 탄 사람들은 시원한 말발굽 소리와 함께 저희를 훨씬 앞서 달려가버렸습니다. 물론 여행에서 돌아올 때도 그랬고요. 본당 신부님과 저는 카실다 숙모를 가운데 둔 채 우리가 타고 있던 노새들처럼 조용히 길을 걸을 뿐이었습니다.

본당 신부님과 이야기를 하는 위로도 갖지 못했습니다. 신부님과의 대화는 늘 기분 좋았는데 말입니다. 그렇다고 조용하고 차분하게 있지도 못했지요. 홀로 공상이나 상상에 빠질 상황도 아니었습니다. 지나치는 경치의 아름다움을 감상하지 못한 것은 말할 것도 없고 말입니다. 도냐 카실다 숙모는 정말 말이 많은 분이세요. 우리는 그저 숙모의 이야기를 들어야만 했지요. 마을에 돌고 있는 온갖 소문에 대해서는 물론이고, 숙모의 일상생활에 대해서도 모두 알게 되었습니다. 소시지와 모르시야 순대, 과자와 다른 수많은 요리를 만드는 법에 대해서도 정말 자세하게 말씀하시더군요. 부엌일과 돼지 잡는 일에 있어서 숙모를 능가할 사람이라고는 페피타 히메네스의 유모인 안토뇨나를 제외하고는 아무도 없다고 떠들어댔지요. 안토뇨나는 지금 페피타의 집안 살림을 도맡아 하고 있다고 했습니다. 저도 그녀를 알고 있습니다. 전갈을 갖고 집안을 오갔는데, 카실다 숙모만큼이나 말이 많았지요. 물론, 숙모보다는 몇 배 더 조심스러웠지만 말입니다.

포소 델 라 솔라나로 가는 길은 참으로 좋았습니다. 그러나 워낙 느리게 가다 보니 마음이 조급해져서 경치를 제대로 구경하지도 못했지요. 산간 농장에 접어드는 길에 도착해서 노새에서 내리자, 노새가 저를 태우고 온 것이 아니라 제가 노새를 태우고 오기라도 한 것처럼 발걸음이 홀가분해졌습니다.

모두들 편안하게 걸으면서 주변을 살펴보았습니다. 웅장하면서도 다채롭게 펼쳐진 풍경들이 한눈에 들어왔습니다. 한쪽으로는 끝도 보이지 않는 포도밭이 있었는데, 잘 자란 포도나무와 어린 포도나무들이 어우러져 있었지요. 다른 한쪽으로는 올리브밭이 펼쳐졌고, 그 옆으로 안달루시아 지방을 통틀어 가장 거대한 떡갈나무들이 하늘을 받치고 서 있었습니다. 포소 델 라 솔라나의 강은 맑고 유량이 많아서 주변에 있는 많은 새들이 물을 마시기 위해 찾아드는 곳입니다. 그물과 끈 달린 망에 하루에도 수십 마리의 새가 잡힌다고 합니다. 새들을 바라보고 있자니 어렸을 때 새를 잡으러 그물을 들고 다니던 제 모습이 떠올랐습니다.

강을 따라서 수심이 깊어지는 곳 주변으로는 백양나무와 다른 키 큰 나무들이 한데 어우러져 있고, 그 사이로 관목과 풀이 자라나 짙은 그늘 아래 뒤엉킨 미로를 만들고 있습니다. 헤아릴 수 없이 많은 야생풀과 허브가 자연스레 조화를 이루고 있는 그곳의 경치보다 더 조용하고 한적하며 기분 좋은 곳을 찾기란 무척 힘들 듯싶습니다. 구름 한 점 없이 투명한 하늘에서 밝은 빛이 쏟아져 내려오는 한낮에는 한쪽 그늘에 누워 낮잠을 자기에 더없이 좋은 곳입니다. 밤이 되면 더욱 고적하고 조용해서 신비스러운 두려움마저 감도는 곳이기도 합니다. 저 옛날 교부들이나 고대의 영웅들과 목동들이 만났던 요정이나 신, 천사가 나타날 법한 신령한 분위기가 감도는 곳이지요.

숲의 아름다움에 취해 안쪽으로 걸어가던 중 어찌된 영문인지 알 수는 없지만, 페피타와 저 단둘이 마주치게 되었습니다. 다른 사람들은 숲 밖에 머물러 있었던 모양입니다.

그 순간 저는 온몸으로 놀라고 있는 것을 느꼈습니다. 그녀와 단둘이, 그것도 그렇게 외딴곳에 있게 된 것은 처음이었으니까요. 한적한 오후에 사람들과 떨어져 숲 속에서 여인과 함께 있게 되다니요.

페피타는 승마용 긴 치마를 산간 농장에 벗어둔 채 가볍고 약간은 짧은 치마를 입고 있었습니다. 그렇다고 걸을 때마다 우스꽝스러운 몸놀림이 드러날 정도는 아니었습니다. 머리에는 안달루시아풍의 작은 모자를 우아하게 쓰고 있었지요. 손에는 말채찍을 들고 있었는데, 마치 마법사가 들고 다니는 마법의 막대처럼 느껴졌습니다.

이 자리에서 그녀의 아름다움을 칭송하게 되어도 어쩔 수 없습니다. 그렇게 상쾌하고 해맑은 장소에서 본 그녀는 더욱 아름다웠습니다. 여인의 아름다움을 경계할 수 있도록 고행 수도자들이 저희에게 들려준 충고들이 떠올랐습니다. 예를 들어 여인을 늙고 병들고 추하다고 상상하거나, 이미 넋이 나가 죽은 육체로 본다거나, 벌레가 버글거리고 냄새나며 썩어가는 육체를 떠올리라는 그러한 충고들 말입니다. 왜 그렇게 끔찍한 상상을 해야만 하는지 개인적으로 이해할 수는 없습니다. 아무튼 어떤 나쁜 상상도 제 이성을 혼란에 빠뜨리지는 못했습니다. 제 의지와 감각을 좀먹지도 못했고요.

끔찍한 상상으로 여인의 아름다움을 훼손해야 한다는 충고를 받아들이는 대신 제 나름대로 마음을 정리했습니다. '아름다움은 하느님의 예술작품이다. 오래 유지될 수도 있고, 순간 사라지는 찰나의 것일 수도 있다.

그러나 아름다움의 이데아는 영원한 것이어서 사람들의 마음 안에 한번 새겨지면 영원히 지워지지 않는다. 오늘 내 앞에 드러나는 이 여인의 아름다움은 짧은 세월 안에 사라질 것이다. 우아한 몸매와 조화로운 이목구비, 어깨 위에 오뚝 솟아 있는 우아한 목과 머리, 이러한 모든 아름다움 또한 구더기의 먹이가 되고 말 것이다. 그러나 만약 물질이 형식으로 변하고, 예술적 사고로 바뀌고, 아름다움 자체로 승화된다면 누가 그것을 파괴할 수 있을 것인가. 바로 그것이 신령한 마음에 있는 것이 아닐까. 내게 받아들여지고 내가 인정한다면, 내 영혼 안에 늙지도 죽지도 않으면서 살 수 있는 것은 아닐까' 하고 말입니다.

저는 그렇게 생각을 풀어나갔습니다. 그러자 제 영혼은 차분해졌고, 숙부님께서도 이미 잘 알고 계신 제 고민이 다소 풀려나가는 듯했습니다. 다른 사람들이 어서 도착하기를 원하면서도 원하지 않았습니다. 그녀와 단둘이 있다는 사실이 기쁘면서도 염려가 되었습니다.

페피타의 은방울 같은 목소리가 정적을 깼고, 생각에 잠겨 있던 저를 밖으로 불러내었습니다.

"돈 루이스님은 정말 말씀이 없으시네요. 표정도 슬픈 듯하고요. 아버님께서 저를 초대하시는 바람에 기도와 독서 시간을 빼앗기면서까지 이렇게 억지로 외딴곳에 나오시게 된 것 같아, 모든 것이 혹여 제 탓은 아닌지 두렵습니다."

저는 어떤 대답을 해야 할지 알 수 없었습니다. 혼란스럽고 당황스러워서, 결국 어리석은 대답을 하고야 말 것 같았습니다. 물론 페피타의 비위를 맞추기 위해 뻔하게 알랑거리거나 능글맞은 대답을 할 생각은 추호도 없었습니다.

그녀가 다시 말을 이어나갔습니다.

"제가 무례했다면 용서해주세요. 좋아하시는 기도와 독서를 못하시는 것 말고도 오늘 기분이 즐겁지 않으신 다른 이유가 있을 것 같다는 생각이 들었거든요."

"다른 이유라니 그게 뭐지요? 그걸 아셨다면 말씀해주시겠습니까?"

"그러니까 다른 이유라는 것은 곧 사제가 될 사람으로서가 아닌 스물두 살의 젊은 사람이 갖고 있는 감정에서 나온 것이 아닐까 생각합니다."

이 말을 듣자 얼굴로 피가 쏠려오는 것을 느낄 수 있었습니다. 마치 얼굴이 불붙는 것 같았지요. 저는 온갖 터무니없는 공상을 했습니다. 제 스스로 강박관념의 포로가 되었지요. 내가 자신을 좋아하고 있다는 사실을 그녀가 알게 되었구나, 하는 생각에 제 자신을 원망했습니다. 그러나 제 소심함은 순간 어찌된 영문인지 거만함으로 바뀌었고, 저는 그녀를 한참 훑어보았습니다. 제 시선에는 뭔가 당황한 기색이 있었을 것입니다. 그렇지만 페피타는 그 사실을 알아차리지 못했는지, 아니면 선한 마음으로 짐짓 모른 척했는지 담담한 어조로 말을 했습니다.

"제가 루이스님의 결점을 들먹였다고 불쾌하지 않으셨으면 좋겠습니다. 제가 보기에는 아주 가벼운 문제라고 생각했기 때문이거든요. 루이스님은 쿠리토의 지나친 농담에 기분이 나빠지신 것 같아요. 당신 나이의 젊은이들처럼 튼튼한 말을 타지 않고, 팔순의 신부님처럼 노새를 탄 채 먼 길을 와야 했던 것도 기분이 상할 수 있었던 이유인 것 같고요. 교구청 신부님께서 말 타는 법 정도는 가르쳐주셨어도 좋았을 텐데 말이죠. 승마가 루이스님이 생각하시는 장래에도 방해가 되지는 않을 거라 생각하거든요. 그리고 아버님께서도 루이스님이 여기에 와 계신 동안만이라도 말을 배울 수 있는 기회를 주셨더라면 좋았을 거라는 아쉬움을 느껴요. 혹시 페르시아나 중국으로 가시게 되었는데, 그곳에 기차가 없다면 얼마나 힘이 드시겠어요. 그리고 어쩌면 그 먼 이국의 사람들에게는 말을 잘 타지 못하는 선교사가 우습게 보일 수도 있을 것 같아요. 그렇게 된다면 복음을 전하는 일이 더 어려워질지도 모르잖아요."

이런저런 이유를 달아 페피타 히메네스는 저에게 선교사에게도 승마가 필요하다는 점을 인정하게 하고, 아버지를 선생님으로 삼아 승마를 배우겠다는 결정을 이끌어내었습니다.

"우리가 함께 새로운 여행을 하게 될 때는 지금처럼 노새가 아닌 아버지가 갖고 계신 말 가운데 가장 건강한 녀석을 타고 가도록 하겠습니다."

"정말 반가운 말씀이세요."

페피타는 설명할 수 없이 부드러운 미소로 대답했습니다.

잠시 후 우리가 있던 곳으로 다른 사람들이 왔습니다. 그들을 보자 저는 내심 무척 반가웠습니다. 특별한 다른 뜻이 있었던 것은 아니고, 그저 여인들과 이야기를 하는 재간이 워낙 없는 제가, 그녀와 대화를 계속하기란 무척 어려웠기 때문이지요.

우리는 산책을 마치고, 냇물이 흐르는 아름다운 경치를 배경으로 싱그러운 풀밭에 앉아 아버지의 하인들이 마련한 투박하고 풍성한 점심을 먹었습니다. 흥미진지한 대화가 이어졌고, 그때마다 페피타의 재치와 분별력이 눈에 띄었답니다. 사촌 쿠리토는 제가 한쪽으로 다리를 모은 채 순한 노새의 잔등에 올라타던 모습을 또다시 놀려대면서, 저를 신학자라 불렀습니다. 느릿느릿한 노새 등에 앉아 있던 제 모습이 마치 축성을 주는 것처럼 보였다며 놀려댔습니다. 저는 말을 타는 법을 배우겠다는 결심을 했기 때문에 부드러운 농담으로만 받아주었습니다. 그렇지만 승마를 배우겠다는 얘기는 하지 않았습니다. 나서서 얘기를 늘어놓기보다는 어느 순간에 말을 타는 제 모습을 보여주며 놀래주는 편이 낫다고 생각했기 때문이었지요. 페피타 또한 저와 미리 약속한 것이 아님에도 불구하고 제 생각에 동의하기라도 하는 것처럼 아무 말도 하지 않았습니다. 그 순간부터 그녀와 나만의 비밀이 생기게 되었고, 그 사실은 저에게 묘한 느낌을 가져다주었습니다.

그날은 특별히 말씀드릴 다른 일은 없었습니다. 오후 늦게 우리는 되돌아왔습니다. 저는 여전히 노새 등에 앉아 카실다 숙모 옆에 있었지만, 갈 때보다 지루함이 훨씬 덜했습니다. 돌아오는 길에도 카실다 숙모가 수많은 이야기를 늘어놓았지만, 저는 공상에 잠겨 있곤 했습니다.

제 영혼 안에서 이뤄지고 있는 어떠한 것도 숙부님께는 비밀이 아닙니다. 그렇기에 말씀드리자면, 페피타는 저의 이러한 공상의 중심이고 초점이며 핵심이었습니다.

초록빛 줄기로 뒤엉킨 복잡하고 어둡고 고요한 숲의 영상 한가운데 떠오르는 그녀의 모습은 고전이나 종교 서적을 읽으면서 제가 만났던 인물들의 모습을 떠올리게 합니다. 비록 그 인물들이 선했건 악했건, 평범한 사람의 능력을 뛰어넘는 놀랄 만한 존재들에 대한 기억 말입니다. 페피타는 제 상상의 나래 안에서, 우리의 앞을 가고 있던 말을 타는 모습으로서가 아니라 깊은 숲 속에서 이상적이고 천상적인 모습으로 나타난다는 말이지요. 아에네아스에게 나타난 어머니의 모습이고, 칼리마코에게 나타난 팔라스의 모습이며, 방랑 목동 크로코에게 나타나 나중에 리부사를 잉태하게 될 공기의 정령 모습이고, 아리스테오의 아들에게 나타난 디아나의 모습이며, 맘브레 계곡에서 교부에게 나타난 천사들의 모습이요, 고적한 황야에서 성 안토니오에게 나타난 반인반마의 모습입니다.

페피타와의 숲 속에서 가진 자연스러운 만남은 제 안에서 뭔가 경이로운 변화로 바뀌었습니다. 그리고 잠시 이러한 상상이 확실하다고 느껴지자, 벅찬 감정에 휩싸이는 저를 느낄 수 있었습니다. 그녀와 단둘이 솔라나 강가에 머물렀던 시간은 분명히 아주 짧았고, 자연스럽지 않거나 천박한 일이 일어나지 않았음에도 불구하고, 혼자 노새를 타고 돌아오는 길에 악마가 수십 가지 망측한 상상으로 저를 함몰시키기 위해 제 주변을 맴돌았으니까요.

그날 밤 저는 아버지에게 말 타는 법을 배우고 싶다고 말씀드렸습니다. 페피타가 저를 부추겼다는 사실을 구태여 숨기려 하지도 않았지요. 아버지는 제 말을 듣자 너무도 기뻐하셨습니다. 저를 안고 키스를 하시고는, 숙부님만 제 스승이 아니라 당신께서도 저에게 뭔가를 가르쳐줄 수 있는 스승이 되기 위해서라도 승마를 가르쳐주고 싶다고 하셨습니다. 그리고 이삼 주 내에 안달루시아 전역에서 가장 뛰어난 기수로 만들어주겠다고 공언을 하셨답니다. 지브롤터에 가서 경비대를 따돌리고 밀수한 담배와 면이 든 가방을 가득 싣고 돌아올 수 있을 만큼, 세비야와 마이레나의 모든 축제에서 멋지게 폼을 잡는 기수들의 코를 납작하게 눌러줄 수 있을 만큼, 명마 바비에카와 부세팔로의 잔등 위에서 호령할 수 있을 만큼, 그리고 태양의 마차를 끄는 말들을 땅으로 끌어내려 고삐를 움켜쥘 수 있을 만큼 대단한 솜씨를 익히게 해주시겠다고 말입니다.

제가 배우려 하는 승마에 대해 숙부님께서 무슨 생각을 하실지 모르겠습니다만, 저는 승마를 배워두는 편이 하나도 나쁠 것이 없다고 생각합니다.

아버지께서 저를 가르치면서 얼마나 기뻐하는지 숙부님께서 보실 수만 있다면 참 좋을 텐데요. 제가 승마를 배우고 싶다고 말씀드린 바로 그 다음 날부터 하루에 두 번씩 배우고 있습니다. 어떤 날은 하루 종일 말 위에서 살다시피 시간을 보내기도 했습니다. 첫째 주에는 마장으로 사용하는 잘 고른 땅 위에서 훈련을 했답니다. 그리고 우리는 아무도 보지 않을 때를 이용해서 들판으로 나가곤 했습니다. 아버지는 사람들이 깜짝 놀랄 수 있을 때까지는 제가 말을 타는 모습을 보여주지 않기를 바라셨습니다. 아버지의 허풍이 과장된 것이 아니라면, 사람들이 놀랄 날이 멀지 않은 것 같았습니다. 제가 생각해도 저는 훌륭한 기수가 될 수 있는 기질을 타고난 것 같았으니까요.

"네가 내 아들이라는 사실이 이렇게 잘 드러나지 않느냐!"

아버지는 제가 나날이 발전하는 모습을 보면서 기쁨에 넘쳐 이렇게 말씀하셨습니다.

아버지는 정말 좋으신 분입니다. 숙부님께서도 아버지의 격의 없는 농담이나 불경한 말투를 이해해주셨으면 좋겠습니다. 제 영혼의 깊은 곳에서 왠지 마음이 아픕니다.

계속되는 승마 수업에 온몸이 결립니다. 아버지는 숙부님께 편지를 올려 제가 승마를 배우다 채찍질에 피부를 다쳤다고 말씀드리라고 하십니다.

얼마 지나면 아버지로부터 더는 승마를 배울 필요가 없을 것 같습니다. 그렇지만 아버지는 승마 수업이 끝나도 사제가 되려는 저에게는 낯설고 불필요할 수도 있는 여러 가지 잡다한 수업을 계속하고 싶어 하십니다. 한번은 저에게 승마 투우를 가르치고 싶어 하셨습니다. 물론 타블라다의 평원에서 투우에 맞서서 손에 창을 쥐고 말을 타며 묘기를 부리는 제 모습을 보고 다른 건장한 투우사들을 놀래키고 싶어 하셨던 것이지요. 또 한번은 당신이 젊은 시절 기사단에서 활동했던 때를 기억하시고는 저에게 펜싱을 가르쳐주려고 당신의 칼과 장갑, 마스크를 찾아오시기도 하였습니다. 그리고 당신처럼 단검을 자유자재로 다룰 수 있도록 저를 가르치겠다고 하시기도 하였지요.

숙부님께서 저 대신 대답을 해주시겠지요. 아버지는 옛날에는 사제들은 물론이고 주교들조차 말을 탄 채 이교도들과 싸운 적이 있다고 주장하십니다. 물론 저는 그런 일은 야만 시대에나 일어났을 법한 일이며, 오늘날 교회의 높은 자리에 있는 분들은 어느 누구라도 갈등이 있는 곳에서 무기가 아닌 대화와 설득을 택하리라 확신합니다. 아버지는 설득이 어려울 때는 어쩔 수 없이 폭력이 벌어지기도 하는 것 아니겠냐면서 오히려 저를 타이르려 하셨답니다. 당신이 읽으신 소설이나 성인 열전 등에 과장되게 묘사된 영웅들의 행동이 진짜라고 믿고, 선교사 또한 경우에 따라서는 그러한 행동을 해야 한다고 확신하셨지요.

먼저 사도 야곱 성인을 예로 들었습니다. 성인은 무어인들과의 전투에 참여하였고 백마를 탄 채 그들에게 복음을 전파했다는 거예요. 가톨릭 두 왕의 대사 자격으로 무어 왕 보압딜을 만나러 사자의 뜰에 갔다가 논리적으로는 무어인들을 개종할 여지가 없다고 판단하고는 칼을 빼들고 무어인들과 한판 승부를 겨뤘던 베라의 한 기사의 예도 들었지요. 그뿐이 아닙니다. 비스카야 출신 이냐시오 로욜라가 성모 마리아의 동정성을 놓고 무어인과 논쟁을 벌이다가 도저히 참을 수 없을 만큼 무어인의 신성 모독이 심해지자 칼을 들고 나설 수밖에 없었다는 이야기를 늘어놓으셨습니다. 저는 아버지에게 이냐시오 로욜라의 일화는 그가 아직 성직에 마음을 두지 않았을 때의 것일 뿐 아니라 과장되어 있으며, 다른 이야기들 역시 사실과는 많이 다르다는 점을 말씀드리지 않을 수 없었습니다. 안달루시아에는 이렇게 허풍스럽고 과장된 이야기가 많이 나돌고 있답니다.

아무튼 아버지의 허풍스러운 이야기들을 가라앉히며, 제가 원하는 것은 여러 가지 재주가 아니라 다만 말을 잘 타는 정도라고 확인해드렸습니다. 그리고 그런 재주는 신부에게 어울리지 않을 뿐 아니라, 오늘날 아무리 가톨릭 정신으로 나라가 하나로 통일되어 있는 시대라 해도 그런 재주를 가진 신부는 안달루시아, 아니 스페인 전역에도 거의 없을 것이라고 분명히 말씀드려야 했지요.

아버지가 원래 그런 분이라는 점을 제 마음속 깊이 받아들일 수밖에 없습니다. 진지한 주제에 대해서도 겸손이나 존경심 없이 그저 생각나는 대로 마구 말을 쏟아놓는 분이십니다. 그렇다고 당신이 하고픈 대로 하시도록 할 수는 없는 일이지요. 아무튼 아버지의 마음을 뭐라 정의 내려야 할지 모르겠네요. 한 가지 다행스러운 점은 아버지가 선량한 분이라는 사실입니다.

5월 3일 어제는 화창한 봄을 알리는 나무 십자가의 날이어서 무척 들뜬 분위기에 휩싸였습니다. 거리마다 예쁜 꽃으로 장식된 대여섯 그루의 나무 십자가들이 세워져 있었지요. 그 가운데에서도 특히 페피타 히메네스의 집 대문에 있는 십자가 장식은 더욱 아름다웠습니다. 십자가 틀이 완전히 꽃의 바다로 에워싸여 있었으니까요.

밤에는 페피타의 집에서 열리는 축제에 갔습니다. 낮 동안 대문 앞에 세워져 있던 십자가 장식은 아래층 거실 피아노 옆에 세워져 있었습니다. 꽃으로 장식된 나무 십자가와 거실의 단아하고 시적인 분위기는 정말 오랫동안 잊고 있던 어린 시절의 그리운 추억을 떠올려주었습니다.

십자가의 꼭대기에서 일곱 가닥의 넓은 리본이 아래로 흘러내리고 있었는데, 두 가닥은 하얀색이었고, 다른 두 가닥은 초록색, 그리고 나머지 세 가닥은 붉은 빛을 띠며 종교적 덕망을 나타냈습니다. 다섯 살에서 여섯 살가량 된 여덟 명의 아이들은 일곱 성사를 의미하는 일곱 가닥의 리본을 중심으로 둘씩 짝을 지어 춤을 추었답니다. 하얀색 세례복을 입은 아이는 세례 성사를 대표했고, 사제복을 입은 아이는 신품 성사를 나타냈으며, 주교 복장을 한 아이는 견진 성사를 의미했고, 조개껍질 장식이 가득 매달린 망토에 큰 지팡이를 들고 순례자 복장을 한 아이는 병자 성자를 뜻했으며, 신랑과 신부로 꾸민 두 명의 아이들은 혼인 성사를, 그리고 가시관을 쓰고 십자가를 짊어진 한 아이가 고해 성사를 표현했습니다.

춤은 정말 경탄을 자아낼 만큼 훌륭했습니다. 아이들의 발놀림과 움직임도 좋았고, 피아노를 연주하는 연주가의 솜씨 또한 상당히 좋았습니다.

축제에 참여한 아이들은 모두 페피타의 집에서 일하는 사람들의 자식들이었는데, 공연이 끝나자 양손 가득 선물을 받아들고 만족스러운 웃음을 지으며 돌아갔습니다. 아이들이 잠잘 시간이었거든요.

열띤 대화가 열두 시까지 계속되었습니다. 대화가 진행되는 동안 몇 가지 독특한 음료가 나왔습니다. 처음에는 작은 잔에 담긴 꿀차가 사람들의 미각을 사로잡았고, 마지막으로는 과자를 곁들인 초콜릿차와 약간 설탕을 넣은 따뜻한 물이 사람들의 탄성을 자아냈습니다.

조용하던 페피타의 집은 화창한 봄 축제와 함께 화기애애한 분위기로 바뀌었고, 아버지는 그러한 변화에 무척이나 고무된 듯 보였습니다. 봄이 시작되면서 페피타는 매일 밤 대화와 사교의 공간을 마련하기로 하였고, 아버지는 저 또한 대화 모임에 참석하기를 바라셨습니다.

페피타는 상복을 벗고, 아직 이르긴 하지만 우아하면서도 여름을 느낄 수 있는 경쾌한 옷으로 갈아입었습니다. 물론 언제나 그랬던 것처럼 그녀의 옷차림이 천박하거나 경박하지는 않았지요.

아버지께서 이 달까지만 저를 붙들어두셨으면 좋겠습니다. 유월이면 저는 페피타의 곁을 떠나 숙부님이 계시는 도시로 나갈 것입니다. 아마 그녀 또한 좋은 기억이건 나쁜 기억이건 제 생각을 하지 않게 되겠지요. 정말 곧 있으면, 저는 숙부님을 만나는 기쁨과 사제가 되는 행운을 얻게 될 것입니다.

5월 7일

숙부님께 말씀드렸던 것처럼 우리는 매일 밤 일곱 시부터 열두 시까지 페피타의 집에서 모임을 가졌습니다. 보통 네댓 명의 부인들과 대여섯 명의 동네 아가씨들이 참석했는데, 물론 카실다 숙모도 포함되었습니다. 일곱 명가량의 총각들도 참석했는데, 주로 결혼하지 않은 처녀들과 어울려 술래놀이를 하곤 하였습니다. 이 모임에는 서너 쌍의 연인도 자연스레 함께 참석하였답니다.

모임에 공식적으로 모이는 사람들은 언제나 거의 같았습니다. 말씀드리지 않아도 뻔하긴 하지만, 우선 높은 지위의 공무원들이 있었고요. 대지주인 아버지와 약사, 의사, 서기관, 그리고 본당 신부님은 거의 모임에 빠지는 일이 없었습니다.

페피타는 주로 아버지와, 신부님, 그리고 다른 한두 사람과 함께 트레시오 카드놀이를 하곤 하였습니다.

저는 어느 쪽에 앉아야 할지 몰라 당황스러웠지요. 젊은 사람들과 함께 있자니 제 진지함과 심각함이 경쾌하고 흥겨운 분위기를 망치는 셈이 되었고, 또 연세가 든 분들과 함께 있으려니 제가 이해하지 못하는 대화에 끼어 그저 눈치만 보고 있어야 하는 상황이었으니까요. 제가 아는 카드놀이란 제일 간단한 장님 당나귀 찾기 놀이가 고작입니다.

모임에 나가지 않는 편이 저로서는 가장 나은 선택이었겠지만, 아버지는 무척 완강하셨습니다. 제가 모임에 가지 않는 일이란 상상하기도 싫은 불행이라며 우겨대셨지요.

간단한 놀이도 잘 배우지 못한 저를 보고 아버지는 상당히 놀라는 눈치였습니다. 놀이란 사람들과 대화를 나누고 그들을 이해하는 기회라고 생각하시는 아버지에게 트레시오 카드놀이조차 모르는 저는 그야말로 놀라움의 대상이었지요.

"네 숙부가 너를 너무 온실 속에서만 키운 것 같구나. 신학만 가르쳤지 살아가면서 필요한 다른 것들은 어두운 창고에 가둬두고 전혀 가르치지를 않았어. 네가 신부가 된다고 해서 춤을 출 줄 몰라도 되고, 모임에서 잘 어울리지 못해도 된다는 것은 아니지. 아니, 그 간단한 트레시오 카드놀이 하나 할 줄 모른다면, 네가 앞으로 무슨 일을 해나갈 수 있겠냐?"

이런 식의 얘기로 아버지는 저를 몰아세우셨고, 결국 저는 집에 붙들려 아버지로부터 카드놀이를 배웠습니다. 카드를 잘 치라기보다는 페피타의 모임에 가서 당황하지 말라는 의미셨지요. 그러곤 펜싱과 사격, 담배와 작대기 놀이까지 가르치시려 들었습니다. 저는 무슨 일이 있어도 그렇게는 할 수 없다고 말씀드렸습니다.

"내 젊은 시절과 네 젊은 시절이 어쩌면 이렇게 다를 수가 있단 말이냐!"

마침내 아버지가 한숨을 토하듯 외치셨습니다. 그리고 잠시 후 아버지는 빙그레 웃으며 말을 계속하였습니다.

"하긴 근본적으로 모든 것은 다 같은 것이야. 나도 군대 시절 수도 계율을 지킨 셈이다. 담배는 분향하는 향로고, 트럼프는 책이고 말이야. 그렇게 본다면 나도 영적인 소명과 훈련을 게을리 하지는 않은 셈이지. 안 그러냐? 하하하!"

숙부님과 함께 생활한 지난 십이 년 동안 아버지의 이런 성격과 말투에 대해 알고는 있었지만, 경박하다고 할지 자유롭다고 할지 아무튼 아버지의 이런 말투는 저를 몹시 당황스럽게 합니다. 그렇지만, 우리가 아버지에게 뭐라 말할 수 있을까요? 저는 그런 아버지를 비난할 수도 칭찬할 수도 없어 그저 웃고 맙니다.

놀라운 사실은 이런 아버지가 페피타의 집에서는 완전히 다른 사람으로 바뀐다는 점입니다. 다른 곳에서는 함부로 내뱉었을 농담이나 사소한 단어 하나도 그녀의 집에서는 결코 실수로라도 튀어나오는 법이 없습니다. 그곳에서 아버지는 완전히 신사 그 자체가 된답니다. 아버지는 하루가 다르게 그녀의 마음에 가까이 다가가는 듯이 보이며, 승리의 순간도 멀지 않은 듯합니다.

아버지는 지금도 여전히 제 승마 교사 역할을 즐거이 하고 계십니다. 사흘이나 닷새 후에는 순발력 좋고 발이 빠르며, 코르베타 혈통의 아랍 종마와 구아달카사르 암말 사이에서 태어난 흑마, 루세로를 타게 될 것 같습니다.

"루세로를 타는 사람이라면, 축제 때 켄타우루스를 탈 자격을 갖게 될 텐데, 아마도 네가 그 자격을 갖게 될 것 같구나."

매일 들판에서 말을 타고 카지노에 들렀다가 밤이면 모임에 나갔지만, 하루 중 많은 시간을 현재 저의 처지와 상황, 그리고 제 마음을 헤아리는 데 보내고 있습니다. 그런데 이상하게도 페피타의 모습이 제 영혼 한가운데 자리를 잡고 있습니다. 이게 사랑이라는 건가, 제 스스로에게 묻곤 합니다.

사제가 되겠다는 헌신에의 꿈은, 비록 그것이 아직 현실이 되지는 않았지만 저에게는 여전히 유효하고 완전한 도덕적 약속입니다. 이 약속을 방해하는 장애가 제 영혼 안에 있다면, 단호히 그것을 물리쳐야 할 것입니다.

제가 느끼는 점을 말씀드리면 숙부님께서는 오만의 죄를 짓는 것이라 말씀하시겠지만, 모든 걸 뛰어넘어 저를 이끄는 것은 다름 아닌 제 자신의 의지라고 말씀드릴 수 있겠습니다. 모세가 시나이 산 정상에서 하느님과 대화를 나누고 있는 동안, 산 아래에서 모세를 기다리고 있던 사람들은 새끼 송아지를 경배하고 있었습니다. 제가 비록 경험도 적고 어리지만, 제 영혼은 그런 방황과 난동을 두려워하지 않습니다. 하느님과 온전한 대화를 나눌 수 있기를 바랍니다. 또한, 저를 방해하려는 적이 성지에까지 찾아와 저를 시험에 들게 하지 않기를 희망합니다. 페피타의 영상은 제 영혼 안에 자리를 잡고 있습니다. 그것은 정녕 저의 영혼에 싸움을 걸어오고 있습니다. 하느님이 계시는 영혼의 깊은 심연으로 저를 인도하기도 하고 방해하기도 하는 여정에서 만나는 그녀의 아름다움은, 비물질적이고 순수한 이데아적 아름다움입니다.

저는 어떤 것에도 눈이 어두워지지는 않습니다. 올바로 보고, 판단하며, 쉽사리 현혹되지 않습니다. 페피타에게 끌리는 제 영적 관심에도 불구하고, 제 영혼은 무한하고 영원한 사랑에 더 큰 관심을 갖고 있지요. 페피타가 저에게는 이데아나 시(詩)의 반영을 의미하지만, 그것은 단순한 이데아나 시로서가 아니라, 하느님의 사랑이나 하느님의 개념을 포함하는 이데아이며 시입니다. 그러나 아무리 제가 노력해도, 저를 좀먹는 찰나적이고 유한한 그녀에 대한 기억과 이미지에 맞서 싸울 수 있도록 감상적이고 이미지적인 대상을 초자연적 개념으로 덧씌우려는 이 작업이 쉽지는 않습니다. 제게 강력한 상상력을 허락하시어, 그녀에 대한 기억과 영상을 흡수하고 분쇄할 수 있도록 모든 것을 통찰할 수 있는 초월적 개념에 눈뜰 수 있게 되기를 간절히 기원합니다. 제 사랑의 목표와 이상이 헛되고 어두우며 불분명하여 마치 깊은 어둠과 같기 때문입니다. 그녀의 영상은 분명하고 확실하며 밝게 주변 정황과 함께 나타나는데, 영혼의 두 눈이 감당할 수 있을 만큼 차양으로 가려진 빛을 동반하지만, 또한 동시에 영혼의 눈에 그 빛이 너무 강렬하고 밝아 다른 빛은 어두움과 다름 없습니다.

다른 생각을 하려 애써도 그녀의 영상은 사라지지 않습니다. 그녀의 영상이 십자가와 저 사이를 헤치고 떠오르고, 성모 마리아와 저 사이를 뚫고 나타나며, 책을 읽는 도중에도 또렷해집니다.

그렇지만 제가 소위 말하는 사랑에 빠져 상처를 입었다고는 생각하지 않습니다. 설령 그렇다 하더라도 저는 싸워서 이겨낼 것입니다.

매일처럼 떠오르는 그녀의 영상과 쉬지 않고 계속되는 그녀의 기도 소리 환청이 계속되자 본당 신부님까지 저를 염려하시게 되었습니다. 환상과 환청은 제 영혼을 속세로 이끌며 저를 은수의 삶으로부터 끌어내고 있습니다. 그렇지만 저는 아직 페피타 히메네스를 사랑하는 것이 아닙니다. 저는 떠날 것이며, 그녀를 잊을 것입니다.

이곳에 머무는 동안은 용기를 갖고 싸워나갈 것입니다. 사랑과 지침으로 하느님과의 싸움에서도 이겨내렵니다. 저의 간절한 외침이 불붙은 화살이 되어 하느님께 도달할 것입니다. 그리고 제 영혼의 눈을 가리고 있는 콩깍지와 방패를 무너뜨리게 될 것입니다. 저는 이스라엘 백성들처럼 한밤의 고요함을 배경으로 싸울 것이며, 그때 하느님께서는 제 육신에 오셔서 저를 무너뜨릴 것입니다. 그러면 저는 패하면서 곧 승리하게 될 것입니다.

5월 12일

사랑하는 숙부님, 아버지는 제가 생각해보기도 전에 루세로를 타보라고 결정하셨습니다. 결국 어제 오전 여섯 시, 저는 이 아름다운 말을 타고 아버지와 함께 들판으로 나갔지요. 아버지는 밤색의 조랑말을 타셨답니다.

저는 잘생긴 말에 올라탔습니다. 아버지는 당신의 제자를 돋보이게 하고 싶은 마음을 참지 못하셨던 것이지요. 우리는 집에서 삼 킬로미터가량 떨어진 농장에서 잠시 쉬었습니다. 오전 열한 시가 되자 아버지는 저에게 이제 그만 마을로 돌아가자고 하셨습니다. 가장 사람들이 붐비는 거리로 그것도 가능하면 요란하게 먼지를 일으키면서 말이죠. 당연히 페피타의 집을 지나쳤습니다. 그 시간이면 그녀는 초록빛 커튼이 드리워진 아래층 격자 창 가까이에 있을 가능성이 높았습니다.

페피타는 소란스러운 소리를 잘 듣지는 못했던 것 같지만, 눈을 들어 우리를 알아보았고, 양손에 들고 있던 바느질감을 놓고 우리를 바라보았습니다. 루세로는 페피타가 우리를 보는 순간 앞발을 높이 들었습니다. 저는 말을 달려려 했지만, 녀석은 오히려 제 낯선 행동에 놀라 저를 당황시켰습니다. 루세로는 거친 콧김을 몰아쉬더니 껑충껑충 뒷발차기를 하면서 날뛰기 시작했습니다. 그러나 저는 침착하게 말 잔등에 붙어 앉아 제가 녀석의 주인임을 보여주었지요. 박차로 녀석의 옆구리를 차면서 채찍질을 하고 갈기를 잡아챘습니다. 루세로는 몸의 균형을 뒤쪽으로 옮기더니 드디어 순하게 앞무릎을 구부려 주인에게 공손한 예의를 표했습니다.

주변에 몰려들었던 사람들이 여기저기에서 박수를 터뜨렸습니다. 아버지도 흥분하여 외쳤습니다.

"거센 말을 쉽게 꺾는 솜씨가 어쩜 그리 훌륭하냐!"

마침 근처를 걸어가고 있던 제 사촌 쿠리토를 본 아버지는 그에게 이렇게 말씀하셨습니다.

"너 또한 놀라운 광경에 이끌려왔구나. 자네의 '신학자'를 봐라. 어쩐 일인지 이젠 그를 비웃는 대신 놀라움에 질려 있는 것 같구나."

사실 쿠리토는 대단히 놀랐는지 자리에 멈추어 선 채로 입을 벌리고 있었습니다.

제 승리는 정말 대단하고 장엄했습니다. 물론 평소 제 성격과는 어울리지 않는 일이었습니다. 이러한 승리로 저는 그만 부끄러워졌습니다. 제 얼굴은 무안함으로 붉게 물들었고요. 석류처럼 붉어졌을 게 틀림없습니다. 게다가 페피타가 저에게 다정한 미소를 지으며 고운 두 손으로 박수를 보내고 있는 모습을 보자 얼굴이 타들어가는 것만 같았답니다.

마침내 저는 늠름한 사나이의 징표를 갖게 되었고, 최고의 기수로 인정받게 되었지요.

아버지는 무척이나 기뻐하셨습니다. 그리고 이제 승마 교육이 완전히 끝났음을 확인하셨습니다. 아버지는 숙부님께서 제게 아주 지혜로운 책을 보내주셨는데 그 내용은 거의 지워지고 책도 낡아 덜렁거렸지만, 아버지 당신이 그 책을 깨끗하게 정리하고 제본도 다시 새롭게 꾸몄다고 확신하게 되었습니다. 트레시오 카드놀이가 제본의 한 부분이라면 그 제본 역시 완전히 끝났습니다.

이틀 밤 동안 페피타 집에서 카드놀이를 했습니다. 제 승마 무훈이 있던 날 밤 페피타는 감동으로 저를 맞이했습니다. 그녀는 이전에는 한번도 하지 않았던 행동을 했습니다. 제 손을 잡은 것이지요.

은수자들이나 고행주의자들이 수없이 경고를 했던 사실을 제가 잊은 것은 아니라는 사실을 알아주십시오. 사실, 은수자들이나 고행주의자들이 위험을 과장한 것은 아닌가 하는 생각이 들었습니다. 여인에게 손을 내미는 행위는 전갈을 맨손으로 잡는 것과 같다는 성경의 말도 다른 뜻으로 쓰인 것이 아닌가 생각됩니다. 종교 서적에서도 성경에 나오는 구절이나 문장들을 순수한 의도라는 의미에서 이런 식으로 아주 혹독하게 해석하고 있는 것 같습니다. 그런데, 여인의 아름다움을 하느님의 완전한 작품으로 이해하지 않는다면 그것이 언제나 파멸의 원인이 되는 것일까요? 상식적으로 생각해볼 때, 여인이 죽음보다 더욱 지독하다는 말을 어떻게 이해해야 하는 것일까요? 여인의 손을 잡는다는 것이 어떠한 경우에든 얼룩을 남기는 것이라는 말을 어떻게 이해해야 좋을까요?

저는 제 영혼 안으로 밀려드는 이러한 의문과 경고들에 재빨리 대답했습니다. 친절하게 저에게 손을 내미는 페피타의 손을 잡았던 것입니다. 그녀의 부드러운 손은 눈으로는 확인할 수 없었던 그녀의 부드러운 성격과 아름다움의 이유를 깨닫게 해주었습니다.

요즘 사람들의 표현에 따르면 만나거나 헤어질 때 한번 손을 내밀면, 그것은 앞으로 언제라도 손을 내어준다는 뜻이라고 합니다. 저는 이런 의식이 순수하고 천박하지 않은 감정을 전제로 한다면, 서로의 우정을 확인하고 애정을 표현한다는 의미에서 긍정적인 것이라 믿고 있습니다. 숙부님께서도 손을 잡고 인사를 나누는 이런 행동이 아무런 해가 되지 않고 위험하지도 않다는 것을 믿어주셨으면 좋겠습니다.

아버지께서 며칠간 농장 관리인이나 관계자들과 함께 보내셔야만 했기 때문에 저는 열 시 반이나 열한 시까지 자유로웠습니다. 또한 아버지 대신 페피타 곁에 앉아 트레시오 카드놀이를 하게 되었지요. 페피타와 저는 항상 카드놀이에 참가했고, 본당 신부님과 공증인 가운데 한 분이 거의 항상 놀이에 끼었습니다. 우리는 십분의 일 레알을 기준으로 해서 배팅을 했으며, 판돈이라고 해봐야 한 판에 일이 두로가 고작이었습니다.

다들 카드놀이 자체에 별다른 흥미가 있는 것은 아니었으므로, 우리는 게임 도중에 흥미 있는 대화를 하거나 경우에 따라서는 논쟁을 벌이기도 했습니다. 그때마다 페피타의 빛나는 지혜와 생동감 있는 상상력, 그리고 우아한 말솜씨는 저를 놀라게 만들곤 했습니다.

페피타가 저를 좋아할 수도 있다는 숙부님의 말씀을 곰곰이 생각하며 주변을 면밀히 관찰했습니다. 그러나 숙부님이 염려하실 만한 어떠한 징조도 발견할 수 없었습니다. 그녀는 자신을 흠모하는 돈 페드로 데 바르가스의 아들에게 드러낼 수 있는 자연스러운 애정으로 저를 대해주었으며, 비록 현재 신부는 아니지만 곧 신부가 될 사람으로 저를 대하면서 제 수줍음과 조용함을 겸손함으로 받아들이고 있습니다.

저는 언제나 숙부님 앞에 무릎을 꿇고 고해 성사를 드리듯 편지를 쓰고 있기 때문에 무엇이든 저에게 일어나는 일은 다 말씀드려야 한다고 생각합니다. 얼마 전에 두세 번 순간적이긴 했지만 묘한 느낌을 겪었습니다. 분명 제가 의식했지만, 그것은 마치 헛것이나 환영과 같은 것이었습니다.

숙부님께 말씀드렸던 것으로 기억합니다만, 키르케처럼 초록색을 띤 페피타의 눈동자는 차분하고 정직합니다. 그녀는 자신의 눈이 가진 힘을 인식하지 못하는 것 같습니다. 눈으로 할 수 있는 일이란 그저 보는 것이라고 생각하는 모양입니다. 그녀의 눈동자는 정말 맑고 순수해서 쳐다보고 있으면 나쁜 생각을 하게 되기는커녕 오히려 깨끗한 생각을 하게 됩니다. 그녀의 시선은 순결하고 순수한 영혼에게는 기분 좋은 안식을 주고, 영혼의 맑지 못한 모든 기운을 죽이고 사라지게 만들지요. 그녀의 눈동자에는 뜨거운 욕망이나 불길의 흔적조차 없답니다. 그녀의 시선은 은은한 달빛과도 같습니다.

페피타의 순수함에도 불구하고 저는 번개처럼 아주 짧은 순간 저를 바라보는 그녀의 두 눈동자에서 사라져버릴 허망한 불길을 두세 번 보았습니다. 제 안에 있는 악마가 만들어낸 허상은 아니었을까요? 그럴 거라고 생각합니다. 악마의 소행이라고요. 분명히 그럴 것입니다.

빠르게 스쳐지나는 느낌으로 그녀가 한 번도 외적인 현실을 경험해보지 못했음을 짐작할 수 있었으며, 모든 것이 저의 환상이었음을 알 수 있었습니다.

달콤한 페피타의 우정과 자애로움에 대해 아무리 곰곰이 생각해본다 해도 제가 그녀의 두 눈에서 발견하는 것은 차분함, 그리고 사랑스럽지만 무관심한 차가움입니다. 이러한 사실을 분명히 알고 있는데도 불구하고 그녀의 뜨겁고 야릇한 시선에 대한 환상은 저를 힘들게 하고 있습니다.

아버지는 남녀 관계에 있어서 보통 주도권을 잡는 것은 여자들인데, 그녀들은 상대방에게 먼저 다가섰다가도 자신들이 원할 때는 아무 일도 없다는 듯이 무책임하게 제자리로 쉽게 돌아갈 수 있다고 말씀하셨습니다. 아버지 말씀에 의하면 여자는 아주 짧은 시선을 통해서도 남자에게 자신의 마음을 드러내 표현할 수 있는 능력을 지녔지만, 나중에 필요한 경우가 생기면 양심에 어긋나는 결정도 내릴 수 있는 존재라고 합니다. 따라서 말로는 설명하기 어렵고 섬세한 영감이나 떨림을 통해서 사랑하는 사람에게 자신의 사랑을 전달하며, 그 뒤에 말을 통해서 보다 확실하고 안전하게 서로의 교감을 확인한다고 합니다. 아버지의 이러한 이론을 누가 믿어줄까요? 아버지 말씀은 오히려 저를 혼란스럽게 하고 생각지도 못했던 상상으로 생각을 확장시키게 만들 뿐이니까요.

아무튼 제 스스로에게 말하곤 합니다. 그러한 일은 정말이지 황당하고 있을 수 없는 일이다, 만약 그런 의도가 있다면, 아버지가 마음에 두고 있는 여인이 나를 마음에 두고 있는 일이 정말 가능하다면, 상황이 얼마나 황당하게 될 것인가, 하고 말입니다.

허구로 만들어진 이러한 두려움을 과감하게 물리치려고 합니다. 페피타와 제가 새어머니 페드라와의 사랑으로 괴로워하는 히폴리투스와 같은 관계가 된다는 것은 있을 수 없는 일이기 때문이지요.

아버지가 저에 대한 페피타의 태도에 대해 조금도 의심하지 않고, 완전한 신뢰를 보이고 있다는 사실에 저는 놀라워하고 있습니다. 숙부님, 저의 오만함을 주님께서 용서하시도록 기도해주세요. 저는 가끔 그러한 신뢰가 마음에 걸리고 화가 나기도 합니다. 아버지가 저에게서 발견하시는 성덕(聖德)이나 제 스스로가 느끼는 성덕 때문에, 제가 페피타를 사랑하게 될 일은 없으리라고 생각할 만큼의 사람인지 스스로에게 묻습니다.

이렇게 예민하고 중요한 사안에 대해 아버지가 제 감정은 조금도 신경 쓰지 않고 이 상황을 방관하는 이유를 어떻게 받아들여야 할지 스스로 추론해보았습니다. 아버지는 아직 근본적인 문제가 해결되지는 않았지만, 당신이 벌써 페피타의 남편이라도 된 것처럼 생각하기 시작했으며, 급기야 토비트 서에 나오는 아스메오나 다른 악한 귀신이 남편들의 눈에 덮었던 음산한 깍지를 두 눈에 덮고 있기라도 한 것 같았습니다. 세속의 이야기나 영적 이야기 모두 하느님이 허락하신 눈을 덮은 깍지에 대한 일화를 적지 않게 담고 있습니다. 물론 하느님의 섭리를 가르치기 위한 것들이지요. 가장 유명한 일화는 음탕했던 부인, 파우스티나를 두었던 마르쿠스 아우렐리우스 황제의 이야기일 것입니다. 뛰어난 현인이며 날카로운 철학자였던 그는 모든 로마인이 다 알고 있는 부인에 대한 소문을 전혀 알지 못했습니다. 그는 자신이 쓴 책에서 자신의 부인을 '다정하고, 꾸밈이 없는 아내'라고 묘사하며, 신들을 비롯하여 지인들과 로마 시민들에게 고마움을 표현하였습니다. 그러나 그 이후 아우렐리우스 황제는 부인이 총애하는 사람들의 덕망과 장점만을 보게 되었고, 눈에 덮인 깍지 때문에 사물과 사람을 제대로 평가하지 못하게 되었습니다. 그런 식으로 아버지 또한 제가 당신의 연적이 될 수도 있으리라는 생각을 추호도 하지 못한 것이라 생각합니다. 물론 저는 그럴 마음이 조금도 없지만요.

　아버지가 보지 못하시는 위험에 대해 경고하는 것은 무례하고 예의에 어긋난 일이라 생각합니다. 뭐라 말씀드릴 방법이 없습니다. 하긴, 제가 뭐라 말씀을 드리겠습니까? 페피타가 저를 보는 시선이 한두 번 정도 보통 때와 달랐다고 말한다면 얼마나 이상하겠어요. 어쩌면 제가 잘못 느낀 것인지도 모르는데 말입니다. 그럴 리가 없지요. 페피타가 저를 은밀히 유혹이라도 하려 했다는 어떠한 증거나 정황도 없으니까요.

　그렇다면 제가 아버지에게 드릴 수 있는 말이 뭐가 있겠습니까? 제가 페피타 히메네스를 좋아하는데, 아버지가 그토록 아끼시는 보석을 빼앗고 싶었다고 말이라도 해야 하는 것일까요? 그럴 수는 없습니다. 사실이 아니니까요. 그리고 설령 그러한 일이 사실이라고 가정해보아도 제 불충과 잘못을 아버지에게 말씀드릴 수는 없을 것 같습니다.

　역시 조용히 있는 것이 나을 것 같습니다. 정말 그녀의 유혹이 저를 공격해온다면 조용히 싸워야 하겠지요. 그리고 이 마을을 떠나 숙부님이 계시는 그곳으로 얼른 달려가겠습니다.

5월 19일

　하느님의 은총과 숙부님께서 보내주신 편지와 충고에 감사드립니다. 오늘은 그 어느 때보다도 숙부님의 충고가 필요한 날입니다.

　미숙한 영혼이 유혹에 시달리는 것은 너무도 어려운 일이라는 신비주의자 테레사 성녀의 말이 옳습니다. 그러나 저처럼 신뢰와 존경을 받고 있는 사람으로부터 배신을 당한다는 것은 그보다 천배는 더 힘들 것입니다.

우리의 몸은 성령이 머무는 집입니다. 그러나 벽에 불을 놓는다면, 비록 불이 붙지 않을지는 몰라도 벽이 온통 그을음으로 더러워지겠지요.

첫번째 떠오르는 유혹의 이미지는 뱀의 머리입니다. 우리가 뱀의 머리를 확실히 밟지 않는다면 독을 품은 파충류는 우리의 머릿속으로 파고 들어와 숨어버릴 것입니다.

세상의 모든 달콤한 술은 아무리 순수하다 해도 일단 목을 부드럽게 넘어가고 난 뒤에는 용의 쓸개즙과 독사의 독으로 변하는 법입니다.

그렇습니다. 저도 숙부님께서 지적하신 부분을 부정할 수는 없습니다. 그렇게 위험한 여인을 부드럽고 온화한 시선으로 바라보는 것이 아니었지요.

제가 길을 잃었다고는 생각하지 않습니다. 다만, 혼란스러운 것은 사실입니다. 목마른 노루가 맑은 샘물을 찾듯 제 영혼은 하느님을 찾고 있습니다. 제 영혼은 하느님 곁으로 돌아가 쉴 곳을 찾습니다. 눈처럼 하얗고 맑으며, 우리를 천국으로 이끌어주는 당신의 달콤한 샘물을 찾느라 제 영혼은 목이 탑니다. 심연은 또 다른 심연을 불러들이는 법인지 제 영혼은 깊은 진흙 수렁에 두 다리를 붙들린 채 서 있습니다.

그러나 시편의 목소리와 숨결이 제게 생생하게 울려 퍼집니다.

일어나소서, 나의 영광이여! 당신께서 저와 함께 계시다면 그 누가 저를 이길 수 있겠습니까? 괴상한 환상과 덧없는 욕망으로 가득한 저의 죄 많은 영혼에게 부르짖습니다. 아, 바빌론의 가련한 딸이여! 네가 우리에게 입힌 해악을 갚아주는 사람에게 복이 있으라! 네 어린 것들을 잡아 바위에 메어치는 사람에게 복이 있으라!

꿈도 광기도 아니었습니다. 그것은 사실이었습니다. 숙부님께 말씀드렸던 것처럼 그녀가 제게 보내는 미소에는 뜨거운 감정이 실려 있었습니다. 그녀의 두 눈은 말로는 설명할 수 없는 묘한 매력으로 가득했습니다. 그녀의 시선은 저를 잡아 이끌며 저를 사로잡았습니다. 아몬이 타마르를 보듯, 세겜이 디나를 보듯, 저는 그녀의 두 눈을 보며 열정에 사로잡혀 불길한 불길을 피워 올렸습니다.

우리가 그렇게 서로를 바라보고 있는 동안 저는 하느님의 존재조차 떠올리지 못했습니다. 그녀의 영상은 제 영혼의 가장 깊숙한 곳에서 모든 것을 이겨낸 승리자의 모습으로 나타났습니다. 그녀의 아름다움은 모든 아름다움을 능가하는 것이었습니다. 하늘의 달콤함도 그녀의 상냥함에는 견줄 수 없을 것처럼 느껴졌습니다. 번개처럼 스쳐가는 이러한 시선 하나만으로도 영원한 아픔을 무한한 행운으로 느끼게 만들어주었습니다.

집에 돌아와 방에 혼자 있게 되니까 어두운 밤의 고요함을 배경으로 제가 얼마나 무섭고 두려운 상황에 처하게 되었는지 깨닫게 되었고, 곧 깨지게 되겠지만 한 가지 계획을 세우게 되었습니다.

저는 다음 날 밤 페피타의 집에 가지 않기 위한 구실로 병에 걸린 척 해야겠다고 다짐을 했습니다. 그러나 다음 날이 되면 또다시 페피타의 집을 찾습니다.

아버지는 우리 두 사람을 완전히 신뢰하고 있기 때문에 제 영혼에 무슨 일이 벌어지고 있는지 추호의 의심도 하지 않습니다. 오히려 시간이 되면 먼저 모임에 가라시면서 당신은 농장 감독과 일을 마저 마친 뒤에 따라 가겠다고 하시곤 합니다. 그러면 저는 못 갈 것 같습니다, 라는 말을 하면서 가지 않을 핑계를 찾기는커녕 모자를 들고 서둘러 모임에 참석하기 위해 집을 나섭니다.

집에 들어서면서 페피타와 저는 손을 잡고 인사를 나눕니다. 그녀와의 악수는 저에게 마술과도 같습니다. 제 존재는 소리 없는 세상으로 빠져듭니다. 제 심장은 활활 타오르는 불꽃으로 변하고 머릿속은 오직 그녀 생각으로 가득합니다. 어쩌면 제가 그런 뜨거운 시선을 먼저 주었는지도 모르겠습니다. 언제부턴가 저는 견딜 수 없는 욕망으로 그녀를 뚫어져라 바라봅니다. 그녀가 웃을 때 만들어지는 양 볼의 보조개와 하얀 얼굴, 오똑한 콧날과 작은 귀, 턱에서 목으로 내려가는 부드러우면서도 아름다운 목선까지, 그녀를 볼 때마다 매번 새로운 무엇인가를 찾으려 애를 쓰고 있는 제 자신을 느끼게 됩니다.

다시는 오지 않겠다고 다짐했다가도 어김없이 그녀의 집에 들어섭니다. 그리고 그녀의 집에 들어서기만 하면, 그녀의 매력에 무너져버리고 저항할 수 없는 강력한 마법의 힘에 빠져들어갑니다.

그녀의 두 눈만이 저를 사로잡는 것은 아닙니다. 그녀의 목소리는 천상의 음악처럼 우주의 모든 조화를 일깨우며 귓가에 스며듭니다. 그녀의 정갈한 몸에서 향긋하게 피어나는 산과 들, 강가에 피어 있는 박하 꽃향기보다 은은한 냄새를 온몸으로 느낄 수 있습니다.

이렇게 혼미해진 상태에서 어떻게 제가 트레시오 카드놀이를 하고 논쟁에 끼어들 수 있는지 도무지 알 수 없습니다. 저는 완전히 그녀에게 빠져 있거든요.

우리의 시선이 서로 교차될 때면 우리의 영혼도 서로 만나 교차되고 하나가 됩니다. 그곳에 어떻게 설명할 수 없는 우리의 수천 가지 사랑이 있고, 그곳에서 지식으로는 알 수 없는 방식으로 우리의 감정이 교류하며, 인간의 언어로는 담을 수 없는 시구절이 울려 퍼지고, 그곳에 목소리로 낼 수 없고 악기로도 도달할 수 없는 음악이 연주됩니다.

포소 델 라 솔라나에서 본 이후 둘이서만 만난 적은 없었습니다. 제가 그녀에게 말을 건네지도 않았고, 그녀도 저에게 말을 건네지 않았지만, 우리는 모든 말을 함께 나누고 있습니다.

환상에서 빠져나오거나 어두운 방에 혼자 남겨지게 되면 제가 처해 있는 상황을 냉철하게 돌아보려 노력합니다. 그러면 제 발 앞에 저를 묻어버릴 수 있는 커다란 낭떠러지가 나타납니다. 발이 미끄러지고 이어서 끝없이 떨어지는 제가 보입니다.

숙부님께서는 죽음에 대해 명상을 하라고 충고해주셨습니다. 그녀의 죽음이 아니라, 제 죽음을 말입니다. 우리 인간의 존재가 지닌 불안하고 불완전한 점에 대해, 그리고 죽음 너머 저 먼 곳에 무엇이 있는지도 명상해보라고 말씀해주셨죠. 그러나 죽음이나 삶의 불완전함에 대한 명상과 성찰도 저를 두렵게 하거나 겁을 주지 못합니다. 죽음을 원하면서 어떻게 죽음을 두려워할 수 있겠습니까? 사랑과 죽음은 남매 사이입니다. 자기희생의 감정이 마음속 깊은 곳에서 솟아올라 저에게 사랑하는 사람을 위해서라면 기꺼이 제 목숨을 바칠 수 있어야 하는 것이 아니겠냐는 말을 속삭입니다. 그녀의 눈길에서 나오는 광채와 마주치는 것만으로도 제 삶은 증발되어 사라지는 것 같습니다. 그녀를 보면서 저는 죽어 있는 것입니다.

사랑에 대해 제가 염려하는 것은 두려움이 아니라 사랑 그 자체입니다. 페피타가 저에게 주는 구체적인 사랑을 느끼지만, 제 영혼에서는 보다 강력한 하느님의 사랑이 솟구쳐나옵니다. 그러면 제 안의 모든 것이 변화됩니다. 그러한 변화는 저에게 승리에 대한 확신을 갖게 만듭니다. 제 초월적인 사랑의 목표는 모든 것을 비추고 모든 공간을 빛으로 가득 채우는 태양처럼 제 마음의 눈을 열어줍니다. 제 사랑의 가장 낮은 목표는 대기 중에 날리며 햇빛에 반사되는 먼지 한 알갱이처럼 작습니다. 그녀의 모든 아름다움과 눈부심, 그리고 매력은 창조된 태양의 반사된 빛에 지나지 않으며, 무한하고 영원한 불꽃으로부터 나온 찰나적이고 순간적인 불꽃에 지나지 않기 때문입니다.

사랑으로 불타오르는 제 영혼은 날개를 갖기 위해 몸부림치며, 하늘로 날아올라 저 영원한 불꽃에 다가가 순수하지 못한 모든 것을 태워버리려 합니다.

언젠가부터 제 삶은 투쟁이 되었습니다. 악과 맞서 싸우고 있는 제 상황이 어떻게 겉으로 표시가 나지 않는지 이상할 지경입니다. 거의 밥을 먹지 못합니다. 잠도 잘 자지 못하지요. 졸음이 몰려와 눈꺼풀이 내려앉으면 곧바로 선한 천사와 악한 천사들의 싸움터에서 헤매고 있는 제 자신을 꿈꿉니다. 어둠에 대항하는 빛의 전투에서 저는 빛의 편에서 싸움을 하고 있습니다. 그러나 어느 순간 저는 아군을 배신하고 어둠의 군대로 몰래 잠입합니다. 그러면 '너희 인간들은 빛보다 어둠을 좋아한다'라고 외치는 파트모스의 뱀 목소리가 들려오고, 저는 공포에 휩싸인 채 내가 추락하고 말았구나, 하는 생각에 놀라 잠에서 깨어납니다.

저는 도망을 치는 것 외에 달리 도리가 없습니다. 아버지와 약속한 이번 달이 끝나기 전에 고향을 떠나겠다는 저를 허락하실 리 없으니, 저는 도둑놈처럼 몰래 아무 말도 없이 집을 빠져나가는 수밖에는 없을 것 같습니다.

5월 23일

저는 인간이 아니라 더러운 벌레입니다. 저는 인류의 수치며 굴욕입니다. 저는 위선자입니다.

　죽음의 공포가 저를 에워싸고 있으며, 사악한 기운이 저를 혼란스럽게 하고 있습니다.

　숙부님께 편지를 올리는 것조차 부끄럽습니다. 그러나 이렇게 편지를 올립니다. 모든 것을 하나도 빠짐없이 낱낱이 고백하고 싶습니다.

　저를 올바로 세우는 데 실패했습니다. 페피타의 집을 드나드는 것을 단호히 끊지 못한 채 매일 밤 서둘러 그녀의 집으로 향하곤 했습니다. 제 의지와 관계없이 악마들이 제 발을 들어 그곳으로 억지로 끌고 가기라도 한 것처럼 말입니다.

　그래도 다행스러운 것은 한 번도 그녀와 단둘이 만나지 않았다는 사실입니다. 한 번도 그녀가 혼자 있는 것을 본 적이 없습니다. 언제나 본당 신부님이 곁에 계시면서 우리의 우정이 얼마나 돈독하고 신실한 종교심에서 나온 것인가 하고 흐뭇해 하곤 하셨지요. 신부님은 당신이 그러신 것처럼 우리의 우정도 순결한 종교심이라고 이해하셨습니다.

　제 악의 진화는 아주 빠릅니다. 종탑 꼭대기에서 떨어지는 돌처럼 제 영혼 또한 점점 빠른 속도로 떨어지고 있습니다.

　페피타와 악수를 할 때면 이미 전과 같지 않습니다. 우리 안에서 우러나오는 간절한 마음으로 손을 맞잡으면서 서로의 마음과 기운이 교감하는 걸 느낍니다. 그리고 심장은 터질 듯 쿵쾅거립니다. 무슨 악마의 조화라도 되는 것처럼 서로 맞잡은 손을 통하여 우리의 피가 서로에게 전달되는 것을 느낀다고 해야 할 것 같습니다. 그녀는 자신의 혈관 안에 제 생명이 살아 숨쉬는 것을, 그리고 저는 제 혈관 안에 그녀의 생명이 살아 움직이는 것을 확인할 수 있습니다.

　그녀 곁에 있으면 그녀를 사랑합니다. 그러나 그녀가 멀리 있으면,

그녀를 증오합니다. 그녀가 보이면 사랑의 마음이 충만해지고, 부드러움으로 마음이 벅차오르고, 달콤한 재갈이 채워집니다.

그녀에 대한 기억은 저를 괴롭힙니다. 그녀의 꿈을 꾸면서 아시리아 사람들에게 주덧이 그랬던 것처럼 목이 갈라지고, 야엘이 시사라에게 그랬던 것처럼 말뚝이 저의 관자놀이를 관통하는 것을 느낍니다. 그러나 그녀가 제 곁에 있으면, 제게 그녀는 아가서의 신부 같습니다. 저는 마음의 목소리로 그녀를 부르고 축복합니다. 그녀는 닫힌 포도원이며, 계곡의 수선화요, 들판의 은방울꽃이고, 나의 비둘기며 누이가 됩니다.

저는 이 여인으로부터 벗어나려 노력합니다. 그러나 모든 게 소용이 없습니다. 그녀를 미워하면서도 경배합니다. 눈이 마주치는 순간 그녀의 영혼과 제 영혼은 하나가 됩니다. 그러곤 그녀는 저를 소유하고, 지배하며, 결국 저를 무릎 꿇게 합니다.

그녀의 집을 나서며 저는 매일 밤 맹세합니다. 이제 다시는 이곳을 찾지 않으리라, 라고 말이죠. 하지만 다음 날 밤이 되면 어김없이 그녀의 집을 찾아 나섭니다.

그녀가 제 곁에서 말을 하고 있으면, 제 영혼은 온통 그녀의 말에 흡수되어버립니다. 혹시 그녀가 웃기라도 하면, 빛줄기 하나가 제 심장을 뚫고 들어와 기쁨으로 가득하게 만들어놓습니다.

트레시오 카드놀이를 하면 우연히 우리들의 무릎이 서로 닿는 경우가 있습니다. 그 순간 저는 말로는 설명할 수 없는 떨림을 온몸으로 느낍니다.

숙부님, 제발 저를 이곳에서 꺼내주십시오. 아버지에게 저를 그만 놓아달라는 편지를 써주세요. 만약 필요하다고 생각되시면, 숙부님께서 알고 계신 이 모든 사실을 말씀하셔도 좋습니다. 제발 저를 살려주세요! 숙부님 도와주세요!

5월 30일

하느님께서 제게 이겨낼 수 있는 용기와 힘을 주셨습니다. 페피타의 집을 찾지 않은 지 며칠 되었습니다. 물론 그녀를 만나지도 않았고요.

아프다는 핑계를 댈 필요도 없었습니다. 진짜 아팠거든요. 저의 안색은 창백해졌으며 눈 주변은 검게 변했습니다. 아버지는 정말 큰 관심과 애정을 갖고 어디가 아픈지 물어보곤 하십니다.

하늘나라는 폭력을 허용하였지만, 저는 그 폭력을 물리치려고 합니다. 저에게 하늘의 문을 활짝 열어달라고 하늘을 향해 힘껏 외칩니다.

하느님은 저를 시험하시기 위해 쓴 쑥을 주셨지만, 만일 가능하다면 이 잔을 제게서 거두어주시라고 간청했습니다. 저는 매일 밤을 뜬눈으로 새우며 기도에 집중하였습니다. 쓴 잔이 차츰 높고 친근한 영혼의 사랑스러운 영감으로 바뀌어가기 시작했습니다.

저는 영혼의 눈으로 주변을 돌아보게 되었고, 제 심장의 가장 깊은 곳에서 하늘의 새로운 노랫가락이 울려나왔습니다.

제가 마침내 악의 기운을 물리친다면 그것은 영광스러운 승리가 될 것입니다. 그러나 그 모든 공은 저를 일깨워주는 천상의 왕국에 있겠지요. 하늘나라는 저의 피난처요 쉼터며, 방패와 갑옷으로 무장한 수천의 용감한 전사가 지키는 다윗의 성채요 요새며, 뱀을 내쫓은 리바노의 삼나무와 같습니다.

현인의 말씀을 기억하고 저에게 적용시키면서, 속세의 방식으로 사랑에 빠진 그녀의 존재를 제 생각으로부터 없애고 무시하려 애쓰고 있습니다.

여자는 새 잡는 그물입니다. 그 마음은 올가미며, 그 팔은 사슬입니다. 하느님께 좋게 보이는 사람은 거기에서 벗어날 수 있지만, 죄인은 포로가 될 것입니다.

사랑에 대해 명상하면서 저는 제가 사랑해야 할 대상이 그녀가 아니라 하느님이 되어야 하는 수많은 이유를 발견할 수 있었습니다.

세상의 명예, 권력, 재력과 같은 다른 모든 것에 대한 집착을 버리고 신의 사랑을 받아들일 수 있도록 저를 이끌어주는 설명할 수 없는 기운을 제 마음 깊은 곳에서 느낄 수 있습니다. 이제 저는 그리스도를 본받을 준비가 되어 있습니다. 만약 저를 유혹하려는 적이 저를 산꼭대기에 데려가, 자신 앞에 무릎만 꿇는다면 이 세상의 모든 것을 다 준다고 저를 유혹한다 해도 절대 무릎을 꿇지 않을 것입니다. 그러나 만약 그녀를 제게 준다고 유혹한다면 제가 단호하게 그 유혹을 물리칠 수 있을지는 모르겠습니다. 세상의 모든 부귀영화와 권력, 그리고 어떠한 명예와 왕국도 그녀보다 제 마음을 흔들지는 못하는 것 같습니다.

순수와 욕망이라는 사랑의 두 모습에 비추어 생각해보아도 사랑의 고귀함은 역시 사랑 그 자체에 있는 것이 아닐까 스스로에게 묻곤 합니다. 하느님을 사랑한다는 것은 저로서는 아집과 독선으로부터 벗어나는 상태를 의미합니다. 그분을 사랑하면 그분의 은총으로 모든 것을 사랑하게 되며, 그분이 모든 것을 사랑한다는 사실에 노여움도 질시도 없습니다. 성인과 순교자, 선택된 자와 천사들에 대해서 부러움도 시기도 느끼지 않습니다. 하느님의 피조물에 대한 사랑과 피조물의 하느님을 향한 그리움과 향수를 공감하며, 더욱 그분을 사랑하고, 더욱 그분께 가까워지는 제 자신을 느낍니다. 그러면 어느 순간엔가 그분이 저와 함께 계심을 알게 됩니다. 그때 모든 생명에게 느끼는 형제애는 더욱 뜨겁고 달콤한 사랑으로 바뀝니다. 저는 세상 모두와 하나가 되는 것 같습니다. 그리고 모든 것은 그분 안에서 그분의 사랑과 연결됩니다.

그러나 그녀와 그녀에 대한 사랑을 생각하면 상황은 전혀 다르게 바뀌고 맙니다. 그 사랑은 모든 것으로부터 제 자신을 떼어놓는 미움의 사랑입니다. 저는 제 자신을 위하여 그녀를 사랑하고, 모든 것은 저를 위한 것이며, 그녀를 위해 저는 모든 것이 되고 마니까요. 그녀를 위한 헌신과 희생조차도 이기적인 행위가 됩니다. 그녀를 위해 죽을 수 있다는 결심도 뭔가 다른 방식으로 그녀를 갖지 못하는 데에서 온 절망에서 나온 것은 아닌가 의심스럽습니다. 또한 이러한 죽음에 대한 성찰은 어차피 피조물인 그녀를 또 다른 피조물인 제가 완전하게 사랑할 수는 없는 것이라는 희망적인 성찰에서 나온 것이 아니라, 영원히 그녀를 가슴에서 놓지 못하고 혼란에 휩싸인 채 스스로 죽어가는 꼴이 되고 맙니다.

저는 어떻게 해서라도 그녀에 대한 사랑을 멀리하려 애를 씁니다. 그녀의 영상에 끔찍하고 불결한 이미지를 덧씌우기도 합니다. 그러나 어떻게 된 영문인지 마치 두 개의 영혼과 두 개의 생각하는 능력, 두 개의 의지, 그리고 두 개의 마음을 가지고 있기라도 한 것처럼 제 스스로가 이제 막 확신했던 내용을 부인하며, 순수와 욕망이라는 사랑의 두 얼굴을 하나로 합쳐보려는 노력에 미친 듯 빠져들곤 합니다. 심지어 그녀 곁에 머물면서 계속 그녀를 사랑하며, 성직에의 종교적 열정과 헌신을 포기하는 것은 어떨까 생각해보기도 합니다. 하느님의 사랑이란 조국이 되었건 인류가 되었건 아니면 학문이나 자연의 아름다움에 대한 것이 되었건 그 대상에 대한 사랑이 순수하고 영적이라면 그 어떤 사랑도 배재하지 않기에, 저의 이러한 사랑 또한 용서가 되지 않을까 생각해보는 것입니다. 저는 그녀에 대한 저의 마음을 모든 선하고 아름다운 이미지와 알레고리, 상징으로 삼으려 합니다. 그녀는 저에게 단테의 베아트리체이고, 조국의 형상이고 상징이며, 지와 미의 상징입니다.

이러한 생각은 저를 무서운 상상으로 이끌어갑니다. 페피타에 대한 저의 마음은 이런 상징이면서 또한 대기 중의 수증기 같은 이미지이며 숫자이고 하느님 아래 제가 사랑할 수 있는 모든 대상의 압축과도 같습니다. 단테가 베아트리체를 노래할 때 이미 그녀가 죽고 없었던 것처럼 저 또한 그녀가 마치 죽은 것이라 상상합니다.

그녀가 살아 있는 사람이라는 사실을 받아들이면 그녀를 순수한 이념으로 받아들이기란 너무도 어렵기 때문이지요. 따라서 제 상상의 나래 속에서 저는 그녀를 죽이고 맙니다.

제가 저지른 끔찍한 상상 때문에 저는 그녀를 생각하며 목 놓아 웁니다. 그녀에게 제 영혼이 가까이 갑니다. 제 심장의 온기로 그녀에게 생명을 불어넣고, 저 용감한 기벨린이 연옥에서 자신의 사랑하는 연인을 바라보듯 그녀를 봅니다. 그녀는 천상의 꽃들과 장밋빛 구름들 사이에서 거품처럼 투명하고 가볍게 떠도는 것이 아니라, 그리스 그림에 나오는 완벽한 여주인공들처럼 차분하고 단호한 분위기에서 명료하고 확고한 이미지로 나타납니다. 마치 피그말리온의 사랑으로 생기를 되찾고 생명력에 넘쳐 사랑을 찾아 나선 젊고 아름다운 처녀의 생동감을 고스란히 담고 있는 갈라테아의 모습같이 말입니다.

저는 혼란스러운 마음을 부여잡고 시편의 지은이처럼 외칩니다.

아, 나의 덕이 무너지는구나. 오, 나의 주여 저를 버리지 마시옵소서. 저에게 오시어 저를 도와주소서. 저에게 당신의 얼굴을 보여주시어 저를 낫게 하소서.

이렇게 저는 유혹에 대항하여 싸움을 계속합니다. 제 희망은 오랫동안 저에게 위안이 되었던 낯익은 곳에서 드러납니다.

악마는 노여움이 가득하여 하느님의 성스러운 종들인 요르단의 깨끗한 강물을 마구 마셔댑니다. 주님의 종들을 향하여 지옥의 불길이 열리고 온갖 괴물들이 쏟아져 나옵니다. 보나벤투라 성인은 이렇게 말씀하십니다. 주님의 종들이 죄를 지었다고 놀라서는 안 된다. 오히려 그들이 죄를 짓지 않았다는 사실을 놀라워해야 한다, 라고 말이죠. 저는 어떠한 유혹도 이겨낼 것이며, 따라서 죄를 짓지 않겠다고 제 스스로에게 다짐합니다. 주님, 저를 보호하소서.

6월 6일

페피타의 유모였다가 지금은 그녀의 집안 살림을 맡은 여집사는 아버지가 말씀하시는 것처럼 정말 주름이 남부럽지 않게 많은 사람입니다. 그녀만큼 수다스럽고 명랑하며 재주가 많은 사람도 드물 것입니다. 그녀는 센시아 선생님의 아들과 결혼했으며, 아들도 물려받지 못한 손재간을 시아버지로부터 물려받았습니다. 시아버지인 센시아 선생님이 포도주 압축틀을 만들고 마차 바퀴를 수리하거나 쟁기를 만드는 재능이 있다면, 며느리는 과자를 만들고 포도즙을 짜며 진수성찬의 음식을 차리는 재능이 있습니다. 다시 말해 시아버지는 목공예에, 며느리는 음식에 탁월한 재능이 있다고 말할 수 있을 겁니다.

그녀의 이름은 안토뇨나인데 인근에서 가장 믿을 만한 사람으로 꼽힌답니다. 그녀가 마음대로 드나들지 못하는 집이라곤 찾아보기 어려울 정도지요. 페피타 또래의 남자들과 여자들에게는 마치 자신이 젖을 주어 키우기라도 한 것처럼 '얘들아'라고 부르며 편하게 말을 놓습니다.

저에게도 물론 다른 젊은이들에게 하듯 말을 놓습니다. 아니, 편하게 말을 놓는 정도가 아니라 때로는 저를 심하게 나무라기도 합니다. 툭하면 저를 찾아 방으로 불쑥 들어와 다짜고짜 왜 페피타를 만나러 오지도 않느냐며 따지기도 했습니다.

아무것도 모르시는 아버지도 저를 나무라십니다. 제가 사람들을 싫어해서 모임에 나가지 않는 것으로 생각하시고는 저를 꾸짖는 것이지요. 어제 저녁에는 아버지의 역정을 참다못해, 아버지가 농장 감독과 계산을 하고 있는 동안 일찌감치 모임에 나갔습니다.

아, 그 모임에 나가지 말았어야 했습니다!

페피타는 혼자 있었습니다. 우리는 서로 마주 보고 인사를 나누었습니다. 우리 둘 모두 얼굴이 붉어졌지요. 손을 내밀어 어색한 악수를 나누었지만, 말을 건네지는 않았습니다.

저는 그녀의 손을 꼭 쥐지 않았습니다. 그녀 또한 제 손을 꼭 쥐지 않았고요. 그러나 우리는 아주 짧은 시간 손을 잡고 있었습니다.

저를 바라보는 페피타의 시선에는 사랑의 그림자 대신 우정과 동정, 그리고 깊은 슬픔의 그림자가 어른거렸습니다.

그녀는 제 마음속에서 벌어지는 투쟁을 눈치 챘던 것입니다. 그리고 제 안에서 하느님의 사랑이 승리를 거두었다는 사실도 알아차린 듯했습니다. 그리고 그녀를 사랑하지 않으리라는 제 결심이 굳세고 요지부동이라는 점도 알아차린 것 같았습니다.

그녀의 태도에서는 저를 탓하려는 마음은 보이지 않았습니다. 아니, 저를 탓할 수 없었겠지요. 제가 옳다는 것을 알았을 것입니다. 반쯤 다문 그녀의 싱그러운 입술 사이로 그녀가 얼마나 고통을 받고 있는지 드러내는 가벼운 탄식이 새어나왔습니다.

우리의 두 손은 아직 마주 잡고 있었습니다. 우리 두 사람 모두 여전히 아무런 말도 하지 않았지요. 제 차가운 시선은 그녀의 두려움을 확인시켜주었습니다. 그녀에게 돌이킬 수 없는 상황을 눈으로 설득했던 것입니다.

갑자기 그녀의 눈빛이 어두워졌습니다. 그녀의 아름다운 얼굴이 백지장처럼 창백해지면서 우울한 표정이 스쳐 지나갔습니다. 마치 고통받는 성모님의 모습과 같았지요. 두 줄기 눈물이 그녀의 뺨으로 천천히 흘러내렸습니다.

그때 제 안에서 무슨 일이 일어난 것인지 알 수 없습니다. 설사 알았다고 해도 어떻게 설명을 해야 할지 모르겠습니다.

그녀의 눈물을 닦기 위해 그녀에게 다가갔습니다. 그런데 어느 틈엔지 우리들의 입술이 맞닿아 입맞춤을 하고 말았습니다.

설명할 수 없는 도취감과 깊은 혼미함이 저와 그녀의 삶 속으로 스며들어왔습니다. 그녀의 몸이 허물어졌고, 저는 두 손으로 그녀를 붙잡았습니다.

하늘은 우리가 사람들이 다가오는 걸음 소리를 알아차리기를 원했던 것 같습니다. 우리는 막 도착한 본당 신부님의 기침 소리에 놀라 서둘러 떨어졌습니다.

정신을 차리려고 애쓰면서 저도 모르게 낮고 강한 소리로 조용하고 끔찍한 상황을 이렇게 말로 표현하였습니다.

"처음이며 마지막이야!"

저는 세속적인 타락의 입맞춤을 말한 것이지만, 제 뇌리에는 이 말이 마치 주문처럼 요한 묵시록에 나오는 전능한 하느님이 처음이며 마지막이라고 자신을 설명하시는 대목이 영상으로 떠올랐습니다. 처음이며 마지막인 그분이 낯선 검으로 나와, 악습과 죄악과 온갖 악으로 가득한 제 영혼에 상처를 주는 이미지가 선명하게 떠올랐습니다.

그날 저녁을 어떻게 보냈는지 기억할 수 없을 만큼, 열병에 시달리듯 사람들 틈에 끼어 정신없이 보냈습니다.

저는 페피타의 집에서 일찍 돌아왔습니다.

고적함 가운데 저의 고통이 퍼져갔습니다.

그때의 입맞춤을 기억할 때, 그리고 그녀와 헤어지면서 나눈 말을 기억할 때, 저는 제 자신을 배반자 유다나 아마사에게 입맞춤하는 척하며 칼로 배를 찌른 요압과 비교하게 되곤 합니다.

두 건의 배신과 두 명의 배신자가 제 영혼을 차지하고 있습니다.

저는 하느님과 그녀 모두를 배신했습니다.

저는 역겨운 인간입니다.

6월 11일

아직은 모든 것을 되돌려 놓을 수 있는 시간이 있을 것 같습니다. 페피타는 자신의 사랑으로 치유가 될 것이며, 우리 두 사람 모두가 지니고 있는 허약함을 이겨낼 수 있을 것입니다.

  그날 밤 이후로 다시는 그녀의 집에 가지 않고 있습니다. 안토뇨나도 저희 집에 들르지 않습니다.

  간절히 빌고 또 빌어서 아버지로부터 성 요한 축일 다음 날인 25일 이곳을 떠나도 좋다는 허락을 받아내었습니다. 성 요한 축일이면 이곳에서는 화려하고 엄숙한 종교 행사가 열립니다.

  페피타와 일정한 거리를 유지하면서 저는 조금씩 차분해지고 있습니다. 지난번 입맞춤이 진정한 사랑을 시험하는 것은 아니었는지 생각하게 되었지요.

  매일 밤을 새우며 기도를 드립니다. 지금의 나를 없애고 진정한 삶의 주체로 다시 태어나기 위해서 말입니다. 간절한 소망과 기도로 저는 주님의 은총을 느끼고 있습니다. 그분은 위대한 자비와 사랑을 제게 보여주십니다.

  초월적 의지와 주님의 사랑에 대한 헌신은 자격이 없는 저에게도 부드러운 평화의 기도로 인도해주십니다. 저는 그녀의 영상을 포함한 모든 영상을 제 미약한 영혼으로부터 벗겨내고 있습니다. 제가 잘못 알고 있는 것이 아니라면, 초월적인 선이 제 영혼에 마음의 안정과 평화를 가져다줄 거라 믿습니다. 이러한 선 앞에서 모든 것은 미천할 뿐입니다. 이러한 아름다움 앞에서 모든 것은 다 추할 뿐입니다. 이러한 행복 앞에서 모든 것은 불행할 뿐이며, 이러한 높음 앞에서 모든 것은 낮을 뿐입니다. 어느 누가 하느님의 거룩한 사랑을 제쳐두고 다른 사랑을 감싸고 끌어안겠습니까?

  그녀의 세속적인 이미지는 제 영혼으로부터 영원히 완벽하게 사라질 것입니다. 저는 기도와 회개의 날을 더욱 날카롭게 다듬을 것이며, 예수가 사원에 들어서 있던 저주받을 상인들을 물리쳤듯 저 또한 강한 채찍을 들어 그녀의 영상을 물리치려 합니다.

6월 18일

    아마 이 편지가 숙부님께 보내는 마지막 편지가 될 것 같습니다.
    저는 25일이 되면 무슨 일이 있어도 이곳을 떠나게 될 테니까요. 곧 숙부님을 만나는 기쁨을 갖게 되겠네요.
    숙부님의 곁에서라면 저는 한결 마음이 놓일 것 같습니다. 숙부님은 저에게 용기를 주시고 제게 부족한 기운을 새롭게 북돋아주실 테니까요.
    서로 다른 격렬한 감정의 폭풍이 제 마음과 맞서 싸우고 있습니다.
    횡설수설하는 제 글이 분별없이 떠도는 제 생각을 고스란히 대변하고 있는 듯합니다.
    저는 그 이후 두 번 페피타의 집에 갔습니다. 당연한 일이지만 매번 저는 엄격하고 차가운 태도를 취했습니다. 그러나 정말 힘이 들었습니다.
    어제는 페피타가 손님을 맞을 상황이 아니어서 모임이 취소되었다는 소식을 아버지가 전해주었습니다. 소식을 듣고 저는 그녀가 잘못된 사랑 때문에 병에 걸린 것은 아닌지 걱정이 되었습니다.
    그날 저녁 왜 나는 그녀의 시선과 같은 시선을 그녀에게 보냈을까. 왜 나는 그녀를 속인 것일까. 왜 나는 내가 그녀를 사랑한다고 믿도록 만든 것일까. 왜 나는 정결하지 못한 입술로 그녀를 찾았으며, 그녀의 입술을 지옥의 불길로 타오르게 만들었을까, 하는 회환에 빠져들었습니다.
    그렇지만, 아닐 거예요. 제 죄악이 다른 죄를 몰고 온 것은 아닐 겁니다. 이미 저질러진 것은 더는 일어나지 않을 거예요. 뭔가 방법이 있겠지요.

다시 말씀드리지만, 25일이면 어김없이 이곳을 떠나렵니다.

낙천적인 안토뇨나가 저를 보러 집에 막 들어왔습니다. 이 편지가 숙부님께 보내는 저주라도 되는 듯이 얼른 편지를 감췄습니다.

안토뇨나는 일 분 정도 머물러 있다 나갔습니다. 저는 그녀와 이야기를 하기 위해 의자에서 일어났고, 그녀의 짧은 방문은 순식간에 끝났습니다. 이 짧은 방문 동안 그녀는 저에게 해괴망측한 이야기를 늘어놓아 저를 아주 힘들게 했습니다.

그녀는 저와 헤어지면서 집시의 말투로 거친 욕을 내뱉었습니다.

"이런 빌어먹을 야바위 사기꾼! 저주받아 마땅한 인간! 개에 물어 뜯겨도 시원찮을 인간! 내 소중한 아가씨를 병들게 만들어놓고서는, 이제 와서 발뺌을 해 사람을 두 번 죽게 만들어?"

이런 말을 퍼부으면서 분노한 이 여인은 품위를 차릴 것도 없이 마구잡이로 제게 달려들어 살점이라도 뜯어놓을 것처럼 어깨를 대여섯 번 심하게 꼬집었습니다. 그러고는 불꽃을 튕기며 방을 나가버렸습니다.

저는 후회하지 않습니다. 그런 말을 들어 마땅하지요. 날카로운 가위로 저를 고문한다고 해도 마땅히 받아들여야 할 것입니다.

아, 주님 페피타가 저를 잊을 수 있게 해주세요. 만약 필요하다면 다른 사람을 사랑해서 그와 행복할 수 있게 해주십시오!

아, 좋으신 주님! 제가 다른 희망을 가져도 될까요?

아버지께서는 아무것도 모르십니다. 그냥 이대로 모르는 채 계셨으면 합니다.

안녕히 계십시오. 며칠 내에 숙부님을 만나 반가운 포옹을 할 수 있을 것입니다.

제가 얼마나 변했는지 보시게 될 겁니다. 제 마음이 고통으로 얼마나 가득한지 모르실 거예요. 아, 순수함도 잃었습니다. 제 영혼이 얼마나 크고 슬픈 상처를 입었는지 상상도 못하실 겁니다!

11
숨겨진 이야기

옮겨놓은 편지들 외에 돈 루이스 데 바르가스의 편지는 더 없다. 만일 이 사랑 이야기의 전말을 알고 있는 사람이 편지에서 밝혀지지 않은 숨겨진 이야기를 따로 적어놓지 않았더라면, 꾸밈없고 열정적인 이 사랑 이야기가 어떻게 전개되었는지 알려지지 않은 채 우리의 궁금증만 가중시키고 말았을 것이다.

*

아무도 페피타의 병이 어디에서 연유했는지 궁금해 하지 않았다. 우리와 그녀 자신, 돈 루이스와 교구청 신부님, 그리고 안토뇨나까지도 왜 그녀가 아프게 되었는지 근본 원인을 찾으려고 애쓰지 않았다.

오히려 그녀가 밝은 표정으로 매일 모임을 주최하고 들길을 산책하고 다녔다면 이상하게 생각했을지도 모르겠다. 그만큼 페피타의 은둔 생활은 자연스러웠다.

돈 루이스에 대한 사랑은 조용하면서도 은밀해, 도냐 카실다와 쿠리토를 비롯해서 돈 루이스의 편지에 등장한 인물들 누구 하나에게도 드러나지 않았다. 더욱이 동네 사람들이야 말할 것도 없었다. 신학자라 불리던 돈 루이스가 자신의 아버지인 돈 페드로 데 바르가스를 제치고 우아하고 아름다우며, 조용하고, 까다로운 미망인인 페피타의 사랑을 차지할 수 있게 되리라고는 어느 누구도 의심은커녕 상상해본 적도 없었다.

흔히들 이곳에서는 여인들이 자신의 하녀와 워낙 친근해서 이런저런 시시콜콜한 이야기도 새어나기기 마련이었지만, 페피타의 경우에는 전혀 그럴 틈이 없었다. 다만 살쾡이처럼 눈치가 빠른 안토뇨나는 자신의 아가씨에게 일어나는 일이라면 모든 것을 훤히 꿰뚫어 알고 있었다.

안토뇨나는 자신이 알아낸 사실을 즉시 페피타에게 따져 물었고, 그녀는 자신을 신줏단지 모시듯 정성껏 키워준 안토뇨나에게 진실을 숨길 수 없었다. 안토뇨나는 마을에 도는 온갖 소문과 험담을 다 주워 삼켜서 입도 험했지만 주인들이야 어떻게 되건 말건 상관하지 않는 다른 하인들과는 근본적으로 달랐으며, 더욱이 페피타에 대해서만큼은 철저히 분별력 있게 행동해 왔다.

이렇게 안토뇨나는 페피타의 비밀스런 사랑을 알게 되었고, 페피타는 안토뇨나의 말투와 표현이 비록 천박하거나 격식에 맞지 않는다 하더라도 자신의 마음을 열고 함께 이야기를 나눌 수 있는 사람이 있다는 사실에 큰 위로를 받았다.

안토뇨나가 돈 루이스를 불쑥 찾아가 존경심은 물론이거니와 예의도 없는 말투로 떠들어대고 돈 루이스를 힘껏 꼬집어 상처를 주며 욕설을 퍼부었던 것도 그녀가 페피타의 마음을 속속들이 알고 있었기 때문이었다.

페피타는 안토뇨나를 부추겨 돈 루이스를 찾아가도록 한 적이 없었기에 두 사람이 만났던 사실조차 알지 못했다.

안토뇨나는 두 사람을 위해 뭔가를 해야 한다고 생각했고, 그렇게 일을 시작했던 것이다. 그러한 결정을 할 만큼 그녀는 페피타와 돈 루이스 사이의 모든 상황을 자세히 알고 있었던 것이다.

페피타도 자신이 돈 루이스를 사랑하고 있는지 아직 모르고 있을 때, 안토뇨나는 이미 알고 있었다. 페피타가 자신은 물론이고 다른 사람들도 눈치를 채지 못하는 사이에 돈 루이스에게 뜨겁고 숨 막히는 시선을 보냈을 때에도, 그곳에 있지도 않았던 안토뇨나는 페피타의 낯선 눈빛에 대해 말을 했었다. 페피타의 시선에 달콤한 반응이 돌아오지 않았을 때에 그녀는 앞으로 벌어질 일에 대해 이미 예상하고 있었다.

이렇게 자신의 마음 깊숙한 곳에 비밀처럼 감추고 있는 내면을 정확히 꿰뚫어보는 하인을 두고 있는 사람도 거의 없을 것이다.

*

돈 루이스가 숙부에게 마지막 편지를 쓴 닷새 뒤부터 이 이야기는 시작된다.

오전 열한 시. 페피타는 위층 침실 소파에 앉아 있었다. 그곳은 안토뇨나를 제외하고는 아무도 함부로 출입을 할 수 없는 곳이다.

그 방의 가구들은 값비싼 것들은 아니었다. 그러나 실용적이고 깔끔했다. 커튼과 소파와 의자는 꽃 장식이 그려져 있는 면으로 만들어졌다. 마호가니 나무로 만든 탁자 위에는 메모지와 필기구들이 놓여 있고, 역시 마호가니 나무로 만들어진 책꽂이에는 종교 서적과 역사 서적들이 즐비하게 꽂혀 있다. 벽에는 판화가 걸려 있는데 역시 종교적 일화를 주제로 한 것들이다. 이런 판화들은 안달루시아에 흔하게 돌아다니는 프랑스 작품들의 값싼 싸구려 모조품들이 아니었다. 엘 파스모 데 시칠리아나 라파엘의 그림, 무릴료가 그린 성 일데폰소와 원죄 없는 잉태의 성모, 성 베르나르도를 주제로 한 이 판화들은 그녀의 섬세한 기호를 잘 드러내고 있다.

꼬인 기둥 다리 위에 얹혀진 낡은 떡갈나무 탁자 위에는 진주와 자개, 상아, 그리고 청동 장식의 서랍장이 놓여 있는데, 그곳에는 서류와 장부를 넣어두는 작은 서랍들이 빼곡히 달려 있다. 서랍장 옆으로는 꽃이 가득 꽂힌 도자기 병이 둘 놓여 있고, 벽 쪽에는 세비야의 카르투하 도자기 화분 여럿에 제라늄과 허브가 심어져 있다. 그 옆으로는 분홍방울새와 카나리아를 위한 세 개의 새장이 달려 있다.

그 방은 페피타의 은신처였다. 낮에는 의사와 본당 신부님만이 그곳을 드나들 수 있고, 밤에는 농장 감독만이 결산을 위해 출입을 할 수 있는 사무실이 되었다.

페피타는 소파에 깊숙이 기대어 앉아 있다. 소파 앞 작은 테이블에 책이 몇 권 놓여 있다.

그녀는 이제 막 자리에서 일어났다. 여름철의 가벼운 잠옷을 걸친 채였다. 그녀의 붉은 머리칼은 제대로 손질도 되어 있지 않지만, 헝클어진 모습도 무척 아름다웠다. 그녀의 얼굴은 창백했고, 눈가에 검은 그림자가 젊음에 어울리지 않게 자리를 잡았다. 그렇지만 정돈되지 않은 그녀의 모습도 온갖 색을 훔쳐다 놓은 듯 아름다웠다.

페피타는 조바심을 드러내고 있다. 누군가를 기다리고 있는 것이다.

마침내 기다리던 본당 신부가 인기척도 없이 방으로 들어왔다.

평상시처럼 인사가 오고 간 뒤에 신부는 페피타 옆에 놓인 의자에 앉았고, 이윽고 둘의 대화가 시작되었다.

*

"그래, 페피타가 나를 불러주다니 반가운 일입니다! 그렇지 않아도 오늘은 내가 와볼까 생각하던 참이었는데. 아니, 얼굴이 왜 이리 창백할까? 어디 아픈 곳이라도 있나요? 나에게 중요한 말이라도 할 모양이군요!"

신부의 다정한 물음에 깊은 한숨을 쉬며 페피타가 이야기를 시작했다.

"신부님은 제 병이 무엇인지 모르시겠어요? 제가 왜 아픈지 모르시겠냐고요?"

신부는 어깨를 으쓱했고 놀랍다는 표정으로 페피타를 바라보았다. 신부는 아무것도 모르고 있었다. 그는 오직 그녀가 들려주는 말에만 신경을 써왔을 뿐이었으니까.

페피타가 말을 이어갔다.

"신부님을 부르는 게 아니었어요. 제가 성당으로 찾아뵙고, 고해소에서 저의 죄를 고백해야 했는데. 불행하게도 저는 죄를 뉘우치지 않고 있습니다. 저의 심장은 죄악으로 단단해졌고, 고해소에서 말씀드릴 용기조차 없어졌습니다. 신부님으로서가 아니라 친구로서 신부님과 얘기를 나누고 싶어요."

"무슨 죄를 말하는 것인지, 그리고 심장이 단단해졌다니 무슨 말입니까? 웬 엉뚱한 말입니까? 페피타 같은 선량한 사람이 무슨 죄를 지을 수 있을까요?"

"아닙니다, 신부님. 저는 나쁜 여자예요. 저는 신부님과 제 자신, 그리고 하느님을 속여왔습니다."

"자, 진정하세요! 마음을 가라앉히고 차근차근 말해보세요. 도무지 알아들을 수가 없군요."

"악령이 제 영혼을 차지하고 있는데 어찌 제대로 말씀을 드릴 수 있겠어요?"

"은총이 가득하신 성모 마리아여! 어린 영혼이여, 마음을 편하게 하세요. 세상에는 영혼을 해치는 끔찍한 세 악령이 있답니다. 오만의 악령인 레비아탄, 탐욕의 악령인 마몬, 그리고 불순한 사랑의 악령인 아스모데오가 그들이지요. 내 장담컨대 그 가운데 어떤 악령도 내가 아는 페피타에게는 들어갈 수 없습니다."

"그 세 악령이 모두 제게 온 것만 같습니다. 세 악령이 저를 포로로 잡았어요."

"무슨 그런 끔찍한 말을? 마음을 진정시키세요. 페피타는 정신이 혼란스러운 것뿐입니다."

"정말 그렇게 되라고 주님께 빌고 싶어요. 그렇지만 모두 다 제 잘못 때문입니다. 저는 탐욕의 죄를 지었습니다. 많은 재산을 가지고 있으면서도 당연히 해야 할 자선을 거의 하지 않았습니다. 저는 오만의 죄를 지었습니다. 저는 많은 남자들을 거들떠보지도 않았는데, 정결하고 순결해서가 아니라 제 사랑을 찾지 못했기 때문이었습니다. 주님께서 저를 벌하셨습니다. 주님께서 세번째 악령이 저를 사로잡도록 허락하셨으니까요."

"그게 무슨 소리요, 페피타! 무슨 망측한 소리를 하는 거예요? 지금 누군가를 사랑하고 있습니까? 만약 그렇다면 그건 나쁜 일이 아니지요. 페피타는 자유로운 사람입니다. 어리석은 걱정일랑 버려두고 결혼을 하면 되는 겁니다. 내 생각에는 내 친구 돈 페드로 데 바르가스가 기적을 이뤄낸 게 틀림없군요. 그 악령이라는 게 돈 페드로인 모양입니다. 허, 허, 허. 페피타가 늙은 이 사람을 놀래게 했어요. 나는 그 일이 그렇게 어렵고 힘든 것이라고는 생각하지 못했거든요."

"제가 생각하는 사람은 돈 페드로 데 바르가스가 아닙니다."

"그렇다면 누구지요?"

페피타는 의자에서 일어나 문 쪽으로 걸어갔다. 이야기를 듣는 사람이 아무도 없는지 문을 열어 확인을 한 뒤 자리에 돌아온 그녀는, 뜨거운 눈물을 흘리며 떨리는 목소리로 본당 신부에게 다가가 거의 귓속말에 가깝게 낮은 목소리로 말했다.

"저는 그 아드님에게 마음을 주었습니다."

"누구의 아들이란 말이오?"

본당 신부가 놀라움을 감추지 못한 채 물었다.

"누구의 아드님이겠어요? 정말 절망스럽습니다. 아, 저는 돈 루이스를 마음에 두고 있습니다."

부드럽고 온화한 신부의 얼굴에 고통스러운 놀라움이 비탄의 화살처럼 꽂혔다.

잠시 두 사람 사이에 정적이 흘렀다. 마침내 신부가 입을 열었다.

"하지만 이 사랑은 희망이 없어요. 불가능한 사랑이지요. 돈 루이스는 페피타를 사랑하지 않을 겁니다."

페피타의 아름다운 두 눈에 가득한 눈물 사이로 한줄기 밝은 빛이 비쳤다. 슬픔을 가득 머금고 있던 그녀의 아름답고 싱그러운 입술이 부드럽게 열리자 진주처럼 곱고 가지런한 치아가 살짝 모습을 드러내며 미소가 지어졌다.

"그는 저를 사랑하고 있어요."

페피타는 번뇌와 고통 너머 흡족함과 승리의 기운이 살포시 묻어나는 말투로 대답했다.

이 말에 신부의 놀라움과 비통함은 극에 달하였다. 자신이 특별히 공경하는 성인 상이 바닥에 떨어져 산산조각으로 흩어졌다 하더라도 이렇게 비통할 수는 없었을 것이다. 신부는 아직도 도저히 믿을 수 없다는 표정으로 페피타 히메네스를 바라보며 정녕 이 모든 것이 사실인지 아니면 여인의 헛된 몽상인지 가늠해보려 애썼다. 돈 루이스의 사람됨과 완덕을 그토록 믿었건만 허무한 순간이었다.

"저를 사랑하고 있다니까요."

신부의 믿기 힘들다는 시선을 향해 페피타가 다시 한 번 말을 되뇌었다.

"여자는 악마보다 더 위험한 존재라더니!"

신부가 중얼거렸다.

"악마조차 여자들의 마음에 속을 수 있다더니!"

"제가 신부님께 말씀드렸잖아요, 저는 나쁜 여자라고요!"

"이 모든 것이 다 주님의 뜻이라 생각해요. 우선, 진정해요. 하느님의 자비란 끝이 없는 법. 도대체 무슨 일이 있었는지 설명을 좀 해봐요."

"무슨 일이 있었냐고요? 그분을 사랑해요. 저는 그분을 사랑하고, 존경합니다. 그분 또한 저를 사랑하고 있어요. 비록 당신의 사랑을 짓누르기 위해 무진 애를 쓰고 있지만 저를 사랑하고 있는 게 확실해요. 그리고 신부님께서도 이 모든 일에 책임이 있으세요. 물론 모르고 그러셨지만요."

"아닌 밤중에 홍두깨라더니, 그건 또 무슨 말이오? 내가 어째서 이번 일에 책임이 있다는 겁니까?"

"신부님은 워낙 선한 성품 때문인지 저에게 틈만 나면 돈 루이스의 뛰어난 인품과 장점에 대해 말씀을 하셨고, 또 제가 가지고 있지 않은 돈 루이스의 수많은 장점과 훌륭함에 대해 말씀을 하셨기 때문이지요. 그 결과 무슨 일이 벌어졌겠어요? 저는 청동으로 만든 동상이 아니거든요. 게다가 저는 이제 스물을 갓 넘겼고요."

"그럴 수도 있었겠군요. 내가 정말 바보 같았습니다. 허허, 나도 모르는 새 그만 루시퍼를 돕는 일을 하고 말았습니다."

신부는 매우 선량하고 겸손했기 때문에 페피타의 말을 듣자 마치 자신이 죄수가 되고, 그녀가 재판관이라도 된 것같이 자신의 잘못을 반성했다.

페피타는 신부를 공범으로 몰아간 자신의 이기심을 깨닫고 얼른 잘못을 뉘우치며 신부에게 말을 건넸다.

"슬퍼하지 마세요, 신부님. 제발 슬픈 얼굴을 하지 마세요. 제가 괜한 말씀을 드렸네요. 저는 씻지 못할 큰 죄를 지었습니다. 제가 지은 죄는 제가 온전히 감내해야 할 것입니다. 신부님께서 돈 루이스를 칭찬하고 그의 장점을 말씀하셨기에 제가 사랑에 빠진 것이 아니라, 제 눈과 제 분별없는 마음이 문제였습니다. 신부님께서 돈 루이스의 학식과 재능, 분별력과 부드러운 인품에 대해 말씀을 하지 않으셨더라도, 그분이 말하는 것을 들으며 제 스스로가 충분히 그러한 장점을 알아차렸을 것입니다. 그 정도도 눈치 채지 못할 만큼 저는 둔하거나 어리석지 않거든요. 그분의 남자다움과 남다른 외모, 우아한 행동, 두 눈에 가득한 정열과 지혜, 이 모든 것이 제게는 정말 특별하고 부드럽고 편안하게 보였습니다. 신부님의 칭찬은 제 생각을 확인시켜주는 것이었을 뿐 새삼스레 제 관심을 일깨우는 것은 아니었습니다. 신부님의 말씀은 제가 느끼는 마음을 재확인시켜주는 메아리였습니다. 제가 괜히 드린 말씀 오해하지 마세요. 아무리 신부님이 돈 루이스에 대한 칭찬을 늘어놓으셨다고 해도, 저의 심장과 영혼이 그분을 뵐 때마다 느끼는 어떠한 매력보다 해롭지는 않았으니까요."

"아, 내 영혼의 딸이여! 너무 자책하지는 말아요!"

신부가 격렬해진 페피타의 말을 막았다.

"그렇지만 돈 루이스에 대해 신부님이 들려주시는 칭찬과 제가 느끼는 것 사이에는 커다란 차이가 있습니다. 신부님은 돈 루이스가 요즘 사람들에게 부족한 덕과 자비와 지혜를 두루 갖춘 사제로서 먼 이국땅에서 이교도들에게 복음의 말씀을 전하거나, 주님의 말씀을 이미 알고 있지만 너무도 부족한 현대인들에게 정신적인 모범이 될 수 있는 사제요, 선교사요, 복음의 기사라고 생각하셨지요. 하지만 저는 하느님보다 저 자신을 먼저 생각했기 때문에 그분이 저에게 멋진 남자고 사랑스러운 분이라고 공상하면서, 제 인생을 행복하게 해줄 수 있는 영혼의 달콤한 동반자며 제 삶에 도움과 위로를 줄 수 있는 사람이라는 생각을 했습니다. 저는 신성을 모독하는 도둑질을 꿈꾸었습니다. 저는 도둑이 되어 하늘나라의 궁전에 들어가 가장 값진 보석을 훔치는 꿈을 꾸었던 것입니다. 제가 입고 있던 미망인의 상복도, 고아가 된 것도, 속세의 옷을 입었던 것도 결과적으로 모두 도둑질을 감행하려는 제 마음을 감추기 위한 것이었나 봅니다. 저는 사람들과 떨어져 살면서도 사람들을 만나고 아름답게 치장하면서 도둑질을 꿈꾸었던 것입니다. 보잘것없이 무덤으로 들어가 처음처럼 썩어 한 줌 먼지가 될 육신을 지옥의 불길로 아름답게 꾸미기 위해 제련하면서 그분을 은밀한 시선으로 바라보았고, 손을 내밀어 저를 태우고 있는 이 꺼지지 않는 불길을 그에게 옮아붙게 만들었습니다."

"아, 가련한 페피타! 지금 내게 들려주는 단어 하나하나가 내 가슴을 얼마나 아프게 후벼 파고 있는지! 어느 누가 상상이라도 했을까!"

"신부님 그뿐이 아닙니다."

페피타가 정색을 하며 말을 계속했다.

"결국 저는 돈 루이스가 저를 사랑하도록 만들었습니다. 그분의 두 눈이 그 사실을 제게 말해주었습니다. 네, 그래요. 그분의 사랑은 제 사랑만큼이나 깊고 뜨겁습니다. 그분은 완덕을 향한 열망과 영원한 선을 꿈꾸는 마음과 남자다운 용기로 이런 불순한 열정을 이겨내려 애쓰고 있습니다. 저는 그러한 그분의 태도를 막아보려 했습니다. 저희 집에 발길을 뚝 끊고 한참 만에야 찾아왔을 때 마침 저는 혼자였습니다. 손을 내밀어 인사를 나눌 때 저는 눈물을 보였습니다. 한마디의 말도 건네지 않았지만, 악마에 씐 것처럼 사랑을 받지 못하는 제가 얼마나 비통하고 고통스러운지 상처받은 제 마음을 눈물로 항변하였습니다. 그러자 그는 어찌해야 할지 모른 채 당황스러워했고, 제 곁으로 가까이 다가와 눈물을 닦아주려 했습니다. 그러나 다음 순간 저희들의 입술이 포개지고 말았습니다. 만일 주님께서 신부님을 그 순간 도착하도록 하시지 않았더라면 제가 무슨 일을 했을지 상상조차 할 수 없습니다."

"아, 이 무슨 부끄러운 일이오. 세상에 어떻게 그런 부끄러운 일이 벌어질 수 있단 말이오!"

신부가 놀라 입을 열었다.

페피타는 두 손으로 얼굴을 가리고 막달레나처럼 울기 시작했다. 얼굴을 가리고 있는 그녀의 하얀 두 손은 너무도 아름다웠다. 돈 루이스의 마음을 사로잡았던 가늘고 긴 손가락과 매끄러운 피부, 정갈하게 다듬어진 손톱의 모양까지, 어떠한 남자라도 마음이 흔들릴 수 있는 곱고 아름다운 손이었다.

팔순의 신부는 젊은 돈 루이스의 마음을 이해할 수 있을 것 같았다.

"페피타, 이 어린 영혼이여! 내 마음도 정말 아픕니다. 마음을 진정하세요. 틀림없이 돈 루이스는 자신의 죄악을 뉘우치고 있을 겁니다. 그러니 페피타도 죄를 뉘우치고 이쯤에서 일이 끝나도록 합시다! 주님께서 두 사람을 용서하실 거예요. 영혼이 맑은 두 사람을 모두 성인으로 쓰실 겁니다. 돈 루이스가 내일모레 떠나면 내면의 덕이 속세의 유혹을 당당하게 이겼다는 신호가 될 것인데, 본인은 페피타를 과감하게 떠나 자신의 죄를 떨쳐내고 사제가 되겠다는 소명과 약속을 잘 이행하게 될 것이라고 하더군요."

"좋은 말씀이세요."

페피타가 복받쳐 오르는 감정을 절제하지 못하여 신부의 말을 끊었다.

"그렇지만 자신의 소명과 약속을 지키기 전에 제가 죽어가는 모습을 먼저 보게 될 거예요. 왜 저를 사랑하셨고, 왜 저를 들뜨게 만드셨으며, 왜 저를 속이셨을까요? 그분의 입맞춤은 활활 타는 쇠가 되어 저에게 낙인을 찍고 저를 노예로 만드셨습니다. 이제 저는 낙인이 찍힌 노예가 된 채로 그분에게서 버림받고, 팔려가며, 죽임까지 당하게 생겼습니다. 복음을 전하며 선교사로서 행복한 출발을 한다고요? 그렇지 않을 거예요. 주님께서 그렇게 내버려두지 않으실 거예요!"

분노와 원망 어린 그녀의 말이 신부를 당황스럽게 만들었다.

페피타는 자리에서 일어났다. 그녀의 몸짓과 태도는 비극적인 심정을 드러내기에 충분했다. 두 눈은 날선 칼처럼 광선을 내뿜었다. 신부는 입을 다물고 그녀를 걱정스럽게 쳐다보았다. 그녀는 빠른 발걸음으로 거실을 거닐었다. 그녀는 소심한 암사슴이 아니라 분노한 암사자였다.

"그러니까,"

페피타가 신부를 향해 다시 입을 열었다.

"저를 조롱하고, 심장을 찢으며, 능멸하고, 속아 넘어간 저를 다시 짓밟는 셈이 될 거예요! 저를 잊을 수 없을 거예요! 그분도 역시 죗값을 치러야 해요. 만약 그렇게 성스럽고 덕이 있는 분이라면 왜 제게 모든 것을 약속하는 그런 시선을 주셨나요? 만약 그렇게 하느님에 대한 큰 사랑을 가지고 있다면 하느님의 가련한 피조물을 왜 허망하게 망쳐놓는 걸까요? 이게 사랑이고 자비인가요? 이게 종교적 사랑인가요? 아니에요. 그것은 진실이 담겨 있지 않은 이기심일 뿐이에요."

페피타의 분노는 오래가지 않았다. 이 마지막 말을 던지고 그녀는 침묵에 빠졌다. 그러고는 의자에 쓰러지듯 앉아 전보다 훨씬 격렬하고 슬픈 울음을 터트렸다.

신부는 가슴이 아팠다. 그러나 사태를 수습하기 위해 정신을 가다듬었다.

"페피타, 정신을 차려요! 그런 식으로 자책하지 말아요! 그 사람도 자신을 이겨내기 위해 많이 힘들었을 거요. 페피타를 속인 것도 물론 아닐 거예요. 페피타를 아주 사랑하고 있을 게 틀림없어요. 다만 하느님과 자신의 의무감이 먼저라는 생각을 했을 겁니다. 이 세상의 삶이란 아주 짧고 빨리 지나가는 것이지요. 당신들은 하늘에서 만나 천사들처럼 사랑을 할 수 있을 겁니다. 주님께서 당신들의 희생을 받아들여 갑절로 갚아주실 거예요. 페피타의 사랑도 편안해질 겁니다. 돈 루이스 같은 사람을 혼란스럽게 해서 죄를 짓게 만들면 안 돼요. 그의 심장에 깊은 상처를 만들지 말아요. 이것으로 충분해요. 마음을 편안히 가지고 용기를 내세요. 두 사람 가운데 누가 더 현명하게 잘 이겨내는지 그 방법을 찾아봐요. 그 사람은 떠나게 내버려둬요. 가슴에서 순수하지 못한 사랑의 불길을 꺼내버려요. 주님의 사랑 안에 이웃을 사랑하듯 그를 생각하고 사랑해요. 마음속에 그 사람을 넣어둬요. 그렇지만 영혼의 가장 좋은 자리는 주님을 향한 사랑을 위해 비워두세요. 나도 지금 무슨 말을 하고 있는지, 제대로 충고를 하고 있는지 혼란스럽습니다. 그렇지만 페피타는 재능도 많고 분별력도 뛰어난 젊은이니까 내 말이 무슨 뜻인지 잘 이해하리라 믿어요. 부조리하게 들리는 이러한 사랑을 이겨내는 세속의 정당한 이유들도 있겠지요. 하지만 돈 루이스의 소명과 헌신에 대한 약속을 이겨낼 수 있는 이유들은 없기를 바랍니다. 그 사람의 아버지가 페피타를 사랑하고 있잖아요. 그분은 페피타를 간절히 원하고 있어요. 아버지와 아들이 연적이 된다는 상황이 사람들에게 좋게 보이겠어요? 그의 아버지가 자신의 사랑을 차지한 아들에게 분노하지 않겠어요? 이 모든 상황이 얼마나 끔찍하고 놀라운지 잘 생각해봐요. 십자가의 예수님과 어머니 마리아의 고통을 생각하며 이 상황을 이겨보려 애써야 돼요."

"그렇게 말씀하시기는 어렵지 않겠지요!"

조금 흥분이 가라앉은 페피타가 대답했다.

"하지만 머릿속에 폭풍 같은 파도와 맹수가 있는 저의 상황에서는 실천하기 어려운 말씀이세요. 제가 미쳐버릴까봐 너무도 두려워요."

"내가 하는 충고는 페피타의 건강을 위해서랍니다. 돈 루이스가 가도록 내버려둡시다. 그가 없는 상황이 잘못된 사랑을 극복할 수 있는 좋은 약이 될 거예요. 그 사람은 학문에 정진하고 기도에 전념하면서 자신의 열정을 이겨나갈 수 있을 겁니다. 페피타도 그 사람이 없는 상황에서 조금씩 진정이 될 테고, 옅은 그리움이 생긴다 해도 마음의 상처는 조금씩 사라질 거예요. 그리고 이 일은 페피타의 삶을 빛으로 장식할 아름다운 한 편의 시와 같은 추억이 될 겁니다. 만일 지금 사랑하는 마음이 현실로 이뤄진다고 가정해봅시다. 아무도 알 수는 없겠지요. 분명한 것은 이 세상에서의 사랑이란 한순간이라는 거지요. 환상이 가져다주는 열락과 기쁨도 한 줌 재보다도 못하답니다. 당신들의 오염되고 순수하지 않은 사랑은 수증기처럼 사라져 구름으로 하늘에 오를 수 있다면 그게 최선일 겁니다. 지금 들고 있는 잔에 담긴 술이 아무리 달콤하다 해도 용기를 내어 잔에서 입을 떼어야 합니다. 그리고 그 잔을 들어 주님께 봉헌하도록 하세요. 그렇게 한다면 주님께서는 사마리아 여인에게 주셨던 영원한 생명을 보장하고 영원히 목마르지 않게 하는 천상의 음료를 주실 거예요."

"아, 신부님! 신부님은 정말 좋은 분이세요. 신부님의 말씀은 제게 용기가 됩니다. 제 자신을 이겨내겠습니다. 저를 극복하겠습니다. 제가 영혼의 소리에 귀를 기울이지 않고 마음과 육신의 소리에만 매달리는 동안에는 그분도 자신을 이겨내기 어려우실 테니 저도 노력을 해보겠습니다. 가시도록 해야지요! 모레면 가시겠지요. 아, 주님의 사랑이 그분과 함께 하시기를. 그분이 가시는 모습을 지켜봐주세요. 어제 그분이 아버님과 함께 제게 작별 인사를 하러 오셨었어요. 이제 저는 그분을 다시 뵙지 않으렵니다. 신부님이 말씀하시는 추억도, 시 한 편도, 기억하고 보관하지 않겠습니다. 이 사랑은 너무도 힘이 들어요. 악몽 같은 이 사랑을 제게서 멀리 떠나보내겠습니다."

"좋습니다! 아주 좋아요! 페피타가 이렇게 용기 있고 결단력 있어서 내가 좋아하는 모양입니다."

"아, 신부님! 주님께서는 제 오만함을 벌주셨나 봐요. 제 오만함은 하늘 높은 줄 몰랐고, 결국 제 스스로의 미천함을 알아차릴 수 있도록 그분께서 저를 경멸하도록 하셨나 봐요. 아, 어찌 지금보다 더 낮아지고 처참해질 수 있을까요? 돈 루이스가 옳아요. 저는 그분을 사랑할 자격이 없어요. 설령 제가 그분을 정말 사랑한다고 해도 제가 그분의 높은 수준에 올라가야만 되겠지요. 그분을 이해하고 제 영혼과 그분의 영혼이 진정한 교류와 교감을 얻기 위해서는 말이에요. 저는 평범한 시골 여자지요. 제대로 배운 것도 없고 어리석은 여자일 뿐이에요. 하지만 그분은 이 세상에 이해하지 못하는 학문이 없고, 알지 못하는 신비가 없으며, 오로지 못할 지혜가 없는 분이니까요. 그분의 지적 수준은 날개를 달고 높이 날아오르지만 미천하고 보잘것없는 시골 여자인 저는 낮은 땅 위에서 그분을 도저히 따라갈 생각조차 못하며 희박한 소망만을 안은 채 한숨과 고통에 머물러 있어야만 하니까 말이죠."

"페피타! 십자가에 못 박히신 주님의 고통을 생각해보세요. 그런 식으로 생각하지 말아요. 돈 루이스가 페피타를 시골 여자라고 가볍게 보아서 그런 것은 분명 아닙니다. 그 사람의 마음을 이해하기 어려울지 모르지만, 돈 루이스가 현명해서 그런 것이에요. 그 사람은 주님과 함께 완수해야 할 일이 있어서 떠나는 것이오. 오히려 그가 떠나게 되었음을 기뻐해야 합니다. 주님께서도 페피타의 커다란 희생과 헌신에 값진 선물을 주실 것입니다."

페피타는 더 눈물을 흘리지 않았다. 그녀는 손수건으로 뺨에 흘러내린 눈물을 닦으며 차분하게 말을 했다.

"알겠습니다. 신부님. 기쁜 마음을 갖도록 하겠습니다. 그분이 떠나신다는 사실에 기뻐질 것도 같네요. 어서 내일이 왔으면 좋겠습니다. 그래야 모레가 오고, 그러면 안토뇨나가 자는 저를 깨우며, 돈 루이스가 떠나셨습니다, 라고 말을 하겠지요. 그렇게 되면 제 마음의 평화와 안정이 되살아나겠지요."

"그렇게 될 것입니다."

페피타의 마지막 말을 듣고 이제 드디어 페피타가 나쁜 악몽으로부터 깨어났구나, 하는 생각으로 마음이 안정된 신부가 확신의 말을 건넸다.

신부는 페피타에게 작별 인사를 했다. 그토록 젊고 아름다운 여인의 고결한 영혼에 어떻게 그런 사악한 기운이 숨어 들어갈 수 있었는지 도무지 상상이 되지는 않았지만, 그는 가벼운 발걸음으로 성당 사제관을 향했다.

*

신부를 배웅하기 위해 자리에서 일어났던 페피타는 안에서 방문을 닫고 방 한가운데 우두커니 섰다. 눈물도 말라버린 두 눈으로 멍하니 허공을 바라보았다. 시인인지 화가인지가 묘사한 아리아드나의 모습이 떠올랐다. 아, 카툴로가 묘사했던 낙소스 섬에서 테세오에게 버림을 받은 아리아드나의 모습이었다. 갑자기 목구멍을 죄고 있던 매듭이 끊어지기라도 한 것처럼, 숨통을 막고 있던 밧줄이 풀려나가기라도 한 것처럼 페피타는 거친 울음을 토해냈다. 그녀는 차가운 바닥으로 허물어졌다. 두 손으로 가린 얼굴 뒤로 리본이 팅겨져나갔고, 흐트러진 머리가 느슨해진 옷 위에서 출렁거렸다. 그녀는 한동안 흐느껴 울기만 했다.

안토뇨나가 방에 들어오지 않았으면 그렇게 언제까지나 바닥에 웅크린 채 울고 있었을 것이다. 안토뇨나는 주인의 흐느낌 소리를 듣고 거실에서 뛰어올라갔다. 바닥에 있는 페피타를 발견한 그녀는 분노에 가득 찬 목소리로 외쳤다.

"이런 놀고먹는 늙은 영감 같으니라고. 마음에 상처를 입은 여인네에게 무슨 몹쓸 말을 한 거야! 내 귀여운 아가씨를 거의 반쯤 죽은 시체를 만들어놓고 자기는 가벼운 마음으로 성당에 돌아가서 우아한 찬송가나 흥얼거리고 성수 가지나 뿌리고 있을 테지? 어떻게 나한테서 아가씨를 빼앗아 거의 죽을 지경으로 만들어놓을 수가 있는 거야!"

안토뇨나는 마흔 줄에 접어든 중년 여인이었다. 일을 했다 하면 정말 열심이었고, 명랑했으며, 땅을 파는 사람들보다 훨씬 기운이 좋았다. 이십 킬로가 넘는 올리브 상자나 포도주 상자를 번쩍 들어 노새의 잔등에 올려놓곤 했다. 밀 가마를 통째로 들어 곡물 창고의 가장 높은 선반에 번쩍 들어 올리는 것도 그녀였다. 페피타를 가벼운 밀짚 인형처럼 두 손으로 번쩍 들어 의자 위에 조심스럽게 내려놓을 만큼 장사였다. 하지만 페피타를 다루는 그녀의 태도는 깨지는 유리를 다루듯 조심스러웠다.

"어쩌다 혼절을 한 거예요?"

안토뇨나가 물었다.

"그 잘난 본당 신부가 씨도 먹히지 않을 설교를 늘어놓아 아가씨의 마음을 아프게 했군요."

페피타는 대답을 하지 않은 채 계속 흐느껴 울기만 하였다.

"자! 이제 그만 울고, 무슨 일이 있었는지 얘기해봐요! 본당 신부가 뭐라고 떠들어댄 거죠?"

"나를 탓하는 말은 한마디도 하지 않으셨어."

마침내 페피타가 입을 열었다.

안타까운 마음으로 간절하게 설명을 기다리고 있는 안토뇨나가 잘 이해할 수 있도록 페피타는 마음을 열고 말을 시작했다.

"신부님은 내가 죄악으로부터 벗어날 수 있도록 부드럽게 훈계하셨을 뿐이야. 돈 루이스가 마음 편하게 떠날 수 있도록 말이지. 떠나는 그분을 보며 나도 기뻐하라고, 그리고 그분을 잊으라고 말이야. 나는 모두 알겠다고 말씀드렸어. 돈 루이스가 떠나간다는 사실을 기뻐하겠다, 라고도 했지. 그분을 잊고 내 안에서 지우겠다는 말씀도 드렸어. 그런데 안토뇨나, 나는 그렇게 못할 것 같아. 감당할 수 없을 것 같아. 신부님이 여기 계실 때는 내게 그럴 용기가 있으리라고 생각했었거든. 그런데 가시고 나니까 마치 주님께서 나를 당신의 손에서 떼어내시기라도 한 것처럼 용기가 사라지고, 그만 맥이 풀려 바닥으로 쓰러지고 말았어! 나를 사랑하는 그분의 곁에서 행복한 삶을 꿈꾸었는데, 사랑의 기적으로 그분에게 다가설 수 있었는데, 내 미천한 지혜가 그분의 높은 지혜와 완벽한 일치를 이룰 수 있었는데, 내 의지가 그분의 의지와 하나가 될 수 있었는데, 우리 둘이 하나의 생각에 일치했었는데, 우리들의 심장이 조화로운 리듬으로 뜀박질을 했었는데…… 주님께서 그분을 나에게서 떼어 다른 곳으로 데려가시며, 나를 희망과 위로도 없이 홀로 남겨두려 하셔! 내가 어찌 놀라지 않을 수 있겠어? 본당 신부님의 말씀이 맞다는 것은 알아. 그렇지만, ……신부님은 나를 완전히 설득하셨어! 그런데, 가버리시자 내가 가졌던 모든 용기가 아무런 소용도 없이 사라졌어. 말은 거짓이고, 꾸밈이고, 교활함이어서 소용이 없나 봐. 나는 돈 루이스를 사랑해. 그리고 이 확신은 다른 어떤 확신보다 강한 것 같아. 만약 그분도 나를 사랑한다면, 왜 약속과 헌신의 소명을 모두 포기하고 나를 찾아오지 않는 거지? 나는 사랑이 무엇인지 알지 못했어. 그러나 지금은 분명히 알아. 이 세상에 사랑보다 강한 것은 없어. 하늘에서도 마찬가지일 거야. 돈 루이스가 아니라면 나는 무엇을 위해 살아갈 수 있을까? 그분은 나를 위해 아무것도 하지 않는데. 나를 사랑하지 않는 것인지도 몰라. 그래, 돈 루이스는 나를 사랑하지 않아. 내가 내 자신을 속였어. 감상이 내 눈을 멀게 만들었던 거야. 만약 돈 루이스가 나를 사랑한다면, 나를 위해 자신의 목적을 희생했겠지. 성직에 대한 소명과 종교적 헌신, 명예와 그 모든 것을 말이야. 모두 나를 위해 희생했을 거야. 주님께서 나를 용서하시기를…… 나도 내가 무슨 말을 하게 될지 두려워. 하지만 여기 이 가슴 깊은 곳, 뜨거운 불이 타오르는 이곳에서 목소리가 들려와. 나는 그분을 위해 내 영혼이라도 내놓겠다, 라는 소리가."

"아이고, 주님! 마리아와 성 요셉이여, 아가씨를 위해 주님께 기도해 주세요!"

안토뇨나가 놀라 외쳤다.

"그래, 고통의 성모님께서도 나를 용서하셨으면 좋겠어! 저를 용서하세요! 내가 미쳤나 봐! 내가 불경한 말을 하고 있는지도 사실 잘 모르겠어."

"맞아요! 아가씨는 뭔가 좀 이상해요! 주님, 어떻게 그 신학생의 생각을 뒤바꿔놓으셨는지 모르겠습니다. 이건 하늘 때문이 아니라, 버릇없는 신학생 때문입니다. 제가 만약 주님, 당신이라면 하늘 명부에 있는 그 이름을 지우고 혼을 내주겠습니다. 당장 그를 찾아가서 귓불을 잡아끌어 이곳으로 데려와 우리 아가씨의 발밑에 엎드리게 만들고, 발등에 입을 맞추도록 만들고 싶습니다!"

"안 돼, 안토뇨나! 아, 내 광기가 전염성이 있단 말인가! 안토뇨나마저 그러면 안 돼. 해결을 위해서는 신부님이 말씀하신 충고를 따르지 않으면 안 돼. 내가 죽는 한이 있더라도 그 충고를 따를 거야. 내가 그분을 위해 목숨을 잃는다면 그분도 나를 사랑하겠지, 그리고 내 모습을 영원히 간직하고, 내 사랑이 그분의 심장에서 새로 태어나겠지. 그러면 하느님께서는 하늘에서 영혼의 눈으로 서로 만날 수 있도록 해주실 테고, 그때 우리의 영혼은 서로 사랑하고 하나가 될 수 있을 거야."

억세고 거친 안토뇨나였지만, 페피타의 말을 들으며 슬픔에 겨워 굵은 눈물을 흘렸다.

"이런, 제기랄! 아가씨 때문에 내가 암소처럼 음머거리며 옷을 적시고 있잖아요! 자, 진정하시고, 죽는다는 말일랑 꺼내지도 말아요! 농담으로도 듣기 싫어요! 지금 신경이 너무 예민해져서 그래요. 차 한잔 드시겠어요?"

"고맙지만 지금은 마시지 않겠어. 나를 그냥 조용히 있게 내버려두면 좋겠어."

"창문을 닫을 게요. 잠이라도 자도록 해요! 며칠 동안이나 잠을 자지 못했잖아요. 그러니 지금 몸이 엉망일 수밖에 없지 뭐예요. 돈 루이스인가 뭔가 하는 사람이 신부가 된다고 고집을 부리는 게 문제예요. 어휴!"

격렬한 감정을 드러내며 얘기를 했던 페피타는 기운이 빠져 조용히 눈을 감고 누웠다.

안토뇨나는 곁에 머물며 페피타가 잠이 들었는지를 확인하고는, 조용히 페피타의 희고 창백한 이마에 입을 맞췄다. 옷매무새를 바로 잡은 뒤 그녀는 창문으로 다가가 너무 밝은 빛이 들어오지 않게 절반쯤 커튼을 가렸다. 페피타가 잠에서 깨지 않도록 안토뇨나는 까치발로 조용히 방을 나와 문을 닫았다.

*

페피타의 집에서 이런 소동이 벌어지는 동안 돈 루이스도 불안하고 불편한 마음을 떨칠 수가 없었다.

그의 아버지는 매일처럼 말을 타고 밖으로 나가면서 꼭 아들을 데리고 가고 싶어 했다. 그러나 돈 루이스는 머리가 아프다는 핑계를 댔고, 돈 페드로는 매번 혼자 가야만 했다. 돈 루이스는 오전 내내 감상적인 생각에 잠겨 시간을 보냈으며, 페피타의 얼굴을 그의 영혼에서 완전히 지우고 하느님에게 헌신하는 삶을 선택하기 위해 바위보다도 강한 의지를 단련해야만 했다.

이 모든 노력에도 불구하고 젊은 미망인에 대한 사랑을 잊을 수는 없었다. 숙부에게 보내는 편지에서 드러났던 그녀를 향한 열정은 여전하였다. 그러나 긴 편지에서 드러났던 고양된 자비와 사랑의 숭고한 힘으로 자신을 절제하려 노력하였다.

그가 싸워야 했던 것은 단지 페피타에 대한 사랑의 감정만이 아니었다. 아직 확고한 것은 아니지만 하느님에 대한 헌신의 삶을 다시 생각해야 했으며, 아버지와 연적이 되는 일이 결코 없어야 되겠다는 각오를 새롭게 해야 했고, 사제가 되겠다는 소명을 확인해야만 했던 것이다. 이런 이유 말고도 그의 마음을 착잡하게 만들 동기는 여럿 있었다.

돈 루이스는 고집이 강했다. 자신이 옳다고 생각하는 일에 있어서는 어지간한 이유가 아니라면 의견을 바꾸지 않는 성격이었다. 게다가 그는 자신의 삶의 모든 목표에 대해 사람들에게 여러 번씩 공표를 한 터였다. 한마디로 말하자면 도덕적인 삶이 그의 목표였는데, 예를 들어 하느님께 헌신하는 사람, 성인, 종교 철학에 있어서 높은 학식의 수준에 도달하는 것과 같은 목표는 이 세상의 어떠한 이유로도 쉽게 포기할 수 없었으며, 페피타 히메네스에 대한 사랑과도 바꿀 수 없었다. 그에게 있어서 페피타 히메네스의 사랑과 종교적인 삶의 목표를 바꾸는 것은, 창세기에 나오는 에서가 배고픈 김에 먹고사는 데 중요하지 않다고 판단하여 자신의 장자권을 떡 몇 조각 받고 동생 야곱에게 넘겨줌으로써 자신의 영광을 쉽게 넘겨준 어리석은 행동처럼 경망한 유혹이라 생각되었다.

보통 사람들은 환경의 영향을 크게 받는다. 우리도 상황에 쉽게 휘둘리곤 하며, 한 치의 휘둘림 없이 곧게 나가기란 쉬운 일이 아니다. 우리는 자신의 역할을 선택하지 않는다. 오히려 주어진 역할을 받아들이고 충실히 노력할 뿐이다. 그러면 눈먼 행운이 우리와 부딪히는 법이다. 많은 사람들의 삶은 주로 행운이나 사건, 예기치 못한 변화와 같이 예상할 수 없는 요소에 의해 영향을 받기 마련이다.

돈 루이스의 강한 자존심이 이렇듯 새로운 상황에 노출된 것이다. 아침 햇살의 가벼운 기운에도 사라져 없어지는 서리처럼 아름다운 눈빛의 단 한 번의 시선으로 성덕과 명예, 모든 삶의 성스러운 계획이 물거품처럼 사라졌을 때, 자신을 성령으로 새로 태어난 사람이라 여기며 기뻐하던 돈 루이스는 자신에 대해 무슨 생각을 할까?

이런저런 이유들이 젊은 미망인과의 사랑에 대한 가능성을 부정적으로 생각하게 했는데, 그 가운데 몇몇은 타당하지만 다른 몇몇은 억지스럽다. 그러나 모든 이유들이 종교적인 색채를 띠고 있었고, 따라서 돈 루이스는 그 이유들의 실체를 정확히 들여다보고 확인할 수 없었다. 하느님의 사랑이라는 그의 이유에는 하느님의 사랑 이외에도 자기 자신에 대한 사랑이 내포되어 있었다. 온갖 유혹을 이겨낸 성인들의 일화에 대해 생각할 때에도 자신이 그들만 못할 이유가 무엇일까 하는 문제에서 벗어나지 못하였다. 돈 루이스는 특히 요한 크리소스토모 성인이 사랑하는 어머니가 자신이 태어난 고향에 남아 신부가 되어도 좋은 것이 아니냐며 간곡한 애원과 눈물로 하소연을 하였을 때에도 강직하게 자신의 종교적 헌신과 소명을 고집했던 점을 기억하였다. 이런 성인의 일화를 생각하면서 돈 루이스는 만난 지 얼마 되지도 않은 여인의 애원쯤이야 무시할 수도 있는 것이 아니겠느냐는 판단을 내렸다. 그리고 자신을 사랑하기보다는 잠깐 유혹한 것일 수도 있는 젊은 여인 때문에 자신의 의무가 흔들려서는 곤란하다고 스스로를 다그쳤다.

그는 또한 신부가 되겠다는 자신의 소명을 하늘의 높은 부름으로 받아들였고 이 세상 그 무엇보다 훌륭한 소망이라고 생각했다. 유한하고, 변덕스러우며, 미천한 세속의 모든 것들은 분출되는 욕망에 의해 만들어지지만, 대천사와 천사가 지켜주는 사제의 길은 무한한 영광을 위한 길이라 믿었기 때문이다.

보잘것없는 여인에 의해 붙여진 미천한 불길이나 어쩌면 거짓일 수도 있는 눈물 때문에, 하느님의 왕좌 곁에 있는 대천사들이나 가질 수 있는 권력을 포기할 수는 없지 않은가 하고 생각했다. 하느님께서 하늘에서 하시듯이 땅에서 양을 묶고 풀 수 있는 목동이 될 수 있는데, 구태여 한 마리 양이 되려고 애를 쓸 필요는 없었다. 물과 성령으로 사람들의 죄를 용서하고 새롭게 만들며, 과오 없는 권위의 이름으로 교리를 가르치고, 하느님께서 세우고 약속한 문장들을 해석하며, 인간의 이성으로는 도저히 알 수 없는 놀라운 신비를 연구하고, 성령의 말씀으로 인간이 되어 오신 하느님에 대한 오묘한 진리와 신학을 마음에 담아 섬길 수 있는 사제는 얼마나 훌륭한 삶의 길인가 생각하지 않을 수 없었다.

돈 루이스가 이런 생각을 하고 있는 동안 그의 영혼은 고양되었고, 하늘의 구름 위로 오르는 것 같았으며, 가련한 페피타로부터 아득히 멀어져 그녀의 모습조차 보이지 않는 것 같았다.

그러나 그의 상상의 날개가 지쳐 이 세상에 내려오면 다시 페피타의 모습이 보이기 시작했다. 우아하고, 젊고, 매력이 넘치는 사랑스런 페피타의 모습은 더욱 강렬한 힘으로 그의 마음을 뒤흔들어 치열한 싸움을 일으켰다.

*

 이렇게 돈 루이스가 서로 상반되는 상념의 치열한 전쟁터 한가운데에 놓여 있을 때 사촌 쿠리토가 아무 말도 없이 방으로 들어왔다.
 쿠리토는 사촌인 돈 루이스가 루세로를 타고 신기에 가까운 승마술을 보인 뒤로는 그를 단순한 신학생으로 여기지 않고 존경하는 마음으로 초인간적인 존재라고 믿고 받들었다.
 돈 루이스가 신학을 한다는 사실이나 말을 탈 줄 모른다는 사실은 쿠리토에게는 별다른 의미가 되지 못했다. 자신이 전혀 짐작조차 할 수 없는 어려운 주제나 학문에 대해 돈 루이스가 높은 지식을 갖고 접근할 수 있다는 사실도 하등의 놀라움이 아니었다. 그러나 그날 사나운 말 등 위에서 날렵하게 말을 제압했던 돈 루이스를 본 뒤로는 모든 존경과 애정을 담아 그를 바라보게 되었다. 쿠리토는 붙박이 가구라도 되듯 게으름뱅이였지만, 누구에게 한번 마음을 주면 충실했으며 착한 마음씨를 지닌 젊은이였다. 쿠리토는 한순간에 자신의 우상이 되어버린 사촌 돈 루이스를 추종하게 되었다. 돈 루이스는 그리 중요하지 않은 일인 경우에는 사촌이 하자는 대로 내버려두었다.
 "나 왔어. 지금 카지노에 가는 건 어때? 분위기도 좋고 사람들도 많아서 재미있을 거야! 여기 이렇게 우두커니 앉아서 얼뜬 사람처럼 이게 뭐야?"
 돈 루이스는 마치 무슨 명령이라도 들은 사람처럼 대답도 하지 않은 채 모자와 지팡이를 들고 쿠리토를 앞세워 밖으로 향했다. 쿠리토는 신이 나서 앞장을 섰다.
 엄숙하게 보내야 할 성 요한 축일 전날이었기 때문에 카지노는 미리 흥겨운 시간을 가지려 모여든 사람들로 붐볐다. 동네 사람들은 물론이고 그날 밤 축제에 참석하기 위해 다른 고장에서 모여든 사람들도 제법 눈에 띄었다.

대리석으로 장식된 정원 한가운데로 사람들이 가장 많이 모여들었는데, 분수와 연못 주변으로 화려한 장미와 카네이션, 그리고 향긋한 박하 향 허브들이 아름다운 도자기 항아리에 담겨 자태를 뽐냈다. 두꺼운 차양이 정원을 가로질러 넓게 설치되어 강한 햇빛을 차단했다. 대리석 기둥으로 구분된 회랑이 정원을 둥글게 에워싸고 있었다. 둥근 형태의 회랑은 여러 개의 방으로 통했는데, 트레시오 카드놀이용 탁자가 놓인 방, 신문을 보는 방, 커피나 음료를 제공하는 방, 긴 의자가 마련된 휴식을 위한 방 등이었다. 흰눈에 백옥을 박은 것처럼 하얀색으로 칠해진 벽에는 그림들이 걸려 있었다. 한쪽으로는 나폴레옹의 투롱 근무 시절부터 세인트 헬레나 유배 시절까지 일생을 묘사한 그림들이 있었고, 그 옆으로는 마틸데와 말렉 아델의 모험 일화를 묘사한 그림들이 벽을 장식했으며, 다른 편으로는 영국 십자군 전쟁의 모험과 사랑의 주인공들인 레베카와 로비나 공주, 그리고 아이반호의 초상화가, 또 다른 한편으로는 루이 14세와 발리에르 부인의 욕망과 탐욕, 타락에서 후회와 번민으로의 변화 과정을 그린 그림들이 걸려 있었다.

쿠리토는 돈 루이스를 데리고 꽃으로 가득한 방으로 데려갔다. 그 방에는 인근 지방에서 멋 좀 부린다는 사람들이 여럿 모여 있었다. 그들 가운데에는 이웃 도시에서 온 헤나사아르 백작의 모습도 보였다. 그는 품위도 있었고 제법 사람들의 신망을 받는 인물이었다. 오랫동안 마드리드와 세비야의 사교계에 있던 그의 옷맵시는 단연코 사람들의 주목을 받았다. 그는 두 번씩이나 지방 의원을 지냈으며, 시장과 시의원의 탄압에 대해 정부에 탄원을 낸 적도 있었다.

헤나사아르 백작은 서른을 조금 넘긴 나이였다. 그는 외모가 출중했으며, 자신도 그 점을 잘 알고 있었다. 사랑이건 결투건 토론이건 그는 모든 면에서 다른 사람들에게 뒤지지 않았다. 백작 또한 페피타를 연모하는 수많은 사람들 가운데 하나였다. 따라서 페피타로부터 거절의 의미로 받은 호박이 몇 개씩이나 되었고, 그때마다 그는 호박을 주먹으로 부수곤 했다.

쓰라린 실연의 상처는 아직 아물지 않아 그의 질투심 많은 마음에는 아직도 풍파가 거세게 일었다. 사랑은 미움이 되었고, 백작은 취기가 오르면 재미 삼아 페피타를 소재로 푸념을 하곤 했다.

돈 루이스와 쿠리토가 방에 들어섰을 때 백작은 이런 푸념에 빠져 있다가 때마침 들어서는 그들에게 불유쾌한 농담을 던졌다.

악마가 자리를 마련하기라도 한 것처럼 돈 루이스는 백작과 정면으로 마주쳤다. 백작은 조소 어린 눈빛으로 말을 걸었다.

"페피타 히메네스란 여인이 그렇게 교활한 여편네는 아니라고? 미천하게 태어나고 자란 여인네가 막돼먹은 늙은 고리대금업자를 만나 결혼을 해서 돈푼이나 뜯어냈다는 사실을 우리는 알고 있소. 저 『돈키호테』에 나오는 미코미코나 공주가 놀라운 환상과 마법의 힘으로 우리의 기억을 혼란스럽게 만들지만 않는다면 말이오. 그 여인네가 한 좋은 일이라고는 늙은 꼬부랑 남편을 병균과 페스트 떼어내듯 떨쳐버리고 땅에 묻어버리기 위해 사탄을 찾았다는 것이겠지요. 그런데 지금 사람들은 페피타의 덕을 들먹이고 순결을 들먹인단 말이오! 모든 것이 제자리로 돌아갈 것이오. 지금도 아르테미스라도 되는 듯이 거들먹거리며 종놈하고 놀아나고 있다는 사실을 하늘이 모르지는 않을 겁니다."

모여 있던 사람들은 모두 남자들이었는데, 백작의 이런 상스럽고 믿기지도 않는 농담에 눈살을 찌푸렸다. 세상의 이치를 아는 사람들은 백작의 이런 말이 아름다운 여인, 특히 정결한 여인들을 못된 험담과 음모의 표적으로 삼아 그녀들의 미덕이나 덕성을 깎아내리는 농담 아닌 농담이라는 사실을 잘 안다.

돈 루이스는 어려서부터 이렇듯 남의 험담을 공공연하게 하여 화를 돋우는 말을 들어보지 못했다. 그도 그럴 것이 어려서는 주변에 가족과 하인들, 아버지를 찾아와 비위를 맞추는 손님들이 대부분이었고, 나이가 조금 들어서는 대성당 주임 신부의 조카로서 신학교에서 생활을 했기 때문에 자신이 노력한 만큼에 상응하는 말을 들어왔지 터무니없고 근거도 없는 이런 험담을 들어본 적이 없었던 것이다. 그는 순간 자신이 사랑하는 페피타의 명예를 더럽힌 이런 파렴치한을 당장 바닥으로 끌어내려 그녀의 명예를 되찾고 싶은 분노가 섬광처럼 가슴을 꿰뚫는 것을 느꼈다.

어떻게 그녀를 보호해야 할까? 물론 남편도 형제도 친척도 아니었지만 신사로서 그는 그녀의 명예를 위해 기꺼이 결투라도 하고 싶은 마음을 숨기고 싶지 않았다. 그러나 모든 사람들이 백작의 말에 배를 젖히며 웃어대고 아무도 나서서 그녀를 보호하지 않는데 자신이 나선다면 추문만 생길 뿐이라는 걸 짐작할 수 있었다. 그는 주님의 평화의 전령이 되기로 했기 때문에 거짓말을 당장 집어치우라고 외치며 뻔뻔한 파렴치한과 싸움을 불사할 수는 없었다.

돈 루이스는 조용히 자리를 떠나려 했다. 그러나 그의 심장은 아직 턱수염이 채 나지도 않았던 어린 시절에도 느끼지 못했던 벼락 같은 분노로 펄펄 날뛰었고, 마침내 못된 사내들에게 마음에서 우러나오는 말들을 풀어놓았다. 그는 강렬한 억양으로 백작의 언사가 얼마나 잘못된 것인지 종교적인 반성이 필요하다며 강변을 했다.

그것은 사막에서의 설교였다. 아니, 사막에서의 설교보다 훨씬 열악한 환경에서의 공허한 설교였을 뿐이다. 백작은 돈 루이스의 설교를 비웃었으며, 적지 않은 외지의 사람들은 물론이고 돈 루이스가 유지의 아들이라는 사실을 알고 있는 대다수의 동네 사람들조차 백작의 농담은 그저 웃자고 하는 말이 아니냐며 백작의 편을 들었다. 쿠리토는 혼자 감당할 수 있는 상황이 아니라고 판단했는지 백작의 말에 웃지만 않을 뿐 사촌을 적극적으로 변호하지 않은 채 조용히 있었다. 돈 루이스는 사람들의 농담과 조롱을 받으며 자리를 떠날 수밖에 없었다.

*

"이 꽃은 줄기가 없군!"

집에 도착한 돈 루이스는 중얼거렸다. 침울하고 분한 마음으로 자신의 방으로 들어간 그는 주체할 수 없는 분노를 느꼈다. 그는 격한 마음에 주먹으로 의자를 내리쳤다. 수천 가지의 생각이 그의 머릿속을 가득 메웠다.

혈관을 흐르던 아버지의 피가 그의 분노를 일깨웠다. 그는 인근 지방에서 주로 그렇게 하듯 백작이 응당 받아야 할 벌을 줄 수도 있었다고 느꼈다. 그러나 이러한 모든 강한 감정은 처음부터 제거되었으며, 대성당 주임 신부는 그에게 분노하지 말도록 가르쳤다. 교황도 확고한 소명과 학식, 덕성에도 불구하고 자신의 감정을 다스릴 줄 알아야 함을 대리 대사를 통해 사제가 되려는 신학생들의 필수 요소로 지적하지 않았던가.

사도 야곱과 중세의 주교들, 이냐시오 로욜라와 다른 성인들은 자신들이 저지른 과오를 뉘우쳐야 했지만 당신의 아들은 뉘우치고 말고 할 과오도 저지르지 않았으니 이런저런 다양한 경험을 해보는 것이 왜 나쁘냐며 설득을 하던 아버지의 말을 떠올렸다.

그는 한 페르시아 교육자의 독특한 행동을 생각해냈다. 철학에도 뛰어났던 그 교육자는 자신의 제자들이 공부의 내용을 잘 이해하지 못하거나 버릇이 없는 행동을 할 때면 엄한 말로 꾸짖었으며, 그것이 부족하다고 느낄 때면 석좌 위에 놓인 회초리를 가지고 모든 제자들에게 매질을 가했다고 했다. 이것은 분명 효과가 있는 방법이었다. 페르시아의 또 다른 교육자는 말을 제대로 들을 준비가 되지 않은 사람들에게는 인정사정없이 뺨을 후려쳤다.

돈 루이스는 백작의 거친 농담에 분노한 자신의 마음을 삭이려 애쓰며, 갑작스러운 페르시아 교육자의 사례가 생각나 피식 웃음을 흘렸다. 스페인에는 페르시아의 사례를 좋은 의도로 받아들인 교육자들이 없었구나, 하는 사실에 생각이 머물렀다. 자신이 페르시아 식으로 처신을 하지 않았다면, 그것은 자신에게 채찍이 없어서가 아니라 근원적인 용기와 고귀함에 대한 배려 때문이었다.

마침내 보다 나은 생각이 떠올라 그의 영혼에 위로가 되었다.

'그곳에서 설교를 하는 게 아니었는데. 거룩한 것을 개에게 주지 말고 너희 진주를 돼지 앞에 던지지 말라, 저희가 그것을 발로 밟고 돌이켜 너희를 찢어 상하게 할까 염려하라, 하신 우리 주 예수 그리스도의 말씀을 생각하자. 왜 내가 불평을 해야 하는가? 나는 왜 모욕을 모욕으로 갚으려 하는가? 왜 분노가 나를 지배하도록 내버려두려 하는가? 많은 성인들이 말씀하지 않았던가. 분노는 사제들에게 음탕함보다도 나쁜 것이다, 라고. 사제의 분노는 많은 눈물을 유발하며, 끔찍한 악을 낳는다고 하지 않던가. 이러한 분노는 무서운 조언이 되어 만민이 압박을 받으며 피를 흘리게 만들 것이며, 이사야가 본 선혈이 낭자한 비극을 초래할 것이다. 에돔에서 붉은 옷을 입고 보스라에서 오는 자가 분노로 무리를 밟았고, 분함으로 그들을 짓밟아, 그들의 선혈이 옷에 튀었으니. 결국 분노로 만민을 밟고, 나의 분함으로 그들을 취하게 하고, 그들의 붉은 피가 땅에 쏟아지게 할 뿐인 것을. 아, 주님! 저는 당신의 전령이 되겠습니다. 주님, 당신은 평화의 주님이십니다! 저의 첫째 덕을 온화함으로 삼겠나이다. 당신의 아드님, 예수께서 산 위에서 들려주신 그 가르침을 제일로 받아들이겠습니다. 눈에는 눈을, 이에는 이를 들이대는 것이 아니라 우리들의 원수를 사랑할 수 있도록 하겠나이다. 당신은 정의로운 자와 죄인들 모두에게 나타나시며 끊임없는 선함으로 가득한 은총의 비를 내려주십니다. 하늘에 계신 우리 아버지시며, 우리를 욕되게 하는 자들을 용서하며 자신이 무슨 일을 하는지 알지 못하는 자들의 죄를 용서하시는 당신처럼 완전해져야 합니다. 저는 성인들의 행적을 기억하려 합니다. 사제와 사제를 꿈꾸는 사람들은 겸손해야 하며, 마음의 평화와 온화함을 갖추어야 합니다. 하늘 높은 줄 모르고 위로만 크다가 햇볕에 시드는 떡갈나무가 아니라, 사람에게 밟힐 때 부드럽고 향긋한 냄새를 보상 없이 베푸는 들판의 보잘것없는 풀 한 포기가 되겠습니다.'

돈 루이스는 밤을 꼬박 새고, 다음 날 오후 세 시가 될 때까지 잠에 들지 못한 채 이런저런 명상에 집중하였다. 돈 페드로는 농장에서 돌아와 함께 점심을 먹기 위해 아들의 방에 들어갔다. 아버지의 다정한 농담과 애정 어린 행동도 실의에 잠긴 돈 루이스의 식욕을 일깨우지는 못했다.

아들의 침울함에 기분이 상했지만 돈 페드로는 분위기를 바꿔보려 노력했다. 그는 새벽이면 규칙적으로 일어나 온종일 작업장을 이리저리 쫓아다니다가 점심 식사를 마친 뒤에는 질 좋은 하바나 산 잎담배를 한 대피워 물고, 커피와 아니스 술잔을 곁들여 휴식을 만끽하다가 곧바로 두어 시간 낮잠을 자곤 했다.

돈 루이스는 헤나사아르 백작이 그를 조롱했던 사실을 아버지가 눈치 채지 못하게 했다. 열심히 성당 미사에 참석하는 편이 아닌 그의 아버지는 아주 작은 공격에도 불같은 반응을 보이는 사람이어서, 돈 루이스가 선택하지 않은 복수를 충분히 선택하고도 남을 성격의 소유자이기 때문이었다.

돈 루이스는 식당에서 나와 다시 방에 들어가서 생각의 거대한 바다 속으로 스스로를 침잠시켰다.

*

돈 루이스는 책상 위에 팔꿈치를 기대고 오른손으로 턱을 괴고 앉아 깊은 상념에 잠겼다. 그때 뭔가 부스럭거리는 소리가 들렸다. 언제 들어왔는지 그림자처럼 안토뇨나가 방에 들어와 연민과 분노에 뒤섞인 복잡한 표정으로 자신을 쳐다보고 있었다.

돈 페드로는 낮잠을 자고 하인들은 늦은 점심을 먹고 있는 동안, 안토뇨나는 아무도 눈치 채지 못하게 돈 루이스의 방으로 들어와 그가 전혀 알아차리지 못하게 안에서 문을 닫았다. 그동안 돈 루이스는 반쯤 넋을 놓은 채 생각에 잠겨 있느라 아무런 인기척도 느끼지 못했던 것이다.

안토뇨나는 돈 루이스와 진지한 대화를 나누기 위해서 찾아왔다. 그러나 무슨 말부터 꺼내야 할지 갈피를 잡지 못했다. 엉뚱한 말이 아니라 진지하고 효과가 있는 말을 제대로 잘해낼 수 있도록 기도를 해야 했지만, 도무지 하늘에 대고 기도를 해야 할지 아니면 지옥을 향해 기도를 해야 하는 것인지 생각이 바로 서지를 않았다. 격식에 맞춰 제대로 말해야 한다는 생각에 주눅이 들었다.

안토뇨나를 알아본 돈 루이스가 미간을 찌푸리며 그녀가 예상했던 화기애애한 대화와는 전혀 다른 분위기로 퉁명스럽게 말을 던졌다.

"아니, 여기는 무슨 일이시오? 가세요!"

"우리 아가씨에 대한 말씀을 듣고자 찾아왔습니다."

안토뇨나가 주저하지 않고 말을 뱉었다.

"말씀을 하시기 전에는 절대로 돌아가지 않겠습니다."

그녀는 말을 마치며 깊은 생각에 빠져 있던 돈 루이스의 맞은편에 있는 의자에 앉았다.

돈 루이스는 안토뇨나의 적극적인 태도에 달리 방도가 없으리라고 생각했다. 그는 참을성을 가지고 훨씬 부드러워진 목소리로 물었다.

"내게 하고 싶은 말이 뭡니까?"

"지금 루이스님은 우리 아가씨에게 잘못하시는 거라는 점을 말씀드려야 되겠습니다. 도련님은 꿀 먹은 벙어리처럼 나 몰라라 하고 계시잖아요. 도련님은 아가씨에게 마법을 걸었어요. 나쁜 마법의 약을 아가씨에게 먹였단 말이에요. 아, 우리 고운 천사가 죽어가고 있어요. 도련님 때문에 밥도 먹지 않고, 잠도 자지 않고, 쉬지도 않고 있습니다. 도련님이 떠나실 것을 생각하면서 오늘도 두 번인가 세 번 혼절하셨습니다. 신부가 되기 전에 뭔가 훌륭한 일을 해야 하는 것 아닌가요. 자, 말해봐요! 숙부와 함께 있을 것이지 도대체 여긴 왜 온 거예요, 이 무정한 사람! 아가씨는 아무리 많은 남정네들이 유혹을 하고 말을 걸어와도 우아하고 아름답게 홀로 자유로운 삶을 살아왔는데…… 그런 아가씨를 몹쓸 그물로 잡아 챈 거예요. 거짓말쟁이의 꼬드김으로 아가씨를 속인 겁니다. 신학이나 하늘에 대해 뭔가 잘난 척하는 얘기를 미끼 삼아 바보같이 순진한 새들을 잡아들이는 사냥꾼이 아니고 뭐겠습니까? 휘파람 소리로 새들을 끌어 모아 덫에 걸어 잡는 잔인한 수작이지요."

"안토뇨나, 제발 나를 가만 내버려둬요. 주님의 사랑으로 간청하건데, 나를 그만 괴롭혀요! 나는 나쁜 사람이에요. 그래요, 맞는 말이지요. 그대의 여주인을 보지 말았어야 했어요. 내가 그녀를 사랑한다는 사실을 알아차리지 못하게 했어야 했어요. 페피타를 사랑해요. 내 마음을 다해서 사랑하고 있어요. 나는 그녀에게 마법의 약을 준 적이 없어요. 내가 갖고 있는 사랑을 주었지요. 그렇지만 필요하다면 이 사랑도 잊어야 해요. 주님께서 내게 임무를 맡기셨답니다. 내가 그 일을 하기 위해서는 나도 나름대로 희생을 해야만 하고, 앞으로도 계속 그래야 한다는 사실을 이해해줘야 합니다. 페피타도 좀더 강해져야 하고, 그렇게 희생을 감수해야 합니다."

"가련한 우리 아가씨에게 그런 말일랑 꺼낼 생각도 마시우. 도련님은 스스로의 결정으로 사랑하는 여인네를 제단에 바치며 희생을 하는 거라 칩시다. 그렇지만 그건 도련님을 위한 희생물인 거예요. 우리 아가씨는 도대체 어디에 도련님을 바치고 말고 할 수 있겠어요? 배신으로 돌아온 사랑을 위해 보석을 창밖으로 던지고, 아궁이에 아름다움을 불사르면 되겠어요? 가지고 있지도 않은 것을 어떻게 주님께 바치라고 하는 거예요? 주님을 속이면서, 주님 그분이 저를 사랑하지 않거든요, 그래서 그분을 희생 재물로 바치며 앞으로 그분을 사랑하지 않겠습니다, 라고 뻔뻔하게 거짓말을 하란 말이에요? 주님은 웃지도 않으실 거예요. 아니, 그런 어처구니없는 상황을 보시고 허탈하게 웃으실 겁니다."

돈 루이스는 안토뇨나가 지난번 힘껏 꼬집었을 때보다 훨씬 사납고 저

돌적인 얘기를 어떻게 반박해야 할지 당황스러웠다. 게다가 배움이 부족한 하인과 사랑에 대한 형이상학적인 이야기를 나눌 수도 없지 않은가.

"이런 소용없는 얘기는 한쪽에 접어둡시다. 나는 페피타의 아픔을 치료해줄 수가 없어요. 내가 무엇을 할 수 있겠어요?"

"뭘 할 수 있겠냐고요?"

안토뇨나가 흥분을 가라앉히며 부드럽게 말을 받았다.

"제가 도련님이 무슨 일을 하면 될지 말씀드리겠어요. 만약 우리 아가씨의 병이 나으면 도련님도 마음이 한결 가벼워지실 거예요. 도련님은 성인들처럼 좋은 분이시잖아요. 성인들은 자비심도 많고 용감하기도 하잖아요. 겁 많은 욕심쟁이처럼 도망치지 마세요. 아가씨와 정식으로 작별을 하세요. 저희 집에 오셔서 아픈 아가씨를 만나주세요. 자비를 베푸세요."

"내가 페피타를 찾아가 무엇을 할 수 있겠소? 치료를 하는 대신 오히려 병을 악화시킬까 두렵소."

"그렇지는 않을 겁니다. 곤란하게 되지는 않을 거예요. 도련님은 그냥 가시면 돼요. 주님께서 주신 그대로 가셔서 이런저런 얘기를 하시면 아가씨에게는 위로가 될 겁니다. 도련님이 아가씨를 사랑하는 것은 사실이지만, 보다 큰 하느님에 대한 사랑 때문에 작별을 하는 것이라고 말씀하시면 아가씨의 마음이 한결 가벼워질 거예요."

"그 제안은 나에게나 그녀에게나 아주 위험한 일이고 주님을 시험하는 일이오."

"이게 어떻게 하늘을 시험하는 일이에요? 주님께서는 도련님이 왜 그런 말을 하시는지 충분히 알고 계시기 때문에 오히려 이번 기회에 당신의 은총과 성령을 보내주실 거예요. 이렇게 절망한 아가씨를 그냥 내버려둔 채로 떠나가셔서는 안 돼요. 아가씨가 훌륭한 길을 선택할 수 있도록 인도를 해주셔야죠. 만약에라도 아가씨가 원망과 절망으로 기진하여 돌아가시거나, 아니면 대들보에 목이라도 매신다면 도련님에게는 루시퍼의 솥단지에 끓는 역청과 유황의 불길보다도 훨씬 큰 아픔으로 가슴에 남을 거예요."

"아, 무슨 그런 끔찍한 말을 하세요? 절대 그런 일까지는 일어나지 않을 겁니다. 그녀가 절망에 떨어지는 일이 있어서는 안 돼요. 아, 내가 용기를 내어 그녀를 보러 가도록 하겠소!"

"아, 하느님 감사합니다. 진정으로 하시는 말씀이라면! 감사합니다! 도련님은 정말 좋은 분이십니다."

"내가 언제 가면 좋겠소?"

"오늘 밤 열 시 정각에 오세요. 제가 집 밖에서 기다리고 있다가 안으로 모시겠습니다."

"그녀도 내가 올 것을 아나요?"

"아니, 모르세요. 이 모든 것은 저 혼자 꾸민 일이에요. 그렇지만 제가 치밀하게 준비했지요. 도련님이 아가씨를 만나러 오셔도 놀라움에 기절하는 일은 없을 거예요. 그런데, 꼭 오실 거죠?"

"가겠어요!"

"그러면 저는 이만 가겠습니다. 잊지 마세요, 오늘 밤 열 시에 현관 앞에서 기다리고 있을게요."

말을 마치자 안토뇨나는 방을 나서 계단을 두 개씩이나 성큼성큼 건너 뛰어 내려가 어느새 집 밖으로 내달렸다.

*

안토뇨나는 이번 일을 정말 치밀하게 계획하고 실천했다. 평소의 욕설이 반쯤 섞인 걸진 말투도 전혀 쓰지 않았다. 그녀가 사용한 어휘와 말투는 평소의 그녀에게서는 찾아보기 어려운 수준의 것이었다. 이는 아마도 사랑하는 사람에 대한 진정한 관심과 열정이 있었기에 가능했을 것이다.

페피타에 대한 안토뇨나의 사랑은 정말 대단했다. 그녀는 이뤄지지 않는 사랑에 절망한 페피타의 마음의 병을 고치기 위해 고심하였지만 처방을 찾지 못하였다. 그러던 중 돈 루이스와 페피타의 만남을 주선할 수 있게 된 뜻밖의 큰 선물을 받게 된 것이다. 안토뇨나는 이번 작전에서 반드시 성공을 거두기 위해 자신이 알고 있는 세상의 모든 지혜를 총동원했다.

안토뇨나가 밤 열 시에 약속 시간을 정한 것은 그 시각이 페피타와 돈 루이스가 얼굴을 마주할 수 있었던 토론 모임이 끝나는 시간이기 때문이었다. 사람들의 눈을 피해야 한다는 생각은, 남의 소문을 내는 것은 아주 나쁜 일이기 때문에 괜히 소문이나 내고 다니는 사람들은 연자 맷돌을 목에 달아 바다에 던져도 좋다고 복음 말씀을 전하던 한 선교사의 말에 대한 기억으로 더욱 굳어졌다.

안토뇨나는 집으로 돌아왔다. 마음은 한결 가벼웠으나 행여 준비한 처방이 페피타를 낫게 하기는커녕 증세를 악화시키지나 않을까 마음을 놓을 수 없었다.

페피타에게는 뭐라 말을 해야 할지 생각하지도 못했다. 그녀는 기회를 봐서 돈 루이스가 작별 인사나 하려고 열 시에 들른다는 말을 해야겠다고 생각했다.

사람들의 입방아에 오르지 않기 위해서는 안토뇨나가 돈 루이스의 집에 들어가는 것을 아무도 눈치 채지 못했어야 했는데, 가만 생각을 해봐도 본 사람은 아무도 없는 것 같았다.

사람들이 보지 못하게 하려면 언제 집에 도착해야 할지, 그리고 어디로 들어가야 할지가 중요했다. 열 시가 되면 사람들은 축제를 준비하느라 거리를 가득 메우며 돌아다닐 것이다. 그러면 돈 루이스가 페피타의 집을 지나는 것도 신경 쓰지 않을 것이고, 현관을 통해 돈 루이스를 데리고 들어가는 것은 일 초면 되는 일이니까, 그 다음 집 안에서는 사람들이 보지 못하게 서재로 바로 안내하면 될 것이라 계획했다.

안달루시아의 거의 모든 부유한 집들은 두 채의 집이 붙어 있는 형태라, 얼핏 보았을 때에는 한 채지만 실제로는 두 채의 집으로 분리되어 있으며, 각각 입구가 다르게 연결되어 있다. 페피타 집의 경우에도 마찬가지였는데, 큰 문은 정원과 기둥이 있는 회랑과 거실, 주인 식구들과 하인들의 방으로 이어져 있어서 실질적인 살림집의 입구로 쓰였다. 다른 문으로는 독립된 회랑과 마구간, 마차용 차고, 부엌, 포도 창고, 곡물 창고, 올리브 열매 숙성 저장고 등으로 연결되어서 노동과 작업을 위한 집으로 통했다. 이 두번째 집은 대략 스무 명에서 스물다섯 명의 인부들이 모여 사는 주거 공간과 올리브, 포도 등을 가공하거나 저장하는 공간으로 구성되었다. 농장 감독과 각 분야의 십장들, 마부와 인부들이 이곳에 거주하였는데, 그들은 겨울이면 커다란 부엌에 있는 벽난로 주변으로 모여들고, 여름이면 바람이 잘 통하는 방에 들어가 주인이 부를 때까지 한가하게 이야기를 주고받는다.

안토뇨나는 페피타와 돈 루이스가 사람들의 눈에 띄지 않고 조용히 은밀한 시간을 가질 수 있도록, 그동안 힘들다고 불평했던 살림집에 있는 여자 하인들 모두가 인부들이 있는 집에 한데 모여 마음껏 기분을 푸는 기회를 마련하게 했다. 살림집의 여자 하인들과 인부들의 집에 있는 남자들이 모두 모여 안달루시아의 흥겨운 춤과 노래를 즐기며 축제의 밤을 보낼 수 있도록 만반의 준비를 하라고 지침을 내린 것이다.

이렇게 해서 주인들이 거주하는 살림집은 사막 한가운데 있는 것처럼 조용해졌다. 큰 집에는 오직 그녀와 안주인만 남겨져 있었고, 그토록 서로 보고 싶어 하는 젊은 두 사람의 극적인 운명은 집 안을 감도는 고요하고 차분한 분위기에 휩싸였다.

안토뇨나가 이런 모든 것을 생각하고 점검하고 있는 동안 돈 루이스는 홀로 남았다. 그는 안토뇨나의 간절한 애원에 그만 마음이 흔들려, 결국 페피타와 작별 인사를 하겠다며 그녀가 제시하는 대로 쉽게 약속을 정하고 말았던 사실을 후회하고 있었다.

약속을 하게 된 경위를 생각하던 돈 루이스는 안토뇨나가 에논이나 셀레스티나보다도 훨씬 교활하다고 느꼈다. 곰곰이 생각을 해봐도 페피타를 만나라는 제안을 덥석 받아들인 자신이 그 과정에서 얻는 것보다는 잃는 게 많을 가능성이 커 보였다.

신부가 되겠다는 자신의 소명을 주교는 물론이고 교황까지 허락한 지금, 그물에 걸릴 수도 있는 위험한 약속을 실행한다는 것은 그야말로 대단한 모험이요 불명예라고 느꼈다. 게다가 페피타를 만나는 일은 그녀를 사랑하며 그녀와 결혼을 꿈꾸고 있는 아버지를 배신하는 일이 아닌가, 아무런 말도 없이 그대로 떠나버리는 것보다 만나서 진실을 이야기하는 것이 오히려 잔인한 것은 아닌가 하는 생각도 들었다.

이런 이유 때문에 돈 루이스는 아무런 핑계도 대지 말고 말 없이 약속 장소에 나가지 않는 것은 어떨까 생각했다. 안토뇨나가 현관에서 기다리겠지만 어쩔 수 없는 것 아닌가. 하지만 만약 안토뇨나가 페피타에게 내가 간다는 사실을 말했다면, 그것은 안토뇨나에게도 미안한 일은 물론이고, 무엇보다 페피타에게 지울 수 없는 상처를 남기는 일이 될 것이다.

돈 루이스는 펜을 들어 페피타에게 다정하면서도 분별력 있는 문체로 글을 쓰기 시작했다. 자신이 떠나가야만 하는 이유와 자신의 단호한 행동을 설명하고, 그녀의 아픈 마음을 달래며 그녀를 향한 자신의 진실한 마음을 적었다. 자신이 느끼는 소명과 의무를 이해시키고, 무엇보다 하늘을 향한 자신의 의지를 이해하길 바라며 그녀 또한 자신과 같은 희생을 할 수 있었으면 좋겠다는 말을 적어나갔다.

그러나 편지를 네댓 번씩이나 되풀이해서 써야만 했다. 종이를 수없이 구겨 없앴다. 다시 편지를 찢고 새로 썼지만 마음에 들지 않았다. 편지는 라틴어 선생이 강의라도 하듯 딱딱한 설교조의 건조하고 차가우며 현학적인 말투로 가득했다. 어느덧 편지는 마치 페피타가 당장이라도 그를 집어삼키려는 괴물이라도 되는 듯한 내용이 되고 말았다. 다시 써보았지만 이번에는 슬픔으로 가득한 괴상한 문장들과 표현들로 가득한 내용이 되었다. 편지는 생각한 것처럼 잘 씌어지지 않았다. 몇 장이나 종이를 구기고, 찢은 뒤에 결국 포기할 수밖에 없었다.

"이젠 어쩔 수가 없어."

돈 루이스가 중얼거렸다.

"이미 주사위는 던져졌어. 용기를 내서 만나보는 거야."

돈 루이스는 하늘의 보호를 받아 마음의 안정을 되찾게 되리라는 희망을 품었다. 하늘이 도와주신다면 자신이 왜 속세의 사랑을 포기하고 성직의 길을 걷겠다는 소명을 완수해야만 하는지 마음씨 고운 페피타가 잘 이해할 수 있으리라는 생각을 하기에 이르렀다. 남편을 남자가 아닌 형제로 여기며 살았던 11세기 영국의 에드워드 왕 부부의 경우나 다른 수많은 성인들의 경우처럼 속세의 사랑을 포기하는 사람들의 삶에 대해 잘 설득할 수 있을 것 같았다. 생각이 여기에 이르자 돈 루이스는 마음이 한결 차분해지고 머릿속이 맑아지는 것을 느꼈다. 벌써 자신은 성 에드워드가 되고 페피타는 그의 부인인 에디타 왕비가 된 듯했다. 한 남자의 부인이면서도 정절을 지켰던 왕비의 모습을 페피타와 견주지 못할 게 없을 것 같았다. 어쩌면 페피타가 더 다정하고 우아하며 시적일 것 같았다.

그러나 돈 루이스는 완전히 확신할 수는 없었고, 성 에드워드를 흉내 내기에는 아직 역부족이었다. 그는 여전히 마음의 평온함을 되찾지 못했다. 아버지 모르게 페피타를 만나러 가겠다는 생각이 도덕적으로 불순한 것은 아닌지 갈피를 잡을 수 없었다. 그는 낮잠을 자고 있는 아버지를 깨워 모든 것을 사실대로 이야기하고 싶은 충동을 느꼈다. 두세 번 의자에서 일어나 아버지를 찾아나서려 서성거렸다. 그러나 곧 발걸음을 멈추었고, 아버지에게 페피타와의 사랑을 말씀드린다는 것이 너무도 부끄럽고 송구스럽게 느껴졌다. 아버지도 곧 아들의 비밀을 알게 될 텐데…… 그리고 아버지와 우호적으로 지내는 페피타의 비밀을 알게 되신다면? 아, 얼마나 추한 상황이 될까! 두 사람의 추하고, 우스꽝스럽고, 미천한 행동을 이겨내지 못한 채 상황을 질질 끌어왔다는 사실 때문에, 도저히 아버지에게는 진실을 밝히기 어려웠다.

게다가 아버지가 이런 미묘한 방문 약속을 긍정적으로 흔쾌히 받아들이고 비밀로 묻으실지 확신할 수도 없었다. 머릿속이 다시 소용돌이치기 시작했다. 영혼을 마구 휘젓는 상반된 감정 때문에 넓은 방도 좁게 느껴질 정도로 그는 사방을 서성거렸다. 서너 발자국을 걷다 다시 옆으로 몇 발자국, 또다시 뒤로 돌아 걷다보면 어느 틈에 벽에 머리를 박을 듯 다가서 있곤 했다. 날이 더워 문을 열어놓아서 그렇지, 만약 문이 닫혀 있었더라면 숨이 막혀 질식할 것 같았고, 천장은 머리 위로 무겁게 내려앉은 느낌이었으며, 숨을 쉬기 위해서는 세상의 모든 공기가 다 필요할 것 같았다. 막혀 있다는 답답함이 없이 걷고, 고개를 들고, 한숨을 마음껏 토하며 생각을 펼쳐놓기 위해서는 우주의 모든 공간도 충분하지 않을 것만 같았다.

더는 참을 수 없을 정도로 숨이 막히자, 그는 모자와 지팡이를 집어 들고 집을 나섰다. 거리에서 사람들과 마주치지 않기 위해 조용한 곳으로 발길을 돌려 마을을 벗어나 전원으로 들어섰다. 키 큰 가로수가 무성하고 가지런히 서 있는 길을 지나자, 마을을 에워싸고 있는 농장과 오솔길이 겹겹으로 보였다. 눈앞에 드넓은 천국이 펼쳐져 있었다.

그러고 보니 아직 돈 루이스의 외모를 제대로 설명할 기회가 없었다. 그의 외모는 한마디로 출중했다. 큰 키에 몸매는 날씬했으며, 골격도 적당히 발달했고, 검은 머리카락에 역시 검은 눈동자를 하고 있었는데, 그 안에 강렬한 불꽃과 부드러움이 함께 담겨 있었다. 피부는 밀 빛을 띠었고, 잇속은 고르고 희었으며, 입 모양은 단정했고, 입술은 적당히 두툼하게 나와 있어서 단호하면서도 남자다운 기상을 풍겼다. 성직자들에게서 주로 볼 수 있는 조용함과 부드러움을 갖추고 있었지만, 또한 동시에 단정하면서도 남성다운 자태를 지녔다. 그의 움직임에는 고결함이랄까, 설명하기 어려운 남다른 점이 눈에 띄었다. 언제나 그런 것은 아니지만 귀족 가문에서 제대로 잘 자란 사람에게서 볼 수 있는 우아함 같은 것이 그를 감싸고 있었다.

페피타 히메네스가 돈 루이스를 처음 보았을 때 그에게서 이러한 미감을 본능적으로 인식했다고 보는 편이 옳을 것이다.

돈 루이스는 오솔길을 뛰었다. 주변을 살펴보지도 않은 채 냇물을 뛰어넘고 계속 뛰었다. 마치 말벌에 쏘인 투우처럼. 멀리서 그를 본 농장 사람들이나 동네 사람들은 아마도 미친 사람쯤으로 생각했을 것이다.

무작정 달리던 돈 루이스는 돌 십자가 아래 앉아 지친 몸을 쉬었다. 마을에서 삼 킬로미터가량 떨어져 있는 프란시스코 데 파울라 성인의 오래된 수도원의 유적이 남은 그곳에 앉아 그는 명상에 잠겼다. 그러나 자신이 무엇을 생각하고 있는 것인지 알 수 없을 만큼 머릿속은 여전히 복잡했다.

멀리 마을 성당에서 삼종기도 시간을 알리는 종소리가 대기를 가르며 산 중턱에까지 울려왔다. 돈 루이스는 종소리를 들으며, 마리아를 찾아가 인사를 한 대천사에 대한 성경의 일화를 떠올리다가 곧 정신을 차려 현실 세계로 돌아왔다.

태양은 가까이 보이는 산맥의 높은 봉우리들 뒤로 사라지고 있었다. 봉우리들의 피라미드처럼 뾰족하고 날카로운 선은 보라와 연수정 빛이 어우러진 허공을 배경으로 돋아나왔다. 태양은 황금빛으로 하늘을 물들이고 있었고, 산 그림자가 점점 넓게 광야를 차지하기 시작했다. 넘어가는 해를 아직 받고 있는 산들이 붉게 물들어가는 것과는 대조적으로 그 앞의 산들은 벌써 어두운 그림자로 가득했다. 날카롭게 치솟은 봉우리들은 숯으로 만든 수정이며 황금인 듯 빛을 내뿜었다.

맞은편 언덕 가장 높은 곳에 있는 동정녀 성당과 그보다 조금 앞쪽에 있는 작은 갈보리 암자의 창문과 흰 벽이, 꺼져가는 태양의 희미한 빛에 상처를 입은 두 개의 구원 등불과 같은 빛을 되쏘며 두 개의 눈동자처럼 빛을 뿜어내고 있었다.

자연을 노래하는 쓸쓸한 시 한 편이 영혼의 귀로 들을 수 있는 소리 없는 리듬에 맞춰 세상을 지은 창조주를 노래하고 있는 듯했다. 멀리서 들려오는 느린 종소리가 희미하게 다가와 조용한 대지의 휴식을 방해하지 않은 채 고요한 울림으로 차분하게 기도의 마음을 이끌었다. 돈 루이스는 모자를 벗어들고 십자가 아랫단에 무릎을 꿇고 앉았다. 그는 간절한 마음으로 기도를 드렸다.

밤의 그림자가 대지를 차츰 덮어가고 있었다. 밤은 자신의 망토로 세상을 덮으면서도 밝은 달과 총총한 별을 드넓은 하늘에 수놓았다. 천정은 푸른색을 검은색으로 바꾸지 않았다. 하늘은 여전히 푸른빛을 띠었고 점점 더 짙은 색으로 변해갔을 뿐이다. 대기는 투명하고 맑아서 하늘에서 빛나는 수천 개 별들을 육안으로 볼 수 있었다. 달은 하늘을 향한 뾰족한 나무의 머리 부분을 은빛으로 물들였고, 흐르는 시냇물에 자신의 모습을 비추었다. 냇물은 투명하게 반짝이는 오팔로 만든 무지개 같았다. 짙은 숲에서는 밤꾀꼬리가 노래를 불렀고, 꽃과 나무는 싱그러운 향기를 뿜어 댔다. 수로 주변으로 가득 피어 있는 풀과 꽃 사이로 수를 헤아릴 수 없이 많은 벌레들이 루비와 다이아몬드처럼 몸에 불을 밝히고 둥글고 길게 이리저리 피어오르며 아름다운 비상을 했다. 커다란 반딧불이는 없었지만 황홀한 작은 별의 군무는 무척 아름다웠다. 과일나무마다 아름다운 꽃을 피우고 있었고, 아카시아와 장미도 부드러운 향기를 풍기며 대기를 향긋하게 물들였다.

돈 루이스는 관능적인 자연의 매력에 한껏 취한 채 약속을 지키기 위해 약속 장소에 나가야 하는 것인지 여전히 결정을 내리지 못하고 있었다.

농장에 물을 대는 강을 따라 샘물이 솟아나오는 깊은 산자락까지 다녀오며 이런저런 숲길과 오솔길을 헤매고 다녔지만, 그는 어느새 마을을 향하고 있었다.

마을이 가까워지면서 그는 어떻게 해야 할지 결정을 해야만 하는 상황에 두려움마저 느꼈다. 그는 무슨 생각이나 결정을 예정하도록 어떠한 징조나 신호라도 찾았으면 하는 절박한 마음으로, 어둠 속을 헤치며 앞으로 향했다. 그는 자기 자신의 매장을 보고 싶어 했던 『호기심 많은 꽃밭』의 주인공 리사르도를 기억해냈다. 하지만 하늘은 여전히 수천 개의 반짝이는 빛으로 그에게 미소를 보내며 사랑하고픈 마음을 자극했다. 별들은 사랑스러운 눈빛으로 서로를 바라보았고, 사랑에 빠진 밤꾀꼬리들은 노래를 멈추지 않았다. 귀뚜라미도 세레나데를 부르는 음유시인들처럼 사랑스런 찌르륵 소리로 자신의 마음을 고백했다. 조용하고 아름다운 밤, 대지 전체가 사랑에 취한 것 같았다. 아무런 징조도 신호도 없었으며 불길함도 감지되지 않았다. 모든 것은 생명과 평화, 기쁨으로 가득했다. 수호천사는 어디에 있었던 것일까?

돈 루이스의 수호천사는 그가 위험에 처해 있는데도 그를 모르는 채 내버려두고 있었던 것일까? 알 수 없는 일이다. 어쩌면 그러한 위험으로부터 승리가 나올 수도 있으리라. 성 에드워드 왕과 성녀 에디타 왕비에 대한 생각이 그의 상상에 용기를 불러일으켰다.

돈 루이스는 이런 생각에 빠져, 되돌아오는 길에서 그만 상당히 지체를 하고 있었다. 아직 마을에 들어서기 전인데 약속 시간인 열 시를 알리는 성당 종탑의 종소리가 들려왔다. 열 번의 종소리는 그의 심장을 짓누르는 고통으로 다가왔다. 정말 누군가 찌르기라도 하는 것처럼 가슴이 저려왔다.

돈 루이스는 약속 시간에 너무 늦게 도착하지 않기 위해 걸음을 재촉했다. 드디어 마을 어귀에 도착했다.

마을은 떠들썩했다. 처녀들은 분수에 모여 분주하게 얼굴을 씻으며 치장을 하고 있었다. 애인이 있는 처녀들은 애인을 위해서, 애인이 없는 처녀들은 애인을 만들기 위해서 분주히 움직였다. 애들과 나이 든 여인들은 마법의 향불을 만들기 위해 잔솔가지와 마편초 가지들을 꺾었다. 사방에서 기타 소리가 울려왔고 사랑을 속삭이는 연인들의 대화가 소곤소곤 들려왔다. 성 요한 축일은 분명 가톨릭 축제이지만, 축제가 시작되는 밤부터 다음 날까지 여러 다양한 문화에서 유래하는 풍습에 따른 놀이와 행사가 계속되곤 했다. 하지 축제와 관련된 오래된 풍습과 전통문화가 성 요한 축제와 자연스럽게 뒤섞였던 것이다. 축제는 종교적인 것이라기보다는 문화적인 행사였다. 모든 것은 사랑과 구애와 관련되었다. 오래된 가요나 전설에는 언제나 아랍인에게 납치되는 기독교 여인이 등장했고, 성 요한 축일 기사가 나타나 아랍인으로부터 어렵게 여인을 구출하게 된다는 사랑의 이야기가 노래되곤 했다.

거리는 사람들로 가득했다. 모든 마을 사람들은 물론이고 인근 마을 사람들까지 온통 거리로 쏟아져나온 것 같았다. 누가와 꿀에 잰 과자, 볶은 콩 과자 등을 늘어놓은 탁자와 과일 노점, 인형과 장난감 노점들 때문에 거리를 제대로 걷기도 어려웠다. 감자를 튀겨 팔고 있는 집시들의 노점에서 올리브기름이 타는 냄새가 진동을 했다. 튀김 그릇에서 올라오는 연기 뒤편에서 집시들이 지나가는 사람들에게 덕담을 던지며 감자 튀김을 팔고 있었다.

돈 루이스는 아는 얼굴과 마주치지 않기 위해 멀리서 본 듯한 얼굴이라도 보이면 서둘러 다른 편으로 길을 옮겼다. 이런 식으로 걷다 보니 페피타의 집 현관에 도달할 때까지 누구와도 이야기를 나누거나 멈추어 서지 않았는데도 적지 않은 시간이 흘러가버렸다. 심장은 미친 듯이 요동을 쳤다. 두근거림을 진정시키기 위해 할 수 없이 걸음을 멈추었다. 시계를 보았다. 벌써 열 시 반이었다.

"하느님, 맙소사! 벌써 삼십 분이나 나를 기다리고 있겠군!"

그는 다시 발걸음을 재촉하여 현관으로 들어섰다. 평소에는 환하던 가로등이 어둡게 빛을 밝히고 있었다.

돈 루이스가 현관에 들어서자마자 손 하나가, 아니 커다란 갈고리 하나가 그의 오른손을 낚아챘다. 안토뇨나였다. 그녀는 낮은 소리로 그에게 말을 건넸다.

"이런 못되고 은혜도 모르는 나쁜 악마 같은 사람! 저는 안 오시는 줄 알았잖아요! 도대체 어디에 계셨어요? 태양이 기운이 뻗칠 때는 뭐하고 있었기에 세상의 모든 소금이 다 굳어질 정도로 이렇게 늦었단 말이에요?"

안토뇨나는 이렇게 불평을 늘어놓으면서도 멈추어 서 있지 않았다. 그녀는 돈 루이스의 손목을 잡은 채로 계속 걸어갔고, 그는 그저 조용히 따라갈 수밖에 없었다. 덧문을 지나자 안토뇨나는 소리가 나지 않도록 조심스럽게 문을 닫았다. 그들은 안뜰을 지나 계단을 올랐다. 좁은 복도를 몇 개 지나고 거실 둘을 건너서, 굳게 닫혀 있는 방문 앞에 멈추었다.

집은 온통 고요한 정적으로 가득했다. 방은 밖으로 면한 창이 없이 가장 깊숙한 곳에 있었고, 거리의 소음도 거기까지 몰려들지는 못했다. 아득히 먼 곳에서 들려오듯, 페피타의 하인들과 일꾼들이 건너편 집에서 파티를 벌이며 내는 캐스터네츠와 기타 소리가 이따금씩 들려올 뿐이었다.

안토뇨나는 방문을 열고 돈 루이스를 안으로 들여보내면서 입을 열었다.

"아가씨! 여기에 돈 루이스님이 오셨어요. 아가씨와 작별을 하기 위해서 오셨답니다!"

격식을 갖춰 손님의 방문을 알린 안토뇨나는 아가씨와 손님을 방에 놔둔 채 밖으로 나가 문을 닫았다.

*

우리는 지금까지 이 이야기를 적은 사람이 얼마나 정확하게 사실을 묘사하고 있는지 그 진위를 확인하지 못했다. 혹시 「숨겨진 이야기」의 내용이 소설처럼 약간이라도 꾸며진 것이라면 페피타와 돈 루이스 두 사람의 사랑 이야기는 보다 극적으로 전개되었을 것이다. 어쩌면 우리의 주인공들은 새로운 탐험의 길을 떠나다가 숲 속에서 거친 폭풍우를 만나게 되고, 몸을 피하기 위해 눈에 띈 오래된 성이나 종탑으로 피해가야만 했는데, 그곳은 요괴가 출몰한다는 섬뜩한 전설이 가득할 만큼 무시무시한 곳이라고 묘사되었을 수도 있었을 것이다. 어쩌면 두 사람은 도적들에게 사로잡혔는데, 돈 루이스의 침착함과 용기 덕분에 어두운 밤을 틈타 동굴을 통해 밖으로 빠져나가 목숨을 구하는 이야기로 연결될 수도 있었을 것이다. 이 이야기가 보통의 모험과 애정 소설이라면 작가는 페피타와 돈 루이스가 바다 한가운데를 항해하도록 설정할 수 있었을 것이며, 현실성은 떨어지지만 해적을 만나도록 하거나 아니면 폭풍우에 조난을 당하여 무인도나 혹은 문명 세상으로부터 멀리 떨어진 낯선 땅에 도착하도록 만들면서 이야기를 끌어나갔을 수도 있었을 것이다. 하지만 그 어떤 설정의 경우에도 젊은 두 사람의 열정적인 대화가 오가도록 할 수 있을 것이며, 그러면 돈 루이스의 역할이 보다 적극적이고 당연한 것으로 여겨졌을 것이다. 하지만 왜 작가가 이러한 소설적인 묘사에 매달리지 않았는지 궁금하기보다는, 환상에서 나온 일화와 상황으로 이야기를 끌고 나가며 극적인 효과를 높이려 하기보다 미세한 상황과 심리를 진지하게 묘사하고 있음에 흡족함을 느낀다.

　　안토뇨나의 기지와 수고가 없었더라면, 그리고 마음 약한 돈 루이스가 얼떨결에 덜컥 약속을 해버리지 않았더라면 일이 어떻게 되었을까. 과연 지조와 절제를 잃을 수도 있는 둘만의 숙명적인 대화가 쉽게 이뤄질 수 있었을까. 어떻든 돈 루이스는 약속 장소에 나타났고, 안토뇨나로부터 돈 루이스의 우연한 방문을 전해들은 페피타 또한 비록 늦은 시간이지만, 일단 반가운 마음으로 그를 맞이했다는 상황은 젊음과 열정을 지닌 젊은이들에게 충분히 가능한 일이었다.

*

그날 저녁 여덟 시, 안토뇨나는 죽고 싶다는 페피타를 달래기 위해 그날 밤 늦게 돈 루이스가 찾아오기로 했다는 말을 전했다. 산발한 머리에 붉게 충혈되고 퉁퉁 부은 눈으로 훌쩍이고 있던 페피타는 안토뇨나의 말을 듣고는 바로 눈물을 그치고, 돈 루이스를 맞이하기 위해 단장을 시작했다. 먼저 울었던 흔적을 없애기 위해 미지근한 물로 정성껏 얼굴을 닦았다. 머리를 단정하게 빗고 정돈하여, 화려한 장식은 없어도 자연스럽고 깔끔한 모양으로 다듬었다. 손톱도 손질하였다. 잠옷 차림으로 손님을 맞을 수는 없었기에 집에서 입는 단순한 옷으로 갈아입었다. 그녀는 화장대에 놓여 있는 화장품을 사용하여 얼굴을 말끔하고 아름답게 단장하기 시작했다.

페피타는 한 시간가량이나 얼굴을 매만졌다. 마지막으로 얼굴에 분가루를 살짝 바른 후 거울을 보며 그런대로 만족할 수 있었다. 아홉 시 삼십 분이 되어 모든 준비가 끝나자, 그녀는 아기 예수 상이 있는 아래층 거실로 내려갔다. 먼저 재단에 촛불을 밝혔다. 꽃이 시들어 있는 것을 보자 마음이 무거웠으나 아기 예수 상 앞에 무릎을 꿇고 앉아 용서를 구하며 조용히 기도를 드렸다. 마음을 열고 정성을 다하여 가슴 깊은 곳의 이야기를 꺼냈다. 가시관을 쓰고 십자가를 등에 진 나사렛의 예수에게, 채찍질을 당하고 발길질을 당한 신이자 인간에게, 조소 어린 홀대를 받으며 거친 밧줄에 손목을 묶인 예수에게는 도저히 기도를 드릴 수가 없었다. 그렇지만 아직 어리고, 예쁘고, 잘생긴 아기 예수에게는 마음의 이야기를 다 꺼낼 수 있었다. 그녀는 돈 루이스를 데려가지 말고 그녀의 곁에 있게 놓아달라고 애원했다. 모든 만물의 주인이며 왕이신 당신에게 또 다른 위대한 희생이 없어도 괜찮다면, 그를 그녀에게 양보해달라고 간절히 기도를 드렸다.

몸과 마음의 준비를 모두 마치자 페피타는 위층으로 올라가 방에서 열병 같은 조바심으로 돈 루이스가 오기만을 초조하게 기다렸다.

안토뇨나는 돈 루이스가 언제 온다는 얘기를 하지 않기를 잘했다고 생각했다. 그렇지만 페피타는 돈 루이스가 오기를 기다리는 동안 초조함과 불안함에 휩싸인 채 방 안에 있는 아기 예수 상 앞에 무릎을 꿇고 또다시 기도를 올렸다.

*

돈 루이스의 방문은 진지하고 격식 있는 예절로 시작되었다. 두 사람은 서로 기계적이고 형식적인 인사를 나누었다. 돈 루이스는 손님이었으므로 먼저 의자에 앉았지만, 모자와 지팡이를 손에 들고 페피타와 충분한 거리를 두고 있었다.

페피타는 긴 의자에 앉았다. 책이 몇 권 놓여 있는 탁자가 의자 가까이에 있었고, 탁자 위의 촛대에서 흐르는 빛이 그녀의 얼굴을 은은히 비추었다. 서랍장 위에는 램프가 타고 있었다. 램프가 양쪽에 두 개씩이나 있었지만, 큰 방을 밝히기에는 역부족이어서 두 사람이 있는 곳을 제외하고는 전체적으로 희미한 어두움이 지배하고 있었다. 안뜰을 향해 나 있는 창문은 더위 때문인지 열려 있었는데, 장미와 자스민 가지가 고개를 내밀어 초록 줄기와 아름다운 꽃송이로 가득한 쇠창살 사이로, 밝고 시원한 달빛이 램프와 양초의 온화한 불빛과 기묘하게 조화를 이루었다. 반대편에 있는 농사꾼과 인부들을 위한 저장고 겸 별채에서는 할레오 가락을 연주하는 소리가 아득히 간헐적으로 들려왔다. 안뜰의 분수에서 종알거리며 흘러내리는 물소리와 자스민과 장미의 향기가 싱그러운 풀 냄새와 함께 창문을 타고 넘어 방으로 들어와 페피타의 주변을 감돌았다.

두 사람 사이에는 오랫동안 아무런 말이 오가지 않았다. 고요함은 유지되기도 깨지기도 쉽지 않았다. 어느 누구도 감히 말을 꺼내지 못한 채 두 사람 모두 침묵만 지키고 있었다. 당황스러운 침묵만이 두 사람 사이를 오고 갔을 뿐이었다. 무엇인가를 얘기해야만 한다는 사실이 두 사람에게는 너무도 어려운 과제였다. 그러나 누군가는 입을 열어야만 했다. 긴장과 초조함 속에 드디어 대화가 시작되었다.

"마침내 돈 루이스님께서 작별의 인사를 위해 저를 찾아주셨군요."

페피타가 먼저 말을 건넸다.

"저는 만날 수 있을 것이라는 희망을 포기하고 있었습니다."

돈 루이스가 해야 했던 역할은 너무도 힘겨웠고, 이런 식의 대화를 이끌어가야 하는 상황에서는 모든 남자들이 그러하듯 그 또한 엉뚱하고 부적절한 말로 이야기를 받았다.

"당신의 불만은 옳지 않습니다."

마침내 돈 루이스가 말을 시작했다.

"아버지와 함께 작별 인사를 드리기 위해 여기에 온 적이 있잖아요. 당신이 우리를 받아들일 준비가 되어 있지 않아서, 우리는 그냥 메시지만 놔두고 돌아갔었는데. 당신의 건강 상태가 좋지 않다는 말을 듣고, 우리는 매일 당신의 건강을 염려하여 안부를 묻는 쪽지를 보내곤 했지요. 당신이 조금이라도 나아지셨다니 얼마나 기쁜지 모르겠습니다. 지금은 몸이 좀 어떠신가요?"

"몸이 더 좋아지지는 않았다는 말을 드리려 했습니다만, 당신이 아버님 대신 이렇게 찾아오셨으니 저로서는 그런 좋은 친구에게 드릴 수 있는 말이라곤, 당신 아버님께 제 건강이 많이 좋아졌다는 전갈을 전해달라고 할 수밖에 없군요. 그런데 어떻게 혼자만 오셨네요. 당신이 혼자 오신 것을 아버님께서 아시면 많이 신경을 쓰실 것 같은데요."

"아버지는 함께 오시지 않으셨습니다. 제가 여기에 온 사실을 모르고 계시죠. 제가 혼자 온 것은 아버지의 작별은 웃음과 기지에 넘치지만, 제 작별은 무겁고 진지하기 때문입니다. 어쩌면 영원히 그럴 수도 있겠지요. 아버지는 아마 몇 주 내에 여기 들르실 것입니다. 저는 아마도 돌아오지 못할 것 같습니다. 만약 돌아오게 된다고 하더라도 지금의 제가 아닌 전혀 다른 사람의 모습으로 돌아오게 되겠지요."

페피타는 더 참을 수가 없었다. 그녀가 꿈꾸었던 행복한 미래가 그림자처럼 사라지고 있었다. 난생 처음 사랑을 느꼈고, 사랑할 수 있을 것 같은 가능성을 느꼈던 이 남자를 설득하고 말겠다는 강한 의지는 그만 소용없는 물거품이 되고 말았다. 돈 루이스는 이제 떠나려고 했다. 페피타의 젊음과 우아함, 아름다움과 사랑 이 모든 것이 아무런 소용이 없게 되었다. 그녀는 스무 살이라는 젊은 나이와 아름다움을 지니고 있지만 누구와도 사랑할 수 없다는 젊은 미망인의 고적한 삶을 운명처럼 받아들여야만 했다. 그녀에게 다른 모든 사랑은 불가능하게 보였다.

페피타는 진정으로 자신이 원하는 걸 얻기 위해서는 온갖 방해와 장애를 극복해야 한다고 믿는 부류의 사람이었고, 한 번 결심한 것은 어떠한 어려움과 마주쳐도 꼭 이뤄내도록 노력을 하는 성격이었다. 죽을 각오로 옳다고 믿는 일은 하는 성격이었던 것이다. 세상 대부분의 사회에서 그러하듯 사회의 시선을 의식해 자신의 개인적인 감정을 적당히 숨기거나, 감정을 억눌러 자신의 마음을 드러내지 않으려 둘러내는 말이나 태도 등은 페피타에게 통하지 않았다. 그녀는 살아오면서 다양한 계층의 사람들과 부대끼며 살지 못했으며, 절충을 위한 수단에 익숙하지도 않았다. 어렸을 때는 어머니에게 복종했고, 어린 나이에 결혼을 한 뒤에는 늙은 남편에게 복종했으며, 집 안에서 마주치는 다른 대다수의 사람들에게는 절대적인 권력을 행사하며 명령만 했기 때문이기도 했다.

페피타는 돈 루이스와 작별의 순간에도 자신의 그러한 성격을 고스란히 드러냈다. 그녀의 영혼은 열정으로 가득했고, 단순하고 명확한 단어를 사용하여 말을 했으며, 결코 말을 빙빙 돌리거나 장식하는 법이 없이 말이 갖고 있는 바로 그대로의 의미를 전달하려 하였다. 페피타는 살롱에서 여인네들이 주로 사용하는 우아하고 맵시는 있으나 모호한 어법에는 관심을 두지 않았고, 클로에가 다프네에게 말을 할 때처럼 직설적인 어법과 나오미의 며느리가 보아즈에게 말을 건넬 때 완전히 자신을 버리고 겸손하게 사용했던 진실한 말투를 선택하였다.

페피타가 물었다.

"당신이 말씀하셨던 삶의 목적을 지금도 고집하고 계세요? 당신의 소명에 확신이 있으신가요? 혹시 부족한 사제가 될 수도 있다는 생각은 하지 않으세요? 돈 루이스님, 저는 노력하고 있어요. 제가 배움이 부족한 시골 여자라는 사실을 한순간이라도 잊고, 모든 감정을 뛰어넘어 냉정하게, 마치 다른 사람의 이야기를 하듯 말을 하려 합니다. 여기 두 개의 시각으로 생각할 수 있는 일이 있어요. 당신은 두 개의 시각 모두로 판단을 해도 옳지 못해요. 제 생각을 들어보세요. 남자를 만난 지 얼마 되지도 않은 여인이 그 남자와 거의 말을 주고받지도 않았을 뿐 아니라 부끄러움을 잊은 말투와 자태를 드러낸 적이 없는데도 남자로부터 세속적인 사랑을 연상하게 하는 시선을 받고 그러한 시선에 남자의 애틋한 감정이 함께 실려 있다고 느끼게 되었다면, 그것은 그 여인의 잘못이 아니라 어떠한 경우이든 남자의 잘못이며, 더욱이 그 남자가 사제가 되려는 사람이라면 있어서는 안 될 죄악입니다. 혹시라도 그 여인이 특별한 재능이나 우아함도 없는 그저 평범한 시골 여자이기 때문에, 대도시에 있는 다른 여인들에게는 수천 배 조심하면서도, 그 여인에게는 쉽게 만나 말을 걸고 함부로 대한 것은 아닌가요? 대도시의 귀부인들을 보시게 되면 당신은 정신을 잃는 게 아닌지 모르겠군요. 궁전에 살면서 폭신폭신한 양탄자를 밟고 하얗고 긴 목을 드러낸 채 살아가는 여인들 말이에요. 그녀들은 우리네들처럼 평범하고 볼품없는 천도 옥양목도 아닌 모슬린이나 비단 레이스 장식을 단 옷을 입고 다이아몬드와 진주로 아름다움을 뽐낸다지요. 교묘하게 남자들을 쳐다보아 그들에게 상처를 입히기도 한다더군요. 화려한 외모를 위해서 온갖 장식과 화려한 장신구를 두르고 있는 여인들 말이에요. 그녀들과는 정치와 철학, 종교와 문학까지도 섭렵하여 우아한 대화를 나눌 수도 있겠지요. 카나리아처럼 아름답게 노래도 하고, 고귀한 이름으로 불리며 마치 여신이라도 된 듯 금빛 살롱과 화려한 방 한가운데 승리의 재단에 앉아 자기들끼리는 페피타, 안토뇨나 혹은 앙헬리타와 같은 친밀한 이름으로 부르다가도 다른 사람들 앞에서는 공작부인 전하, 후작부인 전하 등과 같은 이름으로 서로를 부르는 사람들 말이에요. 혹시라도 당신이 사제 서품식을 며칠 앞두고 속절없이 순간적인 열정에 빠져 촌스러운 시골 여인네에게 마음을 주었다면, 그러한 사람은 올바른 사제가 되어 세상을 순수하게 이끌어갈 수 없을 것이라는 제 판단이 틀린 것일까요? 노여워 마시고 제 말을 들어보세요. 만일 그런 상황이라면 돈 루이스, 당신은 명예로운 여인의 남편이 될 자격도 없는 분이세요. 만일 당신이 미친 듯 사랑하는 연인의 두 손과 부드러움을 달랬을 뿐이며, 영원한 사랑인 하늘을 약속하는 시선으로 여인을 본 것이라면, 그리고 여인이 알지 못하는 뭔가 다른 이유 때문에 그녀에게 입, 입맞춤을 한 것이라면, 그 여인과 결혼하지 말고 하느님께로 가야 하겠죠. 그렇지만, 그녀가 선한 의도 이외에 다른 의도가 없었으며, 당신을 남편감으로 생각해본 적도 없을 뿐 아니라, 애인으로도 생각해본 적도 없었다면, 당신은 사제가 될 수 없습니다. 성교회는 높으신 분의 사명을 받들기 위해 당신보다 진지하고 능력 있는 사람을 필요로 하기 때문이에요. 그러나 만약에라도 당신이 그 여인에게 조금이라도 세속적인 열정을 느꼈다면, 비록 그녀가 그럴 만한 충분한 자격이 없다 하더라도 어떻게 그렇게 잔인하고 매정하게 그 여인을 차버릴 수 있습니까? 설령 그런 열정이 특별한 가치가 없다 하더라도 그 열정을 그녀와 함께 나누지 않으면서 그녀만 희생시켜도 좋을까요? 사랑이 그렇게 크고, 높고, 격정적이라면 그대로 버려둬서는 안 됩니다. 사랑하는 사람을 어떻게 그렇게 잔인하게 짓밟을 수 있단 말인가요? 당신 사랑의 크기만큼이나 당신이 사랑하는 사람이 지닌 사랑의 크기도 헤아려보아야 합니다. 그녀를 버리면서 어떻게 그녀에 대해 걱정을 하지 않을 수 있지요? 그녀가 힘 센 남자의 에너지를 가지고 있나요? 책에 적혀 있는 온갖 지식을 섭렵하고 있나요? 영광과 위대한 계획을 수행하기 위해 몰두해 있나요? 당신의 고귀한 영혼이 피해가야 할 모든 것에 그녀가 사명감을 느끼고 있나요? 아니면, 다른 세계의 매력에 빠져 있나요? 당신은 그녀가 고통으로 죽어갈 수 있다는 사실을 이해하지 못하는 것 같아요. 무자비한 희생양이 되어 자신이 사랑하는 사람을 위해 무참하게 자신을 희생하려 한다는 사실을 말이죠."

"도냐 페피타!"

돈 루이스가 떨리는 목소리와 자신의 감정을 숨기려 애쓰며 페피타의 말을 끊었다.

"페피타, 저 또한 당신으로부터 듣는 이 모든 말에 냉정하게 대답을 하기 위해서는 제 자신을 무척 다스려야만 합니다. 당신이 들려주는 비난의 말은 아주 정연하고 이치에 들어맞는 것처럼 들립니다. 하지만 곰곰이 생각하면 교묘한 궤변으로 들리기에, 제가 타당한 논리로 항변을 해야만 할 것 같습니다. 끼어들 생각은 없었습니다. 제 짧은 지혜로 나설 생각도 없었지요. 그러나 저를 그렇게 몰아세우시니 마치 제가 괴물이라도 된 느낌입니다. 우선, 제 과오에 대해 말씀하신 잔인한 딜레마에 대해 말씀을 드리고자 합니다. 비록 제가 숙부 곁에서 지냈고 신학교에서 많은 시간을 보냈기 때문에 여인들에 대해 잘 알지는 못한다고 해도, 여인들이 얼마나 아름답고 유혹을 잘하는지 모를 만큼 상상력이 부족하지는 않습니다. 오히려 제 상상력은 모든 현실을 넘어섭니다. 성경과 예언자들의 글을 보면 흔히 세상에서 볼 수 있는 여인들보다 더 분별력 있고, 우아하며, 은총이 가득한 여인들이 많이 있습니다. 저는 그 여인들이 사제직의 숭고함과 권위를 생각하며, 자신들의 사랑을 포기하고 겪은 희생이 얼마나 큰지 잘 알고 있습니다. 저는 또한 아름다운 여인들이 더 큰 매력을 갖기 위해서 고급 천과 눈부신 보석으로 치장한다는 사실은 물론이고, 세련된 매력을 위해 온갖 금은보화와 장신구를 끝도 없이 쏟아붓는다는 사실도 아주 잘 알고 있습니다. 여인들이 자신들의 자유분방함을 돋보이게 하고 지식을 넓히기 위해 고매한 학자와의 만남을 꾀하거나 훌륭한 서적을 읽을 뿐 아니라, 큰 도시에 있는 기념비와 위대한 유물에 대해서도 지식과 정보를 넓힌다는 사실 또한 넘치도록 잘 알고 있습니다. 이러한 모든 것이 생생하게 살아 있는 아름다움을 제게 드러내고 있습니다. 그러니 제 말을 믿어주세요. 만약 조금 전에 말씀하신 그런 여인들과 제가 만날 기회를 갖게 되더라도 그녀들을 찬미하고 넋을 잃는 일은 결코 없을 것입니다. 상상하는 것과 실재, 그리고 그림으로 그린 것과 실재가 그렇게 크고 허망한 차이를 두고 있지는 않다는 점을 알게 되실 겁니다."

"당신의 말씀이야말로 궤변이에요!"

페피타가 끼어들며 말했다.

"상상으로 그린 것이 실재하는 것보다 아름다울 수 있다는 당신의 말을 제가 어떻게 부정할 수 있겠어요? 그렇지만 실재하는 것이 상상으로 그려낸 것보다 훨씬 아름답고 유혹적이라는 것을 부정하실 수 있겠어요? 상상의 영역이 아무리 아름다워도 감각을 실제로 움직이게 하는 영역과는 겨룰 수가 없는 법이에요. 당신의 영혼 속에서 세속의 영상들을 종교적인 상상의 이미지로 이겨낼 수는 있겠지만, 현실 속에서도 종교적 이미지들로 실재하는 속세의 영상들을 이겨낼 수 있을지 우려가 됩니다."

"그 점은 염려하지 않으셔도 괜찮습니다."

돈 루이스가 서둘러 페피타의 말을 가로막았다.

"제 상상력은 우주 전체를 창조하신 분 안에서 유효합니다. 다만 당신 앞에서만 상상력이 아니라 감각으로 아름다움을 느꼈을 뿐입니다."

"제 앞에서만 그랬다고요? 그렇다면 오히려 더 많은 걱정거리가 생겼네요. 저에 대해 갖고 계신 생각이 상상의 세계에서는 유효하지만, 유독 저에 관해서만 예외라면 문제가 아닐까요?"

"그런 뜻이 아닙니다. 제 생각은 당신과의 경우에도 해당됩니다. 어쩌면 제 영혼 안에서 원래 그러한 인식 방식이 존재했는지도 모르죠. 주님께서 저를 창조하시던 바로 그 순간부터 그랬는지도 모르겠습니다. 아마도 그게 주님의 본질일 수도 있을 겁니다. 꽃의 향기처럼 존재의 순수하고 풍성한 부분이 바로 그러한 영적 상상력의 세계에 있는 것이라 생각합니다."

"아, 제가 우려하던 주제가 나오는군요. 당신은 이제 막 저에게 고백을 하셨어요. 당신은 저를 사랑하는 게 아니에요. 당신이 사랑하는 것은 당신 영혼의 가장 순수한 본질이며 향기예요. 다만 그 형태가 저를 닮았을 뿐이죠."

"아니에요, 페피타! 저를 더 괴롭히지 말아주세요. 제가 사랑하는 대상은 당신입니다. 지금 있는 그대로의 당신입니다. 제가 사랑하는 대상은 너무도 아름답고 정결하며 섬세해서, 제 마음과 감각으로 어찌 감당할 수 있을지 이해하지 못할 뿐입니다. 어쩌면 당신은 제가 존재하기 이전부터 제 안에서 존재해온 것 같아요. 그것은 마치 하느님이라는 개념이 제가 존재하기 이전부터 제 안에 존재해온 것과 마찬가지랍니다. 하느님이 존재하시듯, 당신 또한 존재하며, 당신은 단순히 개념을 받은 것보다 수천 배 값진 존재입니다."

"아직 의문이 있어요. 이러한 이데아의 개념을 일깨워준 존재가 일반적인 여인인가요, 아니면 오직 저 한 사람인가요?"

"당신을 만나기 전에 저는 마법의 힘이나 환상의 힘의 도움을 받아 영혼이 아름답고 멋진 여인들의 존재를 알았습니다. 마드리드에 살고 있는 공작부인이나 후작부인은 물론 아니고, 제가 자라온 세상이나 다른 세상 어디엔가 살고 있을 여왕이나 왕비, 혹은 공주도 물론 아닙니다. 그녀들은 제 상상의 세계 속에서 만들어진 아름답고 우아하며 화려한 궁전이나 성에 살고 있었습니다. 사춘기 소년이 되면서 저는 그녀들에게 라우라, 베아트리스, 줄리엣, 마가렛, 엘레오노라, 신티아, 글리세라, 레스비아 등의 이름을 붙여주었습니다. 저는 그녀들에게 왕관과 동양의 고깔모자를 씌워주었고, 황금빛과 보랏빛 망토를 둘러주었으며, 에스터와 바스티에게서 황금 장식을, 레베카와 술라미타에게서 목가 시대의 순박하고 단순함을, 룻에게서 달콤한 겸손과 헌신을, 아스파시아와 히파티아에게서 열렬한 웅변을 부여했습니다. 저는 그녀들을 고귀함으로 감쌌고, 고대 로마의 위대한 어머니들처럼 고귀한 혈통과 뛰어난 가문의 영광스러운 빛을 덧씌웠으며, 그녀들을 루이 14세 당시의 베르사유 궁의 아름답고 우아하며 경쾌한 여인들의 모습으로 만들었습니다. 저는 그녀들을 존경과 경배의 마음으로 받들어 모셨으며, 아름다운 모습을 완벽하게 묘사한 그림을 간직하기도 했습니다. 그녀들은 아테네와 고린토의 아름다운 여인들이 입는 투명하고 찰랑거리는 천으로 지은 옷을 입어 여체의 흰 분홍빛 살결이 곱게 드러날 수 있도록 묘사되어 있었습니다. 그렇지만 이러한 감각적인 즐거움이라는 것이 무슨 소용이 있을까요? 이 세상의 모든 아름다움과 영광은 내 영혼이 하느님의 사랑을 머금고 있을 때는 아무런 소용도 없는 것이지요. 어쩌면 저는 지나칠 만큼 오만하게 이 점을 인식하면서, 제 영혼을 소모했는지도 모르겠습니다. 화산의 불길이 터져 나와 불꽃을 대기 중으로 날려보내면서 수천 개의 작은 조각으로 흩어질 때 거대한 산과 단단한 바위들이 그들의 발길을 막아내듯, 모든 거대한 열망의 중심이신 주님을 지향하며 거대한 우주의 무게와 창조된 아름다움으로 저의 불꽃을 이겨낼 수 있습니다. 그렇다고 제가 세상의 달콤함이나 영광, 그리고 기쁨을 모르는 것은 아닙니다. 아니 오히려 그 가치들을 높이 평가했습니다. 다만, 보다 근원적이고 커다란 가치에 대해 눈을 뜨기 전까지는 말입니다. 여인에 대한 세속적인 사랑은 저의 상상의 나래 속에서 온갖 매력과 함께 다가왔을 뿐 아니라, 도덕주의자들이 무구한 유혹이라 규정하는 위험스러운 매력으로도 다가왔습니다. 제 마음은 아직 현실의 경험도 죄의 체험도 겪지 못했지만, 모든 현실을 능히 이겨낼 만큼 헤아릴 수 없이 밝고, 말로는 설명할 수 없는 지고의 가치를 인식합니다. 제가 남자로 태어나 지금까지 결코 짧지 않은 삶을 살아오면서 느낀 것은, 세상의 달콤함이나 영광, 기쁨, 아름다움과 같은 가치들은 제가 갈망하고 사랑에 빠졌던 지고의 기쁨과 아름다움의 원형적 모습의 그림자이며 반영일 뿐이라는 사실입니다. 제가 사랑하는 대상 안에 살기 위해서는 제 자신을 죽여야만 합니다. 제가 살아가는 것이 아니라 제 안에 그리스도가 살고 있다고 말할 수 있기 위해서는 모든 감각과 영혼을 세속의 모든 감정이나 허상 혹은 공상으로부터 자유롭게 만들어야만 합니다. 어쩌면 저는 오만과 확신의 죄를 지었기 때문에 주님께서 벌을 내려주시는 것인지도 모르겠습니다. 지금 저를 가볍고 경망한 사람이라 모함하고 조롱하며 욕한다면, 그것은 바로 당신 자신을 가볍게 만드는 것입니다. 저의 부족함이 아무 여자에게나 적용될 수도 있다는 말이니까요. 겸손해야 하는 상황에서 저를 방어하면서 오만의 죄를 짓고 싶지는 않습니다. 만약 주님께서 제 오만을 벌주시면서 저에게 은총을 거두신다면, 그것은 제가 소명을 지키기를 주저하고 유혹에 빠지도록 내버려두는 것일 수도 있습니다. 하지만 저는 달리 생각합니다. 이것이 미숙한 제 오만의 결과라는 판단이 잘못된 것일지도 모릅니다. 반복해서 말씀드리지만, 저는 달리 생각합니다. 제 타락의 원인이 천박함이나 저급함에서 기인한 것이라고 생각하지는 않습니다. 제가 당신 안에서 본 현실은 저의 어린 시절의 모든 상상과 꿈을 능가합니다. 저의 모든 요정과 여왕과 여신들 위에 당신이 있습니다. 신의 사랑으로 만들어지고 흩뿌

려진 저의 모든 이상적인 창조물들의 잔해 위에 그 육체와 영혼의 정수로서의 생생한 아름다움을 정교하게 반영하고 있는 놀라운 이미지가 세워졌습니다. 뭔가 신비하고 초자연적인 힘이 당신을 처음 본 그 순간, 아니 그 이전부터 당신을 사랑하게 만들었습니다. 당신을 사랑하고 있다고 제가 인식하기 훨씬 전부터 당신을 사랑하고 있었던 것입니다. 그것은 숙명과도 같으며, 예언되어 있었고, 예정된 운명과도 같습니다."

"예정되어 있던 운명이라고요?"

페피타가 말을 끊었다.

"그렇다면 왜 그 운명을 받아들이지 않고 아직도 저항을 하고 계시는 거지요? 우리들의 사랑을 위해 당신이 계획했던 삶의 목표를 포기할 수는 없는 건가요? 저는 이미 많은 희생을 치렀습니다. 당신의 비난을 감당하기 위해 저는 저의 자존심과 긍지를 희생하고 있습니다. 저도 당신을 만나기 전부터 당신을 사랑했다고 생각해요. 지금 저는 당신을 제 마음을 다하여 사랑하고 있어요. 당신이 제 곁에 없다면 저는 행복할 수 없습니다. 제 미천한 지식으로 당신과 겨룰 수 없는 것은 분명한 사실입니다. 마음으로도 의지로도 감정으로도 제 자신을 주님께 올릴 수가 없습니다. 자연으로도 은총으로도 저는 감히 주님이 계신 그 높이에 오르려는 소망조차 갖지 못합니다. 그러나 제 영혼은 종교적 자비로 가득하고, 주님을 체험했으며, 그분을 사랑하고 경배합니다. 주님의 전지전능함을 보고, 그분이 지으신 창조물에 배어 있는 선을 찬미합니다. 저는 당신이 말씀하시는 그러한 꿈같은 이야기를 상상으로도 이해하지 못합니다. 하지만 이 마을과 인근 마을에서 지금까지 저에게 구애를 해온 남자들보다 훨씬 멋지고 이해력이 있으며, 시적이고, 사랑스러운 그런 남자가 저를 사랑하고, 그 사랑에 제가 빠져들어 저의 자유 의지가 그에게 꺾이는 꿈을 꾸곤 했습니다. 그러한 사람이 바로 당신이었어요. 당신이 마을에 왔다는 소식을 듣고 나서 처음 보았을 때, 전 당신을 알아보았던 거예요. 그러나 제 짧은 상상력으로는 당신의 가치를 제대로 묘사하지 못했습니다. 저도 적지 않은 이야기와 시를 읽었습니다만, 제가 읽고 기억하는 책의 어떤 구절에서도 당신을 충분히 묘사할 수 있는 표현을 찾아내지 못했습니다. 처음 당신을 만난 바로 그 순간부터 저는 당신에게 제 깊은 마음의 은밀한 자유의지를 빼앗겼던 것입니다. 당신이 말하는 것이 사랑이라면, 저의 사랑은 진정으로 사랑하는 사람 안에서 살기 위해 자기 자신을 죽이는 것입니다. 이미 저는 제 안에서 죽었고, 당신 안에서 새로 태어나 당신을 위해 살아가기 때문입니다. 주님께 저의 사랑을 빼앗으시려거든 제 생명을 거두어 주시라고 기도드렸습니다. 그러나 주님은 저의 기도를 들어주시지 않으셨습니다. 성모님께 제 영혼에 새겨져 있는 당신의 모습을 지워달라고 애원했습니다. 그러나 소용이 없었습니다. 제 수호성인, 성 요셉에게 그분이 당신의 사랑하는 부인, 마리아만을 생각했듯 저도 당신 생각만 하고 싶다는 맹세를 했습니다. 성 요셉은 제 얘기를 부정하지 않으셨지요. 이런 마음으로 저는 하늘을 향해 기도를 드렸습니다. 사제가 되려는 완고한 의지와 소망을 버리고, 제 가슴속에 있는 깊은 사랑처럼 진실한 사랑이 당신의 가슴속에서도 피어오를 수 있도록 말이에요. 돈 루이스! 솔직히 말씀해주세요! 저의 이러한 마지막 소망을 하늘이 들어주셨을까요? 저처럼 보잘것없고 약한 영혼에게는 작은 사랑이 어울리는 법이고, 당신처럼 크고 강한 영혼에게는 보다 강한 사랑이 필요한 것인가요? 그래서 저는 도저히 이해할 수도 없고, 나눌 수도 없는 그런 사랑을 감히 생각할 수도 없는 것인가요?"

"페피타!"

돈 루이스가 대답했다.

"당신의 영혼은 결코 저의 영혼보다 작지 않습니다. 오히려 자유로운 영혼이지요. 제 영혼은 얽매여 있답니다. 당신이 제게 일깨워준 사랑은 거대합니다. 그러나 저의 의무와 소명, 그리고 제 삶의 목표가 그 사랑을 실천하지 못하게 하고 있습니다. 당신을 해칠까 두려워하지 않으면서 사랑을 말해서는 안 되는 것일까요? 당신이 저로 하여금 당신을 사랑하게 한다고 해서 당신이 낮아지는 것은 아니지만, 제가 당신을 사랑하게 된다면 저는 낮아지고 저급해질 것입니다. 피조물을 위해 창조자를 저버리고 항구한 의지를 꺾으며, 언제나 가슴에 있던 예수 그리스도의 영상을 지우고 새로운 사람으로 태어나려는 순간, 다시 낡은 옛 모습으로 돌아간다는 의미입니다. 아, 제가 그토록 경계했던 바닥으로 낮아지고 세상의 불순함으로 떨어지는 대신, 저에 대한 사랑으로 모든 불순물을 정화하여 제가 지향하는 곳으로 함께 올라가면 안 될까요? 한 점의 부끄러움이나 죄악과 오점이 없이 서로 사랑할 수 있는 고양된 상태로 말입니다. 주님은 사랑의 순수하고 빛나는 불길로 성스러운 영혼에게 다가오시어 놀라운 솜씨로 영혼을 변화시켜주십니다. 주님은 용광로에서 나온 쇳물이 여전히 금속이면서도 동시에 밝은 빛을 내는 불길인 것처럼 우리 영혼을 당신의 빛으로 물들이시니, 그분이 어디에 계시든 성스러운 그분의 은총만 있다면 우리의 영혼도 함께 고양될 수 있단 말입니다. 이러한 영혼은 주님을 사랑하고 즐기듯 서로 사랑하고 즐기는데, 그것은 주님과 영혼이 이미 하나이기 때문입니다. 우리 함께 걸어갑시다. 영적이고 신비주의적이며 비밀스런 사다리로 말입니다. 비록 유한한 생명을 지닌 우리들이지만 영혼을 통해서 축복의 길을 걸을 수 있습니다. 그렇지만 그러한 목적을 위해서는 육신을 지닌 우리는 서로 떨어져야 하며, 저는 저의 의무와 약속을 위한 길을 떠나야 합니다. 높으신 그분의 종이 되어 제단에서 제사를 올릴 수 있도록 그분의 목소리를 받아들여야만 합니다."

"아, 돈 루이스!"

페피타가 절망하며 외쳤다.

"이제 신의 불길이 미치지도 않을 만큼 미천한 제 자신을 똑똑히 알겠어요. 이런 말씀을 드리기도 부끄럽군요. 저는 지옥에 떨어질 몹쓸 죄인이에요. 제 탐욕스럽고 우둔한 영혼은 그렇게 세련되고 우아하며 섬세한 사랑의 의미를 알아차리지 못하겠어요. 제 어리석은 의지는 당신이 말씀하시는 제안을 따를 수가 없습니다. 저는 당신이 없는 당신과의 사랑이 무엇인지 도무지 이해할 수가 없습니다. 저에게 당신은 눈이고, 귀이며, 제 두 손으로 어루만지고 싶은 검은 머리카락일 뿐입니다. 당신의 달콤한 목소리와 상냥한 말투는 제 귓가를 부드럽게 애무하며, 당신의 팔과 다리, 그리고 몸은 저에게 사랑을 속삭이지요. 당신의 몸이 없다면 신비에 가득한 보이지 않는 영혼도 저에게는 의미가 없을 뿐입니다. 제 영혼은 이러한 신비스러운 도취를 헤아릴 수준이 되지 못하니 당신이 저를 이끌어가려는 그곳에 결코 도달할 수 없을 거예요. 만일 당신이 고양된 수준으로 올라간다면 저는 홀로 남아 버려진 슬픔을 감당하지 못할 거예요. 차라리 죽는 편이 나아요. 저는 죽어 마땅하지요. 죽고 싶어요. 어쩌면 제가 죽어야 제 영혼을 묶고 있는 이 수치스러움이 떨쳐질 거예요. 그러면 당신이 말하는 그런 사랑이 더 빨리 다가오겠지요. 그렇게 사랑할 수 있도록 당신이 저를 죽여주세요. 저를 죽여 제 영혼을 자유롭게 만들어주시면, 당신이 가는 곳 어디로든 자유롭게 함께 다니며, 감각을 통하지 않고도 당신 영혼의 실체를 바라보고, 당신의 숨겨진 생각을 읽어내고, 당신이 자는 모습을 바라보며 당신 곁에 머물 수 있겠지요. 물론 생명은 없는 상태겠지요. 저는 당신을 사랑해요. 당신의 영혼만을 사랑하는 것이 아니라, 당신의 몸과 그 몸이 만들어내는 그림자와 물 위에 비친 영상, 당신의 성과 이름, 혈관을 흐르는 피와 돈 루이스 데 바르가스라는 존재를 규정하는 모든 것을 사랑합니다. 당신의 목소리, 손짓, 걷는 습관, 그리고 무엇을 더 말해야 할까요. 그래요, 제가 죽는 편이 나아요. 연민의 감정 없이 그저 저를 죽이세요. 아닙니다. 저는 이미 그리스도교인이 아닙니다. 저는 이교도 물질주의자예요."

페피타는 여기까지 말을 마치고 길게 숨을 몰아쉬었다. 돈 루이스는 무슨 말을 해야 할지 알 수가 없어 그저 입을 다물고 있었다. 페피타의 두 볼을 타고 눈물이 샘물처럼 넘쳐 흘러내렸다. 흐느낌으로 그녀의 어깨가 들먹였다.

"이제 알아요. 당신은 저를 경멸해요. 저를 경멸하는 법을 잘 알고 있지요. 당신의 정당한 경멸은 비수보다도 더 효과적으로 저를 죽이겠지요. 당신의 손과 양심에 피를 묻힐 필요도 없으니까요. 안녕히 가세요. 저는 혐오스러운 이 상황에서 당신을 놓아주겠어요. 영원히, 안녕!"

말을 마치고 페피타가 의자에서 일어섰다. 눈물로 범벅이 된 얼굴을 돌리지 않은 채 정신이 나간 듯 내실로 향하는 문을 향해 급하게 발걸음을 옮겼다. 돈 루이스는 견디기 힘든 동정과 안쓰러움을 느꼈다. 페피타가 죽으면 어쩌나 하는 두려움도 느껴졌다. 그녀를 붙잡기 위해 자리에서 일어나 밖으로 나갔으나 늦고 말았다. 그녀는 이미 문 뒤 어둠 속으로 사라졌다. 돈 루이스는 보이지 않는 손의 초인간적인 힘에 떠밀리듯 어두운 그림자 속에서 페피타의 잔영을 뒤쫓았다.

*

방 안에는 아무도 남지 않았다.

하인들과 일꾼들의 춤도 끝났는지 왁자지껄한 소음도 들리지 않았다. 오직 정원 분수에서 나오는 물소리만 조용히 들려왔다.

가벼운 바람 소리조차 밤의 고적함과 대기의 차분함을 방해하지 않았다. 꽃향기와 달빛이 창문을 통해 방 안으로 들어왔다. 오랜 시간이 지난 뒤 돈 루이스가 어두운 저편에서 나와 다시 방으로 들어왔다. 그의 얼굴은 유다의 절망과도 같은 두려움으로 가득했다.

그는 의자에 쓰러지듯 앉았다. 삼십 분이 넘는 시간 동안 팔을 괴고 쓰라린 상념에 몰두했다.

누가 그의 모습을 보았더라면 그가 막 페피타를 살해하고 돌아온 것은 아닌가 의심할 정도였다.

잠시 후 페피타가 모습을 드러냈다. 깊은 우수에 잠긴 그녀는 무거운 발걸음을 천천히 옮기며 고개를 숙인 채 방으로 들어와서 돈 루이스가 앉아 있는 곳으로 다가가 입을 열었다.

"늦기는 했지만, 저도 이제 제 마음의 비열함과 행동의 사악함을 알게 되었습니다. 아무런 말씀도 드릴 것이 없네요. 그러나 그런 제 모습이 저의 본성이라고는 생각하지 않으셨으면 좋겠군요. 아무런 술수도 계산도 계획도 없었답니다. 그래요. 사악함이 있었네요. 제 안에 있는 악령에서 나온 사악함 말이에요. 주님의 사랑으로 절망하거나 슬퍼하지 마세요. 당신은 아무런 책임이 없어요. 모두 헛것이지요. 정신적 흥분이 당신의 고귀한 영혼을 잠시 혼란하게 했던 것뿐이지요. 당신의 죄는 아주 가벼운 것이에요. 하지만 저의 죄는 무겁고 두려우며 부끄러운 것입니다. 이제 당신의 사랑을 받을 자격도 없어요. 가세요. 이제 제가 당신에게 떠나실 것을 부탁드립니다. 가세요. 가서서 참회를 하세요. 주님께서 당신을 용서하실 것입니다. 가세요. 당신의 죄에 용서를 구하세요. 다시 죄악으로부터 깨끗하게 되시어, 당신의 소명을 받아들이고, 높으신 분의 전령이 되세요. 당신의 성스럽고 성실한 삶은 이런 추락의 흔적을 지우고 제가 당신에게 지은 죄를 용서한 뒤, 하늘로부터 저의 용서를 구하실 거예요. 저와 당신을 묶고 있는 아무런 고리도 없습니다. 만약 있다면 그것을 풀고 부수어버리세요. 당신은 자유입니다. 당신을 더는 붙들 수도 없고, 붙들어서도 안 되고, 붙들고 싶지도 않습니다. 저는 예상할 수 있습니다. 당신의 미래를 분명하게 볼 수 있습니다. 이제 예전보다 저를 더 경멸하시겠지요. 저를 경멸하실 만합니다. 이제 저에게는 명예도, 덕도, 부끄러움도 없습니다."

이 말을 마치며 페피타는 바닥에 무릎을 대고 주저앉아 이마를 바닥에 떨구었다. 돈 루이스는 여전히 두 손으로 얼굴을 받치고 있었다. 그렇게 두 사람은 절망의 침묵 속에서 시간을 보냈다.

얼굴을 여전히 바닥에 향한 채 억눌린 목소리로 페피타가 입을 열었다.

"돈 루이스님, 이제 가세요. 가련한 여인의 곁에 머물며 더는 자비를 베풀지 마세요. 당신과의 어긋남과 부재, 당신의 경멸까지도 이겨내는 용기를 낼 거예요. 그래요, 당신의 경멸을 받아 마땅하지요. 전 당신의 영원한 종이 되렵니다. 그러나 멀리서, 오늘 밤의 이 불미스러운 기억을 당신이 떠올리지 못하도록 당신으로부터 아주 멀리 떨어져서 말이에요."

이 마지막 말을 마치며 페피타의 목에서 신음 소리가 새어나왔다.

돈 루이스는 더 견딜 수가 없었다. 그는 일어나 페피타에게 다가가 그녀를 두 팔로 안아 일으켰다. 그녀의 얼굴이 그의 가슴에 닿았다. 그는 그녀의 얼굴 위로 헝클어진 붉은 머리카락을 부드럽게 치우고, 뜨거운 입맞춤을 했다.

"아, 내 사랑!"

마침내 돈 루이스가 말했다.

"아, 나의 영혼, 심장의 주인이며, 눈에게 빛을 주는 아, 나의 영혼이여! 고개를 들어요. 더는 내 앞에서 무릎을 꿇지 말아요! 의지가 박약한 죄인이며, 비천하고, 어리석고, 괴상한 것은 바로 저랍니다. 천사와 악마 모두 제 앞에서 웃을 테지요. 진지하게 여길 이유도 없지요. 저는 부족한 신학생이었습니다. 처음부터 당신의 존재에 저항하지도 않았고, 당신을 깨우쳐주지도 않았으며, 그저 제 자신이 옳은 듯 행동을 했지요. 자신이 사랑하는 여인의 마음을 헤아리고 감사할 줄 모르는 지금의 저는 신사도 아니고, 사내도 아니며, 섬세한 연인은 더욱 아닙니다. 제게서 무엇을 보았기에 사랑을 느꼈는지 도무지 이해가 되지 않습니다. 저는 결코 견고한 덕을 지녀본 적도 없어요. 썩은 나뭇잎과 학자인 척하는 태도로 종교 서적을 연애 소설 읽듯, 선교와 명상의 서적을 어리석은 소설책 읽듯 했을 따름이지요. 제 안에 견고한 덕이 있었더라면 치밀하게 당신을 속일 수 있었을 것이고, 그렇게 했더라면 저나 당신 모두 죄를 짓는 일은 없었겠지요. 진정한 덕은 쉽게 추락하지 않는 법입니다. 당신의 모든 아름다움과 재능, 저를 향한 사랑에도 불구하고, 진정으로 제가 소명을 느꼈으며, 성덕이 있었더라면 절대 세속의 사랑에 빠지지는 않았을 것입니다. 모든 것을 행하시는 주님께서도 저에게 은총을 주셨을 것이고, 틀림없이 초자연적인 기적으로 당신의 사랑을 이겨낼 수 있게 도와주셨겠지요. 그렇지만 주님께서는 초자연적 힘을 보여주실 충분한 이유와 목적에 적합하지 않은 저를 위해 기적을 행하지 않으셨습니다. 저를 보고 신부가 되라는 그 충고는 적절하지 않습니다. 제 부족함을 잘 알기 때문이지요. 저를 움직였던 것은 그저 오만이었나 봅니다. 다른 어떠한 야심처럼 저의 소명 또한 세속적인 야심이었던 모양이에요. 제가 무슨 말을 할 수 있겠습니까! 아니 그저 세속적인 오만이 아니라, 위선적이고 불경스러우며, 성직 매매와 같은 야심이었습니다!"

"그렇게 심하게 자신을 탓하지 말아요!"

페피타가 눈물을 흘리면서도 차분하게 미소 지으며 돈 루이스의 말을 막았다.

"그렇게 자신을 탓하길 원하는 것이 아니에요. 제가 당신의 동반자가 될 수 있을 만한 여자가 되지 못한다고 판단하지도 말았으면 좋겠어요. 당신이 부족함을 메우기 위해서거나 제가 펼쳐놓은 고리에 떨어졌기 때문이 아니라, 자유로운 상태에서 사랑의 마음으로 저를 선택하시길 기원할 뿐이에요. 저를 사랑하지 않는다면, 저를 의심한다면, 저를 아끼는 마음이 없다면, 어서 가세요. 영원히 저를 버리고 다시는 기억하지 않는다 해도 제 입술은 불평을 늘어놓지 않을 것입니다."

돈 루이스의 대답은 인간의 어휘로는 감당할 수 없었다. 그는 페피타를 힘껏 껴안았다. 그는 그녀의 입술을 자신의 입술로 봉하여 말을 막았다.

*

얼마나 시간이 흘렀을까 안토뇨나가 기침을 하며 방으로 들어왔다.

"무슨 말씀을 그렇게 길게들 하세요? 몇 마디 말이면 하고 싶은 얘기로 충분할 텐데, 시간이 어떻게 흐르는지도 모르고 토론들을 그렇게 오래

하세요? 돈 루이스님은 이제 그만 가보셔야 할 시간이에요. 벌써 새벽 두 시가 다 되었습니다."

"알았어!"

페피타가 나섰다.

"시간이 되면 가실 거야!"

안토뇨나는 말을 마치고 방에서 나왔다.

페피타는 완전히 변했다. 어려서부터 느끼지 못했던 즐거움과 기쁨, 짧은 처녀 시절과 결혼 시절에도 완고한 어머니와 늙은 남편으로부터 받아온 중압감과 왜곡된 감정의 세계에 대한 편견 때문에 겪어보지 못한 만족감이 그녀의 영혼에서 갑자기 피어올랐다. 마치 길고 지루했던 추운 겨울의 얼음과 눈 아래 움트기를 기다리고 있던 새싹이 순식간에 연둣빛 잎으로 피어오르듯 그녀의 얼어붙었던 감정이 즐거움의 색으로 변했다.

대도시의 처녀들에게는 이런 변화가 다소 생소할 수도 있으리라. 그러나 페피타는 꾸미지 않은 순수함과 우아함으로 자신의 감정을 충실하게 드러내는 성격이었다. 페피타는 자신의 사랑을 가로막고 있던 장애가 다 사라지고 돈 루이스가 자신을 아내로 받아들이겠다는 즉흥적인 약속을 듣자, 자신이 사랑하는 사람으로부터 사랑을 확인하게 되었다는 사실에 들떠 어린아이처럼 순진하게 환희와 기쁨을 드러내 표현했다.

돈 루이스가 떠나야 할 시간이 되었다. 페피타는 빗을 가져와 돈 루이스의 흐트러진 머리카락을 사랑의 손길로 빗겨준 뒤 가벼운 입맞춤으로 마무리를 했다.

그녀는 돈 루이스의 넥타이 매듭도 바로 잡아주었다.

"이제 가세요, 제 사랑의 주인이여! 가세요, 제 영혼의 왕이여! 당신이 말씀드리기 어렵다면 제가 당신의 아버님께 모든 사실을 말씀드리겠어요. 그분은 좋으신 분이니까 저희를 용서하실 거예요."

마침내 사랑을 확인한 두 사람은 헤어졌다.

*

페피타는 방에 홀로 남겨지자, 기쁜 표정을 거두고 심각하고 진지하게 생각에 잠겼다.

그녀는 두 가지의 진지한 생각에 골몰했다. 하나는 세속적인 관심의 문제였고, 다른 하나는 보다 높은 차원의 문제였다. 먼저 그날 밤 자신의 행동이 지나친 것은 아니었는지, 돈 루이스의 생각에 나쁜 영향을 준 것은 아니었는지 생각했다. 여러모로 생각을 해보았지만, 자신의 행동에는 아무런 악의나 음모가 없었으며 오로지 주체할 수 없는 사랑과 고귀한 감정에서 비롯된 것이었기 때문에, 돈 루이스가 자신에 대해 실망할 이유는 없다는 결론에 이르자 마음이 한결 가벼워졌다. 그러나 영혼의 순수한 사랑을 이해할 수 없다며 억지를 부린 듯 일방적이었던 그녀의 사랑 고백은, 결과를 예상하지도 못한 채 순진한 본능으로부터 나온 것이기는 하지만 왠지 하느님께 죄를 지은 것 같아 석연치 않은 느낌을 지울 수 없었다. 그래서 그녀는 자신의 경솔하고 대담한 죄를 용서해주시도록 성모 마리아에게 기도를 드렸다. 일곱 개의 고통을 상징하는 비수를 가슴에 꽂고 있는 고통의 성모에게 약속을 했다. 다음 날 날이 밝으면 당장 본당 신부님에게 달려가 자신이 지은 죄와 미처 알아내지 못한 죄에 대해서도 용서를 구하겠다고. 또한 신부가 될 수 있었던 돈 루이스의 완고함을 꺾은 자신의 죄에 대한 용서를 구하겠다고.

페피타가 이런 생각으로 영혼의 문제를 풀어나가고 있는 동안 돈 루이스는 안토뇨나의 안내를 받으며 아래층 현관으로 내려왔다. 집을 나서기 전 돈 루이스가 불쑥 말을 건넸다.

"안토뇨나, 혹시 헤나사아르 백작이 어떤 사람이고 당신의 아가씨와는 어떤 관계인지 말해줄 수 있소?"

"벌써부터 질투를 하시는군요."

"질투가 아니오. 그저 궁금해서 묻는 것이오."

"궁금한 편이 낫지요. 질투처럼 불길한 것은 없으니까요. 돈 루이스님의 궁금증을 풀어드리지요. 백작은 완전히 닳고 닳은 사람이지요. 도박에 빠져 있는 데다가 머리도 나쁘지요. 게다가 돈 로드리고보다 더 잔인하지요. 우리 아가씨에게 수도 없이 청혼을 했고, 그때마다 거절의 표시로 호박을 받았지만 지치지도 않아요. 돈 구메르신도가 그에게 몇 년 전 천 두로나 되는 큰돈을 빌려줬지 뭡니까. 담보도 없이 그저 서명된 문서만 받아두고 말이죠. 그게 다 페피타 아가씨가 백작의 어려운 경제 사정을 감안해서 부탁을 했기 때문에 그렇게 된 것이었어요. 그런데 이 파렴치하고 어리석은 백작은 페피타 아가씨가 미망인이 되자마자 곧바로 자신이 남편 노릇을 하겠다고 덤벼댔던 것이랍니다. 은혜도 모르고 말입니다. 그때부터 그렇게 청혼을 해왔던 거예요."

"그랬군. 안토뇨나, 그럼 이만 가겠소."

돈 루이스는 말을 마치고 조용한 어둠에 잠긴 거리로 발길을 옮겼다.

축제를 위해 열렸던 노점상들의 불빛도 모두 꺼졌고, 거리에는 사람들의 모습을 거의 찾아보기 힘들었다. 오직 장난감 가게의 주인들과 가난한 노점상 주인들이 드문드문 남아 있었다.

아직도 몇몇 집에서는 창문 너머로 젊은 연인들의 재잘거리는 말소리가 간간히 들려왔지만 거의 모든 집들은 어둠 속에 깊이 가라앉아 있었다.

안토뇨나의 시선에서 충분히 멀어지자 돈 루이스는 생각의 재갈을 풀었다. 이미 결정은 이루어졌다. 그의 생각 속에서 모든 것은 이미 결론에 도달했다. 페피타에 대한 자신의 진솔함과 뜨거운 열정, 그녀의 아름다움, 그녀의 몸에서 느껴지는 싱그러운 우아함과 그녀 영혼의 봄날 같은 신선함이 머릿속에 떠올라 그를 행복하게 만들었다.

세속의 가치를 허무하다고 여기며 성찰하는 삶을 살아왔지만, 오히려 반대의 결과를 이룬 것은 아닐까? 숙부인 주임 신부님은 어떻게 생각하실까? 주교님은 얼마나 놀라실까? 그리고 자신의 행동이 아버지에게는 얼마나 심각한 일이 되는 걸까? 당신의 아들과 페피타가 서로 사랑을 약속했다는 사실을 알게 된다면 아버지의 불쾌함과 분노는 보지 않아도 뻔했다. 돈 루이스는 불안해졌다.

그는 자신의 영적 추락에 대해 되새겨보았다. 자신이 완전히 추락하여 떨어지고 난 다음에 생각보다 별로 깊지도 않고 놀라울 정도도 아닌 것 같다고 고백하는 것이 용기일까. 새롭게 얻게 된 빛으로 깨달은 신비주의적 직관은 자신이 지금까지 진정한 존재나 인식을 지니지 못한 채 살아왔음을 살펴보게 하였다. 소년의 우쭐거림과 순진한 신학생의 불명확한 삶의 지향, 그리고 인위적이고 헛된 삶은 아니었던가 되돌아보았다. 돈 루이스는 자신이 때때로 초자연적인 배려와 선물을 받기도 하며, 신비주의적인 속삭임을 듣고, 내적 대화의 상태나 영혼의 깊은 심연에 도달하고, 마음의 절대 평정 상태에 잠기어 고요함의 기도에 도달하며, 신비주의적 합일의 과정에서 마지막 단계인 일치의 여정에 들어섰다고 느끼곤 했던 지난날을 생각하면서 미소 지었다. 지난날 자신은 스스로의 영적 상태를 냉철하게 인식하지 못했던 것이다. 모든 것은 자신의 영적 허영 때문이었다. 그의 삶은 회개하고 명상하는 삶이 아니었다. 그토록 높은 영적 선물을 받을 만큼 스스로 노력한 것이 없었다. 자신이 향유했던 초자연적인 영적 선물은 모두 자신이 읽었던 작품에 대한 기억에서 왔을 뿐이며 자신이 믿었던 영적 상태 또한 자신이 만들어낸 것에 불과하다는 증거는, 페피타에게서 듣는 사랑해요, 라는 말이나 그녀가 검은 머리카락을 매만지는 섬세하고 아름다운 손놀림을 통해 그가 느끼는 기쁨이 다른 어떠한 영적 상태에서 느꼈던 것보다 크다는 사실에서 분명하게 드러났다.

돈 루이스는 자신이 추락이라고 불렀던 그 상태를 변화라는 말로 바꾸어 부를 수 있기 위해 자신의 오만과 허위를 벗어버리고 진정으로 겸손한 삶의 자세를 추구하기로 결심했다. 자신은 사제가 되기에는 적합하지 않았고, 이제는 페피타 곁에서 모범적인 남편으로 자식을 낳아 사랑으로 기르며, 올리브와 포도나무를 가꾸는 보통의 결혼한 동네 남자들처럼 살아가겠다고 스스로에게 고백했다.

*

여기서 다시 이 책의 출판을 결정하고 이 이야기를 들려주기로 한 나로서는 몇 가지 보충해야 할 필요를 느껴 몇 자 적기로 한다.

나는 앞에서 이 글에 나오는 「숨겨진 이야기」 부분이 대성당 주임 신부님이 편지글만으로는 알 수 없는 정황을 완전하게 드러내기 위하여 직접 쓴 것이라고 생각했다. 그러나 그 당시에 나는 원고 뭉치를 제대로 읽을 시간이나 여유도 없는 상황이었고, 지금 한가한 시간을 활용해 원고를 하나하나 꼼꼼히 살펴보니 과연 대성당 주임 신부님이 소매 깃에 잉크 얼룩을 묻혀가며 세세한 이야기를 적어나갔을지 확신이 서지는 않는다. 물론 주임 신부님이 「숨겨진 이야기」 부분을 쓴 주인공이 아니라는 근거 또한 찾지 못하였다.

우리가 읽은 이 이야기 어디에서도 종교적인 진실과 기독교 윤리에 어긋나는 점을 발견할 수는 없기 때문에「숨겨진 이야기」가 주임 신부님이 쓴 것이 아니라고 할 수 없는 상황에서 그 작가가 누구인지는 그저 의문으로 남을 뿐이다.「숨겨진 이야기」를 자세히 읽는다면 돈 루이스에게 있어서의 오만함과 거만함에 대한 작가의 훈계가 묘사되어 있음을 알 수 있다. 안토니오 아르비올 수사 신부의 작품『신비주의에 대한 그릇된 생각으로부터의 깨우침』의 부록이라고 해도 될 만큼 돈 루이스의 영적 오만에 대한 작가의 질타는 아르비올 수사의 생각과 닮아 있다.

개인적으로 나와 잘 알고 지내는 두세 명은, 대성당 주임 신부님은「숨겨진 이야기」를 쓴 사람이 아닐 것이라고 주장한다. 만약「숨겨진 이야기」의 작가가 대성당 주임 신부님이라면 돈 루이스 대신 '내 조카'라는 표현을 사용했어야 하며, 돈 루이스와 페피타의 만남과 대화에 대해 객관적인 묘사만을 하는 것이 아니라 가끔씩은 도덕적이거나 교훈적인 말을 덧붙였을 것이라고 생각한 것이다. 그러나 나는 그들이 지적하는 사항들이 별로 중요하지는 않다고 생각한다. 대성당 주임 신부님은 일어난 사실을 이야기할 뿐 어떠한 논리도 개입시키지 않으며, 정황을 첨삭하여 수정하거나 교훈을 이끌어내려고 하지도 않았다. 또한 나는 신부님이 '나' 라는 표현을 사용하지 않음으로써 자신의 신분을 드러내지 않은 서술 방식을 무척 좋게 평가한다. 그것은 그분의 겸손 때문이지만, 문학적 취향의 시각에서도 좋은 판단이었다. 서사시의 저자들과 역사가들은 그 좋은 예가 될 수 있는데, 자신들에 대해 말할 때나 자신이 영웅일 때, 그들이 묘사하는 이야기의 배우들일 때에도 '나'라는 용어를 사용하지 않았다. 아테네의 제노폰테는 자신의 작품「상승」에서 '나'라는 말을 쓰지 않았으며, 꼭 필요한 경우에는 마치 글을 쓴 사람과 글의 공훈을 받아야 할 사람이 다른 사람인 것처럼 제3의 인물을 내세웠다. 작품을 한참 동안 읽어나가도 제노폰테라는 이름은 나타나지 않는다. 젊은 시로가 죽게 될 유명한 전투 장면이 나오면서 비로소 그의 이름이 나올 정도였다. 제노폰테는 그리스와 페르시아 사람들로 구성된 젊은 왕자의 군대에 대항하는 그의 형 아르타제르제스가 이끄는 군대의 모습을 묘사하고 있다.

그의 형이 이끄는 군대는 나무가 없는 거대한 들판에 처음에는 하얀 구름처럼, 잠시 후에는 검은 얼룩처럼 보이다가 마침내 말발굽 소리와 전차 구르는 소리, 갑옷으로 무장한 무자비한 병사들의 외침과 코끼리의 울음소리, 기괴한 무기들이 내는 무시무시한 소리와 햇빛을 받아 빛을 되쏘는 청동, 황금을 뒤집어쓴 무기와 갑옷들의 모습과 함께 막강한 위용을 드러냈다. 바로 그 순간에 제노폰테가 병사들의 대열에서 뛰쳐나와 그리스인들 사이에 웅성거리는 소리가 구원자 주피터와 승리의 함성이라는 것을 시로에게 설명할 뿐이다.

대성당 주임 신부님은 감각도 있고 고전에 조예가 깊은 분이어서, 자신이 주인공 돈 루이스의 숙부나 양육자라는 사실을 드러내는 실수를 저지르거나, '거기에서 멈추거라!'라든가 '무슨 일을 벌이는 게냐! 추락하지 않도록 네 영성을 돌보아라!', 혹은 그밖의 다른 경고나 주의의 말을 자신도 모르게 해버리는 일이 없었을 것이다. 어떤 식으로도 돈 루이스의 영적 상태에 개입하는 법도 없다. 주임 신부님은 그런 식으로 전혀 얼굴을 드러내지 않은 채「숨겨진 이야기」작가로서의 역할을 수행했을지도 모르겠다.

그가「숨겨진 이야기」를 옮기거나 혹은 적어나가면서 주석을 달거나 평을 따로 적은 것은 분명하다. 물론 나는 신부님이 쓰신 주석과 평을 이곳에 옮겨 적을 생각은 없다. 주석과 평을 함께 적으면 출판을 위한 원고의 양이 훨씬 많아지거니와 요즘 유행도 아닌 듯하다고 판단하기 때문이다.

다만 돈 루이스가 신비주의자에서 보통 사람으로 순식간에 변한 사실에 대한 대성당 주임 신부님의 주석을 예외적으로 「숨겨진 이야기」의 본문에 덧붙여 적기로 한다.

*

조카의 갑작스러운 영적 변화는 내게 그렇게 놀랄 일이 아니다. 처음에 보냈던 몇 장의 편지로 나는 이미 그러한 변화를 감지할 수 있었다. 처음 보았을 때 루이스는 나를 매료시켰다. 나는 그가 진정한 소명을 갖고 있다고 믿었다. 그러나 곧 그의 소명은 허무한 시적 감상이었음을 알아차렸다. 그의 신비주의는 자신의 시에서 탄생한 신기루였으며, 그에게는 다른 지향점이 필요했다.

주님께서 찬미 받으시길! 루이스가 제때에 자신의 신념에 대해 깨달을 수 있도록 은혜 주심에 감사드린다. 루이스는 페피타 히메네스가 아니었더라면 훌륭한 사제가 될 수 없었을 가능성이 매우 높았다. 완덕에 이르기 위한 그의 조바심은 조카에 대한 사랑으로 눈이 먼 나에게 가시가 될 수도 있었다. 그런데 하늘의 배려란 당장 이뤄지는 것인가? 도착하자마자 공적을 만들려 들다니! 신대륙의 여러 도시를 다녔던 한 선원은 여인들에게 서둘러 구애를 해대곤 했었는데, 그녀들은 '밥도 되기 전에 숭늉부터 달라는 셈'이라며 그에게 절차와 과정을 존중하도록 말을 하곤 했었다는 얘기를 들은 적이 있다. 그 여인들이 이런 말을 했다면, 눈 깜빡할 사이에 아무런 노력이나 과정이 없이 사다리를 타고 오르려는 담대한 사람들에게 하늘은 과연 무슨 말을 할까? 주님 안에 살아가며 그의 선물을 즐기기 위해서는 무엇보다도 많은 노력과 정화, 그리고 참회가 필요한 법인 것을.

　신비주의의 일면을 갖추고 있는 헛되고 그릇된 철학에는 힘 있는 노력과 값진 희생이 없어 초자연적인 능력과 선물이 없는 것이니. 잠블리코는 눈썹이 타들어가는 혹독한 수련을 하지 않았을 뿐 아니라 절제와 금욕으로 자신의 몸을 단련하지 못했기 때문에 에드가다라 샘에서 사랑의 요정들을 불러낼 수 있는 능력을 소유하지 못하였지 않은가. 아폴로니오 데 티아나도 엉터리 기적을 행하기 전에는 꼭 고행을 하지 않았던가. 오늘날 세상 모든 것에서 신을 발견하는 크라우제 철학의 추종자들의 경우에도 아주 어려운 산스 델 리오의 『분석학』을 읽는 한편, 자신의 몸을 잘 익은 무화과 열매처럼 보일 만큼 채찍질을 할 정도로 인내와 고통을 참아내고 있지 않은가. 내 조카는 힘 안 들이고 완전한 남자가 되려고 했던 것이다. 결과는 처음부터 분명하게 예상됐었다. 지금 중요한 것은 조카가 훌륭한 결혼 생활을 지향하는 것이다. 보다 크고 원대한 일보다는 작고 가정적인 삶을 살며, 야성의 순수함과 열정으로 미친 듯 그를 사랑한 죄 외에는 달리 죄가 없는 그 여인을 행복하게 만들어주는 일일 것이다.

*

　여기까지가 대성당 주임 신부님이 돈 루이스를 애정 어린 시선으로 탓하면서 쓰신 주석이다. 주석은 신부님 본인만을 위한 것이었고, 신부님은 당연히 출판을 염두에 두지 않으셨을 테지만, 나는 이 주석만은 다른 원고와 한데 묶어 책으로 출판하도록 했다.
　이제 「숨겨진 이야기」의 서술을 계속 읽어보도록 하자.

＊

　새벽 두 시 한적한 거리 한복판에서 돈 루이스는 상념에 잠겨 있었다. 지금껏 살아오면서 성인들의 경건한 삶의 이야기를 다룬『황금빛 전설』의 주인공을 꿈꾸며, 자신의 삶이 성인들의 부드럽고 영원한 열락의 삶을 닮아갈 수 있기를 소망하지 않았던가. 돈 루이스는 그들과 달리 지상의 사랑이 지닌 속임수에 맞서 스스로를 지켜낼 줄 몰랐다. 많은 성인들 가운데 어느 누구도 닮지 못한 것이다. 특히 발렌시아의 유혹적인 여인으로부터 자신을 지켜낸 비센테 페레르 성인을 닮았어야 했는데, 하긴 경우가 달랐다. 비센테 성인이 악령의 지배를 당한 발렌시아의 여인으로부터 벗어난 것은 영웅적인 행동이었지만, 그가 부드럽고 상냥한 페피타의 사랑 고백으로부터 벗어나는 것은, 마치 룻이 보아즈의 발아래에서 잠자면서 '저는 당신의 종입니다. 당신의 망토를 펼쳐 저를 덮어주세요' 라고 했을 때, 보아즈가 룻을 발로 걸어차거나 산책이나 다녀오라고 명령하는 것만큼이나 왠지 억지스러우며 진심이 담겨 있지 않은 행동이 되고 말았을 것이다. 돈 루이스는 페피타가 자신에게 사랑을 고백했을 때, 보아즈가 룻에게 건넸던 '영혼의 딸이여! 주님의 축복이 그대와 함께 하기를! 그대의 첫번째 선행을 이제 보여주었구나' 라는 말을 흉내내고 말았던 것이다. 돈 루이스는 자신이 성 비센테나 다른 무뚝뚝한 성인들의 모범을 따르지 않은 사실에 대해 자책했다. 인간적인 사랑보다는 신적인 사랑을 선택했으면서도 결혼을 했던 성 에드워드 왕과 그의 부인 에디타 왕비의 경우와 비교해보아도 자신의 선택은 분명 달랐다. 에드워드 왕은 국가적인 의무감에 따라 결혼을 해야만 했고 에디타 왕비에 대한 사사로운 감정을 드러내지도 않았지만, 자신과 페피타 히메네스에게는 크건 작건 국가적인 의무가 있는 것도 아니었고, 사랑의 감정이 있다.

아무튼 돈 루이스는 자신이 처한 상황을 부정하지는 않았다. 다만 자신이 오랫동안 꿈꾸었으며 확신을 가져왔던 이상을 스스로 무너뜨렸다는 생각에 가벼운 우수의 그림자가 기쁨의 곁에 실체를 드러냈을 뿐이었다. 어떠한 이상을 꿈꾸어보지 못한 사람들은 자신을 정화시키려는 노력도 하지 않는 법이다. 그러나 돈 루이스는 자신을 정화하곤 했었다. 그는 자신이 오랫동안 지녀왔던 높은 이상의 세계를 보다 낮고 쉬운 이상으로 바꾸었다고 생각했다. 돈 루이스는 하얀 달의 기사와의 결투에서 패배한 돈키호테가 편력 기사를 그만두는 대신 목동이 되어야겠다고 결심하는 대목을 기억해냈다. 물론 그러한 이상의 전환은 독자들이 돈키호테를 조롱할 수 있도록 만드는 변화였다. 돈 루이스는 시적 취향이 사라지고 신앙을 잃어가는 요즘 시대에 페피타 히메네스와 함께 필레몬과 바우키스의 아름다운 사랑과 자비가 가능했던 행복한 시절을 만들어보리라 생각했다. 필레몬과 바우키스는 황금 들판에 자리를 잡고 집을 지었는데, 그 집은 도움이 필요한 사람들에게는 피난처이며, 사이좋은 이웃에게는 문화의 중심지이고, 서로를 사랑하는 가족들에게는 깨끗한 거울의 역할을 했다. 마침내 그들 부부의 사랑은 제우스의 방문과 축복을 계기로 신의 사랑과 하나가 되었고, 그들의 집은 성전이 되었다. 그들은 하늘의 전령이며 부부 사제가 되어 하늘이 지상에서보다 더 나은 삶을 제공하기 위해 그들을 데려갈 때까지 행복한 삶을 영위했다.

그러나 이 모든 것을 얻기 위해서 돈 루이스가 꼭 극복해야 할 두 가지의 어려움이 있었다.

하나는 당신의 희망을 여지없이 무너뜨린 데 대한 아버지의 노여움이었으며, 다른 하나는 조금 다른 성격의 것인데 어쩌면 훨씬 더 심각한 문제였다.

신부가 되겠다고 준비를 하고 있을 동안 돈 루이스는 헤나사아르 백작의 막돼먹은 모욕으로부터 페피타를 지켜주는 역할에는 특별한 관심이 없었다. 그저 도덕적인 설교만을 들려주었을 뿐, 못된 말투로 함부로 지껄여대는 백작의 험담과 경멸에 적극적으로 맞서 페피타를 지켜주지 못했던 것이다. 하지만 이제는 상황이 바뀌었다. 이제는 성직자의 법의를 벗어버리고 페피타의 연인이 되어 그녀와 결혼하겠다고 결심을 하지 않았는가. 모든 종류의 폭력을 혐오하던 그의 종교적인 믿음과 인간적인 부드러움, 그리고 평화로운 성격에도 불구하고 그는 몰염치한 백작을 무너뜨려야만 하는 상황을 맞이한 것이다. 결투란 무모한 짓임을 그는 너무도 잘 알고 있었다. 또한 페피타가 온갖 험담과 모욕으로부터 벗어나기 위해 백작의 피가 필요한 것도 아니며, 백작 또한 본성이 나쁘거나 페피타에 대한 원한이 있어서 그런 것이 아니라 그저 길들여지지 않고 제대로 교육을 받지 못한 성질 때문이라는 사실을 잘 알고 있었다. 이런저런 생각에 몰두하던 돈 루이스는 살아오면서 자기 스스로가 원인이 되어 고통을 받은 적이 한 번도 없었다는 사실을 기억했다. 그렇지만 필레몬의 삶을 본받기 위한 새로운 삶을 지향하는 이때, 자신의 배필에게 모욕을 준 백작이 받아야 할 응징을 위해 자신이 나서지 않으면 곤란하다고 생각했다. 그는 주님께 다시는 이런 일에 나서지 않겠다는 약속을 하고 자신의 생각을 굳혔다.

한번 결심을 하자 그는 자신의 결정을 바로 실천에 옮기기 시작했다. 중간에 사람들을 보내서 페피타의 명예를 입에 올리도록 만드는 것은 보기에도 좋지 않고 적절하지도 않다고 생각해서 다른 구실로 결투의 이유를 찾기로 했다.

백작은 타지 사람인데다 노름을 무척 좋아했으므로, 비록 깊은 밤이기는 하지만 아직까지도 카지노에서 도박에 빠져 있을 가능성이 높았다. 돈 루이스는 곧바로 카지노로 향했다.

카지노는 아직 열려 있었지만 정원과 살롱에는 대부분 불이 꺼져 있었다. 불이 켜져 있는 방은 오직 하나뿐이었다. 돈 루이스는 불빛이 새어 나오는 방문을 열고 안으로 들어갔다. 헤나사아르 백작은 다른 다섯 사람과 함께 몬테 카드놀이를 하고 있었는데, 두 사람은 백작처럼 다른 고장 사람들이었고, 다른 세 사람은 기마대 대장과 쿠리토, 그리고 의사였다. 백작이 물주 역할을 하고 있었다. 그들 가운데 아무도 돈 루이스의 등장에 관심을 두지 않았다. 모두들 게임에 열중해서 돈 루이스가 카지노에 들어왔다가 나가는 것을 눈치 채지 못했다. 돈 루이스는 카지노를 나와 집으로 향했다. 문을 열고 하인이 그를 맞이했다. 돈 루이스는 하인에게 아버지에 대해 물었고, 주무시고 있다는 말을 듣자 안심하고 자신의 방으로 들어가 불을 켰다. 그는 장롱 속에서 금화 삼천 레알을 꺼내어 주머니에 챙겨넣었다. 그리고 하인에게 문을 닫으라고 당부를 한 뒤 카지노로 향했다.

카지노에 도착한 돈 루이스는 게임이 한창인 방으로 들어서며 구두 뒤축으로 커다란 소음을 내 자신의 존재를 알렸다. 놀음에 빠져 있던 사람들은 그를 알아보고는 놀라서 한마디씩 내뱉었다.

"아니, 사촌이 이 시간에 여기는 웬일이야?" 쿠리토가 외쳤다.

"어디에서 오는 길인가?" 의사가 물었다.

"나에게 또 한차례 설교를 늘어놓을 셈이요?" 백작이 소리쳤다.

"설교할 생각은 없습니다." 돈 루이스가 침착하게 대답했다. "지난번 설교가 미친 나쁜 영향 때문에 나는 주님께서 이 길이 아니라 다른 길을 선택하도록 하셨음을 알게 되었지요. 백작님, 당신이 내 변화를 이끌어내었습니다. 저는 성직자의 옷을 벗었단 말이오. 저 또한 즐기고 싶습니다. 젊음의 꽃다운 시절을 만끽하고 싶습니다."

"좋아요, 기쁜 소식이구료." 백작이 말을 끊었다. "그렇지만, 젊은이 조심하시오. 꽃이 섬세하다면 금방 시들고 잎도 떨어지니까 말이오."

"그것은 제가 알아서 할 일입니다." 돈 루이스가 말을 받았다. "게임을 하고 계시는 모양이네요. 저도 마음이 당깁니다. 백작님, 당신이 섞으시지요. 혹시 백작님을 파산시킬 농담 하나 알고 계신지 모르겠네요."

"농담이라고? 뭘 잘못 먹은 모양이로군요!"

"그저 먹고 싶은 것을 먹었을 뿐입니다!"

"애들이나 하는 말투 같습니다!"

"저는 제가 하고 싶은 것을 하지요."

"자, 카드를 돌립시다."

폭풍이라도 다가오는 것 같은 분위기에 기마대 대장이 끼어들어 말하자 다시 분위기는 조용해졌다.

"자! 당신도 주머니의 돈을 꺼내놓고 운을 확인해보지 않겠습니까?"

백작이 차분하면서도 호쾌하게 말했다.

돈 루이스는 탁자에 앉아 주머니에서 금화 모두를 쏟아냈다. 그 광경에 백작이 입을 다물었다. 물주인 백작이 갖고 있는 액수보다 훨씬 많은 것 같았다. 그는 도박에 신참인 돈 루이스의 돈을 몽땅 빨아먹을 수 있다는 생각에 마음이 들떴다.

"이런 게임에서는 너무 머리를 쓸 이유가 없지요." 돈 루이스가 말했다. "게임은 대충 알 것 같은데, 카드 하나에 돈을 걸겠습니다. 만약 카드를 뒤집어 그림이 나오면 제가 이기는 것이고, 그림이 나오지 않으면 당신이 이기는 겁니다."

"그거 좋소, 친구! 역시 당신은 남자다운 이해력이 있어."

"그런데 모르고 계신 게 하나 있는데, 제가 남자다운 이해력만 있는 것이 아니라 충분한 의욕도 있다는 것이지요. 저는 그 흔하다는 강한 남자와는 거리가 먼데 말입니다."

"이제 보니 당신, 참 말이 많군요! 어디 특별한 전략이라도 있는 것은 아닌지 모르겠소만."

돈 루이스는 입을 다물었다. 그는 몇 차례 카드를 뒤집었고, 대단한 행운으로 거의 모든 카드에서 이겼다.

백작은 초조해지기 시작했다.

'설마 애송이가 내 털을 벗겨낸다면, 그건 주님이 순진한 사람을 보호하기 때문이란 말인가?'

백작은 점점 화를 내기 시작했고, 돈 루이스는 피곤을 느꼈다. 그는 단번에 게임을 끝내고 싶었다.

"백작님, 결국 되풀이되는 이 모든 게임이 제가 이 돈 모두를 가져가느냐, 아니면 당신이 쓸어 가느냐 하는 문제 아닙니까?"

"맞는 말이오."

"그렇다면 우스꽝스럽게 밤을 새고 있어야 할 이유가 있을까요? 이미 밤도 깊었으니, 당신의 충고를 받아들여 제 꽃이 시들어 잎이 떨어지기 전에 돌아가야 할 것 같습니다."

"무슨 말이오? 이제 와서 떠나겠다는 말이오? 일은 함께 하고, 혼자 올리브 열매를 챙기겠다는 거요, 뭐요?"

"억지로 올리브 열매를 챙기고 싶은 마음은 추호도 없습니다. 오히려 그 반대입니다. 쿠리토, 자네가 말해보게. 여기 이 돈 무더기가 물주의 돈 무더기보다 적지 않지?"

쿠리토가 양쪽 돈 무더기를 번갈아 바라보더니 대답했다.

"거의 비슷한데."

돈 루이스가 물었다.

"어떻게 설명하는 게 좋을까요? 물주의 돈과 제 돈을 한판에 붙여 게임을 한다는 제 생각을 말입니다."

"그렇다면 말이 되네. 한판 승부! 야, 대단하겠는걸."

쿠리토가 대답했다.

"그래요, 한판 승부!" 돈 루이스가 백작을 돌아보며 말했다. "이제 시간을 끌 것 없이 한판으로 승부를 깔끔하게 끝내는 것은 어떨까요?"

백작은 물주인 자신 앞에 쌓인 돈 무더기와 상대방의 돈 무더기를 번갈아 바라보며, 돈 루이스의 행운이 다소 마음에 걸렸지만, 안 될 것도 없다고 생각했다.

보통 사랑에 운이 좋은 사람들은 도박이나 게임에는 운이 따르지 않는다고들 말하지만, 그렇지 않은 경우도 종종 있다. 일단 운이 따르면 모든 일에 운이 따르는 것이고, 일이 잘 풀리지 않으면 다른 일에도 매듭이 풀리지 않는 경우도 있지 않은가.

백작은 카드를 섞은 다음 탁자에 내려놓았다. 한 장을 뒤집었다. 그림이 보이지 않았다. 그의 마음이 뛰었다. 애써 들뜬 마음을 숨기며 다른 카드를 뒤집었다. 그림이었다. 이제 마지막 카드만 남았다. 카드를 내려놓았다.

"자, 뒤집어요." 대장이 외쳤다.

"급할 것 없잖아요. 어, 이런 빌어먹을! 그림이잖아! 어린 신부가 내

털을 몽땅 뽑아버렸잖아."

돈 루이스는 무심하게 천천히 돈을 챙겼다.
조용한 침묵을 깨고 백작이 입을 열었다.
"어린 신부 양반, 만회할 수 있는 기회는 줘야 하는 것 아니오?"
"그럴 필요가 있는지 잘 모르겠습니다."
"신사들 사이에서 당연히 한 번쯤의 기회는 더 줘야 하는 것 아니오?"
"이런 게임에 그런 규칙이 있는지는 모르겠습니다." 돈 루이스는 차분하게 말했다. "만약 있다면 돈을 잃기 전에 헛된 노름을 하는 수고를 덜었어야 하는 규칙이 있겠지요."
"그러지 말고, 한 번만 더 합시다."
백작이 앞뒤 가리지 않고 사정을 했다.
"그렇게 합시다. 제가 마음을 열도록 하지요."
돈 루이스가 대답했다.
백작은 다시 카드를 섞고 탁자에 내려놓으려 했다.
"잠깐만요!" 돈 루이스가 백작의 움직임을 막았다. "그전에 분명히 해야 할 것이 있습니다. 당신이 새로운 물주가 되기 위해서 필요한 돈은 어디에 있는 겁니까?"
백작은 당황했다.
"여기에 돈은 없소만, 내 말로 충분하다고 생각하오."
돈 루이스는 차분하고 진지한 음성으로 또박또박 말을 했다.
"백작님! 저는 신사의 말을 믿고 따르는 데에 어려움은 없습니다. 당신이 이제 막 쌓기 시작한 우정을 잃고 싶은 마음이 없다면 당신의 말을 담보로 할 수 있습니다. 그렇지만 당신이 채권자들에게 돈은 갚지 않고 오히려 못된 짓만 하고 다닌다는 사실을 오늘 아침 알게 되었습니다. 따라서 저 또한 당신에게 돈을 빌려주는 호의를 베풀고도 거꾸로 당하게 되지나 않을지 걱정이 됩니다. 제가 당신의 말만 믿고 담보도 없이 돈을 빌려줬다가, 페피타 히메네스에게 당신이 그랬던 것처럼 저에게도 돈을 갚기는커녕 욕이나 하고 험담이나 만들어 들추고 다니면 어떻게 하나 하는 걱정이 돼서 그렇습니다."

돈 루이스의 말이 사실이기는 하지만 백작이 느낀 모욕은 대단한 것이었다. 그는 노여움에 의자를 박차고 일어나 돈 루이스의 멱살을 움켜잡고 큰소리로 외쳤다.

"거짓말이야! 혀로 거짓말을 잘도 놀려대는구나. 내 손으로 네 놈을 요절내고 말겠다. 지랄 같은 망할 년의 아들놈!"

마지막 욕설을 듣는 순간 돈 루이스는 태어나서 지금까지 가장 사랑하고 존경하는 그리운 어머니의 모습을 떠올렸다. 아무리 막돼먹었기로 어찌 그런 상소리를 할 수 있단 말인가.

탁자 위에 올라선 백작을 따라 탁자 위로 올라간 돈 루이스는 놀라운 순발력과 힘으로 오른손을 뻗어 지팡이를 집어들고, 백작의 얼굴에 내리쳐 커다란 멍 자국을 남겼다.

잠시 동안, 비명도 욕설도 소동도 없었다. 여러 사람이 달려들어 두 사람을 막았다. 백작은 몸을 날려 돈 루이스에게 달려들어 주먹을 마구 휘두르려 애썼다. 그러나 백작의 못된 행동을 알고 있던 사람들은 은근히 돈 루이스를 감싸고돌았다. 대장과 의사, 쿠리토 모두 분을 못 이겨 날뛰는 백작을 막았다.

"나를 놔줘! 내가 저 놈을 죽일 수 있도록 나를 놔주란 말이오!" 백작이 말했다.

"결투를 막을 생각은 없소." 대장이 나섰다. "어쩔 수 없이 결투를 벌여야 할 것 같소. 두 사람 모두 여기에서 떠돌이들처럼 엉켜 싸워서는 곤란합니다. 만약 결투를 벌인다면 내가 중재를 하겠소."

"무기를 가져오시오." 백작이 단호하게 말을 뱉었다. "한순간이라도 저놈을 베는 시간을 늦출 수는 없단 말이오. 당장, 여기에서 결투를 합시다."

"좋소." 돈 루이스가 백작의 도전을 받아들였다.

"칼을 가져오시오." 백작이 결의에 찬 목소리로 무기를 결정했다.

모든 사람들은 거리에까지 소리가 새어나가지 않게 하기 위해 말소리를 높이지 않도록 주의했다. 부엌과 정원에 있는 긴 의자에서 자고 있던 카지노 하인들은 다행히 아무런 눈치도 못 채고 잠에 빠져 있었다.

돈 루이스는 대장과 쿠리토를 증인으로 세웠다. 백작은 타지에서 온 두 사람을 증인으로 지적했다. 의사는 자신의 직책에 맞게 만약을 위한 치료를 준비했다.

아직 어두운 밤이었다. 그들은 카지노의 문을 닫고 결투장을 마련했다. 기마대 대장은 집으로 갔다가, 두 자루의 칼을 망토 아래 숨겨가지고 돌아왔다.

돈 루이스는 한 번도 무기를 잡아본 적이 없었다. 그러나 다행스러운 것은 백작 또한, 돈 루이스처럼 신부가 되기 위해 신학이나 철학을 공부하느라 그랬던 것은 아니었지만, 검법을 제대로 배운 적은 없었다는 사실이었다. 결투의 조건은 칼을 손에 쥐면 각자의 방법으로 휘두르는 것뿐이었다.

살롱의 문이 닫혔다.

탁자와 의자들은 모두 한쪽 구석으로 치워졌다. 조명은 방 한가운데를 비추고 있었다. 돈 루이스와 백작은 외투와 조끼를 벗었고, 소매를 걷고 칼을 손에 쥐었다. 한쪽에는 결투를 증언할 증인들이 자리를 잡았다. 기마대 대장의 신호에 따라 드디어 결투가 시작되었다.

검을 제대로 다룰 줄도 모르는 사람들끼리의 결투는 짧을 수밖에 없었다. 잠깐 분을 억누르고 있던 백작은 결투가 시작되자 눈에 보이는 거 없이 날뛰었다. 그는 몸집이 건장했고 두 주먹은 강철 같았는데, 커다란 손아귀에 바짝 힘을 주고 칼을 이리저리 마구 휘둘러댔다. 네 번이나 돈 루이스의 어깨를 찔렀으나 칼등이어서 다행스럽게 상처를 남기지는 못했다. 젊은 신학자는 칼등에 부딪힌 타박상의 고통에 휘둘려 넘어지지 않기 위해 사력을 다했다. 다섯번째로 백작이 돈 루이스의 왼팔에 가한 공격이 성공했다. 이번에는 비스듬하긴 했어도 칼날에 의한 상처가 생겼다. 돈 루이스의 왼팔에서 피가 흘러내리기 시작했다. 상대방이 피를 흘리는 것을 확인한 백작은 멈추기는커녕 오히려 더욱 강한 기세로 공격을 재개했다. 그의 칼은 돈 루이스의 칼자루 아래까지 깊숙이 들어왔다. 돈 루이스는 백작의 공격을 피하지 않고 정면으로 맞서 백작의 머리를 가격하였다. 백작의 머리에서 피가 솟구쳐 나와 이마와 눈을 타고 흘러내렸다. 충격으로 백작은 바닥에 쓰러지고 말았다.

결투는 순식간에 끝나버렸다. 돈 루이스는 평소 자신의 행동이나 사고방식과는 너무도 먼 이런 분쟁의 순간을 맞이해야만 하는 현실을 생각하며 스토아 철학자처럼 조용히 있었다. 하지만 상대방이 바닥에 쓰러져 온통 피를 흘린 채 죽은 듯 누워 있는 모습을 보자 번민의 감정이 몰려들었고, 상대방에게 커다란 시련이 닥치지나 않을까 두려워졌다. 돈 루이스는 참새조차 죽일 수 없는 여린 마음을 지녔는데 사람을 죽이다니…… 몇 시간 전까지만 해도 신부가 되어, 복음의 말씀을 전하는 선교사로 세상을 돌아다니겠다고 생각했던 자신이 아니었던가. 그런데 어떻게 된 일인가.

세상의 모든 죄악과 범죄를 한데 모은 끔찍한 죄를 저지르고, 주님으로부터 등을 돌린 게 아닌가. 그가 저지른 죄보다 더 무서운 죄가 세상에 남아 있을까. 영웅적이고 완전한 성덕을 지향하는 삶의 목표는 이미 사라져버렸다. 보다 쉽고, 편하고, 평범하다고 생각했던 그의 두번째 삶의 목표 또한 사라지고 있었다. 악마가 그의 계획을 망쳐놓은 것이다. 필레몬이 되려는 꿈도 이제는 꿀 수 없게 되었다. 칼로 이웃의 머리를 쪼개놓은 사람이 영원한 열락의 행복한 삶을 시작할 수 있겠는가.

돈 루이스는 완전히 기진한 상태였다. 하루 종일 번뇌와 갈등으로 힘들었고, 자신에게 맞는 진정한 삶의 지향점을 찾아가기 위한 긴 성찰과 숙고, 페피타와의 만남과 대화, 격정적인 결정과 변화, 그리고 결투 이 모든 것으로 그의 머릿속이 뜨거워질 만큼 모든 힘이 고갈되었다.

쿠리토와 대장은 양쪽에서 돈 루이스를 부축하여 집으로 데려갔다.

*

돈 페드로 데 바르가스는 아들이 부상을 당했다는 소식을 듣고 침대에서 벌떡 일어났다. 당장 아들에게 달려가서 온몸에 난 멍과 왼팔의 상처를 보았다. 다행스럽게도 심각한 것은 아니었지만, 돈 페드로는 아들을 이 꼴로 만들어놓은 상대방에 대한 복수를 다짐하며 하늘을 향해 괴성을 질렀다. 돈 페드로는 신학만 공부한 아들이 제 나름으로 자신의 명예를 지키기 위한 결투를 해야만 했다는 사실에 마음이 안타까웠다.

잠시 후 돈 루이스의 부상을 치료하기 위해 의사가 도착했다. 의사는 돈 루이스의 상처와 건강 상태를 면밀히 조사하더니 치료를 잘 받고 푹 쉬면 삼사 일쯤 후에 가벼운 산책은 할 수 있겠다고 진단했다. 의사는 또한 백작은 몇 달간의 치료와 휴식이 필요하다고 전했다. 물론 목숨이 위험한 것은 아니었다. 응급조치를 받은 백작은 마을에서 십 킬로미터가량 떨어져 있는 자신의 집으로 데려다달라고 부탁을 했다고 했다. 백작은 빌린 마차에 하인과 두 사람의 증인들과 함께 타고 서둘러 마을을 떠났다.

의사가 진단했던 것처럼 나흘이 지나자 돈 루이스는 아직 타박상의 통증과 아물지 않은 팔뚝의 상처에도 불구하고 조금씩 걷기 시작했다. 의사는 머지않은 시간에 완전히 회복할 수 있을 거라고 장담을 했다.

비록 완전한 몸 상태는 아니었지만 돈 루이스는 꼭 수행해야 할 첫번째 의무라고 생각했던, 아버지에게 자신과 페피타의 사랑을 고백하고 그녀와 결혼하겠다는 자신의 의지를 밝히는 일을 어떻게 진행시켜야 할지 고민했다.

논 페드로는 아들이 아픈 동안은 농장에 나가지도 않았으며, 직접 아들을 돌보았다. 그는 항상 아들 곁에서 시중을 들고 각별한 애정을 보여주었다.

6월 27일 오전, 의사가 다녀간 뒤 돈 페드로는 아들과 단둘이 남게 되었다. 결심이 선 돈 루이스는 아버지에게 어려운 고백을 털어놓았다.

"아버지!"

돈 루이스가 무거운 입을 열었다.

"아버지를 더는 속일 수가 없습니다. 제 부족함과 위선 모두를 아버지에게 고백하겠습니다."

"얘야, 만약 고백 성사를 원하는 것이라면 본당 신부님을 부르는 편이 낫지 않겠냐? 나는 올바른 판단력도 없고, 내 용서가 아무런 소용도 없겠지만, 무조건 네 허물을 용서하마! 그렇지만 혹시라도 네가 좋은 친구에게 깊은 비밀을 말하고 싶은 거라면, 시작하려무나. 들어줄 테니까."

"아버지에게 드릴 말씀은 무척 부끄럽고 막중한 잘못이에요."

"아버지에게 부끄러운 게 어디 있겠냐. 어려워 말고 말해보거라."

돈 루이스는 얼굴이 붉어지며 더듬거리는 말로 고백했다.

"제 비밀이란 제가 사랑에 빠졌다는 사실인데요. 그 상대방이 바로 페피타 히메네스입니다. 그리고 그녀도……"

돈 페드로는 아들의 얘기를 듣고 껄껄껄 웃음을 터트리며 말했다.

"그녀 또한 네게 사랑을 느끼고 있다는 말을 하려는 것이로구나. 그리고 성 요한의 축제날 밤 새벽 두 시까지 사랑의 대화를 나눴고 말이다. 그러고는 그녀에 대한 복수를 위해 헤나사아르 백작을 찾아가서 머리통을 깨놓은 것 아니냐. 아들아, 용기 있는 비밀을 내게 말해주었구나. 여기에서 일어나는 일은 개나 고양이까지도 다 알고 있는 법이야. 새벽 두 시가 되도록 사람들의 눈을 피해서 단둘이 대화를 할 수 있었다는 사실이 오히려 놀라운 일이지. 그렇지만 좌판을 열고 있던 집시 여인들이 네가 그 집에서 나오는 모습을 보았고, 순식간에 이 마을에 있는 모든 곤충과 벌레들까지도 그 사실을 알게 되었단다. 게다가 페피타는 무엇을 숨기는 성격이 아니지 않느냐. 사실을 아닌 척 숨기는 일은 그녀의 재능이 아니다. 네가 아픈 뒤로 페피타가 하루에 두 번씩이나 집으로 찾아왔었다. 그러고도 모자라 안토뇨나를 두 번, 세 번씩 보내 네 안부를 확인하곤 했단다. 집에 찾아왔으면서도 너를 찾아보지 않은 것은 내가 반대를 했기 때문이지. 네가 흥분이라도 하면 건강이 빨리 회복이 되지 않을 것 같아서 말이다."

돈 루이스의 고민과 걱정이 한순간에 눈 녹듯 사라져버렸다.

"얼마나 놀라셨나요? 정말 많이 놀라셨죠?"

"아들아, 놀라지 않았다! 나흘 전에 네가 마음을 바꾸었다는 사실을 이미 알았다. 소문이란 원래 소리 없이 천리를 가는 법이어서 지금쯤은 모든 마을 사람들이 네 상황을 다 알고 있을 것이다. 본당 신부님은 얼이 빠지셨지. 신부님은 아직도 네가 벌여놓은 일들, 특히 23일 밤부터 24일 새벽 사이에 네가 한 일을 생각하면 저절로 성호를 긋고 기도를 드릴 수밖에 없는 모양이더라. 그렇지만 나는 네 변화에 놀라지는 않았다. 네가 다쳤다는 사실에 놀랐지. 나이가 들면 풀이 자라나는 모습까지도 느낄 수 있는 법이다. 닭이 닭장수를 속일 수는 없는 법이야!"

"그렇습니다. 저는 아버지를 속였습니다. 저는 지독한 위선자예요."

"계속 바보같이 굴지 말거라. 나는 너를 탓하려는 게 아니야. 그냥 말이 그렇다는 거야. 자, 우리 솔직하게 얘기해보자. 내 오만함은 요지부동이었지. 나는 벌써 두어 달 전부터 페피타 히메네스에 대한 네 마음이 변해가는 과정을 보아왔단다. 그렇지만, 네 감정과 느낌을 적어 보낸 편지를 받은 숙부님이 내게 보낸 편지를 읽고서야 비로소 모든 상황을 알아차리게 되었다. 숙부님이 보내오신 편지와 내가 쓴 답장을 차례로 읽어볼 테니 잘 들어보렴."

돈 페드로는 주머니에서 종이 뭉치를 꺼내어 읽기 시작했다.

사랑하는 동생에게.

자네에게 나쁜 소식을 전하게 되어 내 영혼이 아프다네. 너무 노여워하거나 불쾌하지 않도록, 충분한 인내와 아픔을 자네가 감내할 수 있도록 주님께 모든 걸 맡기며 이 글을 쓰겠네. 루이스가 얼마 전에 이상한 편지들을 보내왔네. 편지를 꼼꼼히 읽어보며 나는 새로운 사실을 알게 되었지.

루이스는 신비주의적 취향과 지향에도 불구하고 지금 머물고 있는 동네에 살고 있는 예쁘고, 매력적이며, 유혹적인 미망인에 대해 세속적이고 어두운 감정을 느끼고 있다네. 얼마 전까지만 해도 나는 루이스의 소명에 대해 확신을 하고 있었고, 따라서 성교회가 현명하고 덕이 깊으며 모범적인 사제를 얻게 되었다는 부푼 꿈을 꾸어왔지. 그러나 앞서 말한 편지를 읽어보며 나의 희망과 기대가 한순간에 허물어지는 것을 느꼈네. 루이스는 진정한 사랑과 자비심으로 가득한 청년이 아니라 시인이라서 바라바스의 살가죽으로 만들어진 게 틀림없는 그 젊은 미망인이 조금만 건드려도 무너질 것 같다네. 내가 루이스에게 편지를 써서 유혹으로부터 벗어날 수 있도록 근신하라고 말은 했지만, 내 생각에는 틀림없이 그녀에게 무너지고 말 것일세. 하지만 영성의 삶의 자질이 부족하고 오히려 세속적 삶의 성향이 더 두드러진다면, 나쁜 신부가 되는 것보다는 제때에 자신의 성향을 깨달아 자신에게 어울리는 삶을 살아가게 되는 편이 훨씬 나은 일이기에, 루이스가 그녀에게 굴복한다 해도 신부인 내 마음은 그리 많이 아프지는 않을 것이네. 따라서 나는 루이스가 그곳에 계속 머물면서 그 미망인과의 세속적인 사랑을 통해 시련을 겪고 단련을 하는 것이, 자신이 진정으로 신부가 될 자질을 갖추었는지 그렇지 않은지 확인할 수 있는 좋은 기회가 될 수도 있을 거라고 생각하네. 하지만, 진정으로 염려스러운 것은 그 미망인이 자네가 마음에 두고 있는 여인이라는 점이지. 자네의 아들이 자네의 연적이 된다는 것은 매우 중대한 사태지. 그건 정말 대단한 추문이 될 것이야. 그러니까 무슨 이유를 대서라도 한시 바삐 루이스를 이곳으로 보내주길 기원하며 편지를 마치겠네.

돈 루이스는 고개를 숙인 채 조용히 듣고 있었다. 그의 아버지는 계속 말을 이어갔다.

"이 편지를 받고 내가 쓴 편지를 읽어주도록 하마."

사랑하는 형님이며 존경하는 신부님께.

경고와 충고가 담긴 형님의 편지를 읽고 고마움을 전합니다. 제가 모든 것을 다 아는 척은 했어도 사실 이번 일에 있어서는 우둔한 부분이 많이 있었습니다. 저는 허영에 눈이 멀었습니다. 페피타 히메네스는 루이스가 온 그날부터 저에게 상냥하고 부드러웠고, 저는 그러한 그녀를 행복하게 해주고 싶은 마음을 더욱 적극적으로 표현했던 것은 사실입니다. 형님의 편지가 모든 것을 확실하게 알 수 있게 도와주었습니다. 이제는 왜 그녀가 파티와 모임을 주선하여 사람들을 초대하면서도 저를 보는 것이 아니라 젊은 신학생을 뚫어지게 보았는지를 제대로 이해할 수 있게 되었습니다.

형님의 편지를 받고 처음에는 마음이 상하고 언짢았던 것을 부인할 수는 없습니다. 그렇지만 이제껏 살아온 경험으로 이 모든 상황을 돌이켜 생각해보면, 제 아픔과 슬픔이란 것도 사실 기쁨으로 느껴집니다. 제 아들은 정말 우수한 녀석입니다. 저와 함께 있는 것이 얼마나 기쁜지 모르겠습니다. 제 곁에서 떼어내며 형님께 교육을 맡겼던 것은 제 삶이 모범적이지도 않을 뿐 아니라, 이런저런 다른 이유로 이 마을에서 자라면 고작 촌스러운 시골 놈밖에 더 되었겠나 싶어서였습니다. 그렇지만 형님은 제가 원했던 것보다 훨씬 멀리 녀석을 데려가셨습니다. 교회의 인물로 만들 뻔했으니까요. 성덕이 높은 자식을 두는 것이 제 허영을 채워줄 수도 있었겠지요. 그렇지만 하나뿐인 아들이 성직자가 되면, 제가 피와 땀으로 오랫동안 힘들게 일궈놓은 재산과 이름을 제 자식이나 손자들에게 나눠주어 그들이 그것을 충분히 즐길 수 있는 기회가 없어질 것이고, 저는 커다란 상실감을 느끼게 됐을 것입니다. 그래서 루이스가 중국이나 인도, 아니면 아프리카의 오지에서 교리를 가르치며 살 도리밖에 없을 것이라는 생각에, 제가 결혼이라도 해서 후손을 만들어 상속을 하는 길을 찾아야 되겠다고 결심을 하기에 이르렀습니다.

    형님께서는 페피타 히메네스가 바라바스의 살가죽으로 만들어진 여인일 거라고 하셨지만, 제가 보기에는 정말 사랑스럽고 순결하며 선한 사람입니다. 페피타가 열여섯의 어린 나이에 엄격한 어머니의 강압에 따라 여든이나 먹은 돈 구메르신도와 결혼을 한 것은, 그것도 거의 두 발을 죽음의 문턱에 들여놓고 있던 늙은이와 결혼을 한 것은, 아마도 돈 구메르신도가 죽음의 순간까지 자신을 돌보고 위로하는 수호천사의 모습을 페피타에게서 보았기 때문이라고 생각합니다. 틀림없이 그는 페피타에게서 인간의 옷을 입은 천사를 보았을 것입니다. 저도 내 노년을 함께 하고, 내 죽음을 지켜주며, 내 재산과 이름을 물려받을 사람이 필요하다고 생각했었습니다. 그런데 이제 그녀는 열여섯이 아닌 스물의 나이이며, 뱀 같은 어머니도 곁에서 명령을 하지 않고, 저 또한 여든의 나이가 아닌 쉰다섯의 나이 아닙니까. 참 골치 아픈 나이지요. 이제 몸이 조금씩 고장이 난다는 것을 알아가는 나이니까 말입니다. 천식과 기침, 관절염과 이런저런 병에다가 이제는 그만 삶을 정리해야 하는구나, 하는 체념과 바람을 함께 갖게 됩니다. 그렇지만 저는 앞으로도 이십 년은 족히 더 살게 될 겁니다. 제가 페피타보다 서른다섯 살이 많으니까, 그녀는 앞으로도 무척 오랜 세월 동안 제가 폭삭 늙어가는 꼴을 보아야 할 것입니다. 착하고 분별력이 있기 때문에, 저를 사랑하지 않을 뿐 아니라 스스로가 느끼는 저항과 장애의 감정에도 불구하고, 특별한 일이 없었더라면 저와 결혼을 할 수 있었을지도 모릅니다. 그렇지만 아무리 착한 여자라고는 해도, 길어도 몇 년이면 저를 귀찮게 생각할 수도 있을 것입니다. 진정한 마음에서 우러나오는 사랑의 힘이 아니라면 오랫동안 자신을 일방적으로 희생하며 살아갈 수 있는 경우는 거의 없을 것이라 생각합니다.

　잘 생각해보면 루이스에 대한 그녀의 분명하고 솔직한 성격과 감정이 결과적으로 얼마나 고마운지 모릅니다. 혈통이나 명예가 아닌 진정한 사랑의 마음을 느끼고 그것을 숨기지 않는 솔직함 말이지요. 젊고 건강한 두 사람의 사랑을 생각하면 저절로 주님의 축복을 기도하게 됩니다. 저는 형님께서 제 아이를 또다시 멀리 데려가지 않도록 억지로라도 그 녀석을 붙들어두고 싶었습니다. 필요하다면 무력도 쓸 생각이었지요. 그 녀석의 소명을 방해하기 위한 일이라면 무슨 일이든 하고 싶었습니다. 이제 그 녀석이 결혼하는 모습을 꿈꿀 수 있게 되었습니다. 이제 사랑으로 맺어진 아름다운 두 사람을 지켜보면서 저도 젊어질 것 같다는 생각이 듭니다. 앞으로 두 사람이 결혼하면 몇 명의 손주들을 내게 낳아줄지 마음도 들뜹니다. 호주나 마다가스카르, 인도 아니면 어디 먼 세상에 가서 관심도 없는 사람들을 억지로 앉혀놓고 선교를 하는 것보다는, 페피타를 닮아 예쁜 제 자식들을 앉혀놓고 설교를 하고 교리를 가르치는 것을 보는 편이 훨씬 좋지 않을까요? 아마 날개 없는 천사들을 보는 기분이 바로 그럴 것입니다. 그리고 교리를 배워야 하는 동네의 어린 꼬마들을 집으로 데려와 교리 학습을 시키는 모습을 보는 것도 무척 좋을 것 같습니다. 녀석들은 천국의 장미 냄새를 풍기며 돌아다니겠지요. 어떤 놈들은 제 무릎 위로 올라와서 함께 놀아달라고 하겠지요. 저에게 뽀뽀를 하고, '할아버지'라고 하며 따르는 놈들도 있을 테고, 아마 이미 벗겨지기 시작한 제 머리를 손바닥으로 만지며 재미있어 하기도 할 테고 말입니다.

　형님께서는 무엇을 원하십니까? 저는 혼자 생각할 시간이 있을 때면, 집안일에는 도무지 관심을 두지 않았었습니다. 그런데 지금은 나이가 들어서 그런지, 아니면 제가 수도자가 아니라서 그런지, 집안의 가장 역할을 하면서 마음이 즐겁습니다. 제가 두 젊은이들이 연인이 되기를 가만히 앉아서 기다릴 것이라고 생각하지 마세요. 오히려 연인이 되도록 충분히 부추길 방안을 궁리할 것이니까요. 페피타와 루이스가 서로 사랑의 시련을 통해 단련하기를 바란다는 형님의 비유에 따른다면, 루이스는 무쇠로, 페피타는 불길로 생각할 수 있겠지요. 거기에 저는 무쇠가 불 속에서 빨리 녹을 수 있도록 풀무를 준비할 생각입니다. 그 풀무는 페피타의 유모였고, 지금은 집안일을 돌보는 안토뇨나인데, 말이 많기는 해도 자기 주인을 섬기는 마음이 정말 대단한 여인입니다. 그리고 저하고는 얘기가 잘 통하는 사이지요. 페피타가 사랑의 감정에 빠져 있는 것 같다는 말도 안토뇨나에게서 들었던 말이지요. 본당 신부님은 정말 하느님의 천사 같은 분이신데, 당신도 의식하지 못하는 사이에, 루이스에게는 페피타에 대해서, 페피타에게는 루이스에 대해서 좋은 말을 끝도 없이 늘어놓고 있습니다. 한쪽 발에 거의 반세기씩의 경험과 무게를 지탱하고 계신 신부님이 당신도 모르는 사이 순수하고 기적 같은 사랑의 전령 역할을 하고 계신 것이지요. 비둘기 전령이 되어 사랑하는 두 사람 사이에서 호기심을 자극하는 좋은 얘기를 전하고 다니는 셈입니다. 이렇게 한편으로는 자연스럽지만 다른 한편으로는 인위적인 기회가 기묘하게 쌓이면서 절대로 실패할 수 없는 결과가 나오게 될 것이라는 확신을 느끼고 있습니다.

　두 사람이 결혼을 하게 되면 혼배 성사를 집전할 수 있도록 형님을 부르겠습니다. 올 수가 없으시다면 신랑과 신부에게 형님의 축복과 선물을 보낼 수도 있으시겠지요.

돈 페드로의 편지는 이렇게 끝났다. 아버지가 편지를 읽고 있는 동안 돈 루이스는 두 눈에 눈물을 가득 담은 채 조용히 편지의 내용을 듣고 있었다. 돈 페드로는 고개를 돌려 아들을 바라보았다. 아버지와 아들은 힘껏 서로를 껴안고 오랫동안 가만히 있었다.

*

이런 대화가 오간 뒤 한 달의 시간이 흘렀다. 돈 루이스 데 바르가스와 페피타 히메네스의 결혼식이 거행되었다.

대성당 주임 신부는 동생이 조카의 신기루 같았던 신비주의적 영성에 대해 농담이라도 떠벌릴까 염려하였다. 물론 말 많은 동네 사람들이 사제의 재목을 제대로 알아보지 못하는 신부라고 숙덕거릴 것도 신경이 쓰이지 않는 것은 아니었다. 그는 바쁜 일정을 핑계대고 결혼식에 참가하지 않았다. 그러나 두 사람을 축복해주었으며, 페피타에게 예쁜 귀고리를 선물로 보냈다.

본당 신부는 페피타를 돈 루이스와 짝 지어주게 되었다는 사실에 만족했다.

곱고 화사한 신부복을 입은 페피타는 정말 아름다웠다. 그날 밤 돈 페드로는 자신의 집 정원과 살롱에서 멋진 무도회를 열었다. 하인과 양반, 귀족과 일꾼, 여자와 남자 할 것 없이 마을에서 모든 사람들이 모여들어, 황금시대라 불릴 만한 행복했던 시절의 모습을 보는 듯했다. 지칠 줄 모르는 네 명의 기타 연주가들이 세 박자의 판당고 음악을 연주했다. 유명한 한 쌍의 집시 가수들이 사랑의 노래를 불렀다. 학교 선생님은 축시를 지어 낭송했다.

모여든 수많은 사람들이 먹을 만큼 풍성하게 과자와 롤빵, 기름에 튀긴 과자, 아몬드 빵을 비롯해서 여러 가지 빵이 마련되었다. 사람들은 설탕 시럽과 초콜릿, 오렌지 꿀, 그리고 여러 종류의 과실주와 향이 좋고 맛이 깔끔한 술도 조금씩 맛볼 수 있었다.

돈 페드로는 떠들썩하게 대화를 주도하고, 호탕한 웃음 사이로 농담을 즐겼다. 신부에게 보낸 편지에서 말했던 관절염이나 무슨 병이니 하는 말은 다 거짓말인 것 같았다. 그는 처음에는 페피타와 판당고 춤을 추었다. 다음으로 하녀들과 신나게 춤을 추었고, 계속해서 마을 처녀 대여섯과도 춤을 추었다. 여인들과 춤을 추다 곡이 끝나면 자리에 데려다주면서 때로는 꼬집는 척하기도 하며 장난스러운 태도로 다음 자리에 있는 여인에게 다가가서 춤을 청하곤 했다. 그는 도냐 카실다까지 끌어내어 춤을 추었다. 그녀는 돈 페드로의 청을 거절할 수 없었다. 거대한 몸집의 도냐 카실다는 칠월의 무더위에 지쳐 땀구멍마다 빗물 같은 땀을 흘렸다. 돈 페드로는 쿠리토의 아버지에게 가서 몇 번씩이고 신랑과 신부의 행복을 기원하는 축배의 말을 하라고 시켰고, 결국 노새꾼 디엔테스가 그를 포도주 자루처럼 당나귀에 싣고 집에 데려다주어야만 했다.

춤은 새벽 세 시까지 계속되었지만, 신랑과 신부는 열한 시쯤 사람들의 눈에 띄지 않게 몰래 빠져나와 페피타의 집으로 향했다. 돈 루이스는 한 달 전쯤에는 쭈뼛거리며 불안한 마음으로 어두움의 장막에 숨어 들어갔지만, 이번에는 현관에 불을 켠 채 존경받는 신랑이며 주인으로 당당하게 허리를 펴고 집 안으로 들어갔다.

재혼자의 첫날밤이면 시끄럽게 방울과 나팔을 울려대는 풍습이 여전히 남아 있었지만, 마을 사람들이 페피타의 상냥함을 사랑하고, 돈 루이스를 아끼며, 돈 페드로의 처신을 존경해서인지 그날 밤에는 시끄러운 나팔과 방울 소리는커녕 작은 소음조차 집 안으로 스며들지 않았다. 아마도 그날은 마을 역사에서 특별한 날로 기억될 것이다.

III
에필로그
——동생의 편지

　페피타와 루이스의 이야기는 여기에서 끝이 났다. 후일담이 남았다면 모를까. 대성당 주임 신부님이 갖고 계셨던 종이 뭉치를 모두 출판할 수는 없기 때문에 일부는 제외할 수밖에 없었다.

　아름답고 단아한 페피타와 진실하고 다정한 루이스가 거역할 수 없는 사랑의 힘에 이끌려 아름다운 사랑을 나누고, 이 세상에서 허락된 행복한 나날을 누리며 오랫동안 살았다는 이야기를 의심하는 사람은 아무도 없을 것이다. 그러나 그들의 이야기는 많은 사람들이 흔히들 예상하는 단순한 교훈적인 내용만은 아니다. 에필로그를 통해 이야기의 또 다른 모습이 드러난다.

　에필로그에는 두 남녀의 주변 인물들에 대한 소식도 포함되어 있어, 독자들의 관심을 충족시켜줄 것이다. 에필로그는 돈 페드로 데 바르가스가 루이스의 결혼식 이후 사 년 동안 자신의 형인 대성당 주임 신부에게 보낸 편지들로 구성되었다.

　날짜가 없기는 하지만, 시간이 흐른 순서대로 되어 있는데, 여기에서는 단지 중요한 부분만을 옮겨 적어놓기로 한다.

*

　루이스는 안토뇨나의 도움이 없었더라면 페피타와 결합할 수 없었을 것이라며 그녀에게 고마움을 표현합니다. 루이스와 페피타가 저지른 단 한 번의 실수를 이끌어낸 공범인 안토뇨나는 마음이 심란할 수밖에 없었지요. 그래서 루이스는 안토뇨나에게서 벗어날 겸 그녀에게 보답도 할 겸 그녀가 다시 남편과 재결합을 할 수 있도록 만들었답니다. 술주정뱅이 남편과는 절대로 합치지 않겠다고 결심했던 안토뇨나였지만 말입니다. 센시아 선생의 아들인 그녀의 남편은 다시는 술에 취하는 일이 없을 것이라고 맹세를 했지만, '절대로'라는 말은 뺐다나 뭐라나. 아무튼 남편의 간절한 애원을 받아들인 안토뇨나는 그날부터 남편과 한 지붕 아래에서 살기로 했습니다.
　루이스는 일단 두 사람이 함께 살게 되자, 이번에는 안토뇨나 남편의 술버릇을 뿌리채 뽑아야 되겠다고 판단했던 모양입니다. 과자 장수들이 과자를 먹지 않는다는 말을 어디에서 듣고는 술집을 하면 술을 마시지 않을 거라고 판단을 했다지 뭡니까. 그래서 안토뇨나와 그녀의 남편을 도시에 보내 그곳에 근사한 술집을 차려줬답니다. 아무튼 그들은 그곳에서 행복하게 살고 있는데, 장사도 열심히 해서 꽤 돈도 모았다는 소문이 돕니다. 그래도 아직은 몰래 술을 마셔대는 남편을 안토뇨나가 잘 관리하는 모양입니다.

쿠리토는 제 사촌을 아주 잘 따르는데, 페피타와 행복하게 살아가는 모습을 시기 어린 시선으로 보면서 자기도 어서 빨리 짝을 찾아야겠다고 말하곤 했습니다. 그러던 녀석이 이 마을에서 농사를 크게 짓는 부농의 딸과 사귀다 결혼을 하게 되었지요. 양귀비꽃처럼 붉고 건강한 여자인데, 제가 볼 때는 머지않아서 제 시어머니 도냐 카실다처럼 튼실한 몸매를 갖게 되겠더라고요.

*

헤나사아르 백작은 상처를 치료받기 위해 침대에 오 개월씩이나 누워 있어야 했답니다. 들리는 말에 의하면 오만함이 많이 사라졌다는군요. 얼마 전에는 페피타에게 빚졌던 돈의 반을 되돌려줬다고 합니다. 나머지 반도 빠른 시일 안에 갚도록 하겠다는 약속도 했다더군요.

*

예상하지 못했던 것은 아니지만, 저희는 최근에 아주 슬픈 일을 겪었습니다. 본당 신부님이 운명하셨습니다. 운구차에 모실 때까지 페피타는 시신을 떠나지 못했지요. 신부님은 정말 훌륭한 하느님의 종이셨지요. 그분은 틀림없이 좋은 곳으로 가셨을 것입니다. 그렇지만 페피타를 비롯한 저희 모두는 한참 동안이나 울었습니다. 남기신 재산이라고는 고작 오 두로와 낡은 가구 몇 개가 전부였습니다. 몇 푼 되지 않는 재산마저 살아 계실 때 사람들에게 나눠주셨다는군요. 신부님이 돌아가시면서 졸지에 불쌍한 고아가 될 뻔했던 아이들을 페피타가 모두 거두어 돌보고 있습니다.

*

이곳 사람들은 모두 본당 신부님의 죽음을 마음으로 아파하고 있습니다. 그분을 진정 훌륭한 성자로 생각하지 않는 사람이 없을 정도지요. 재단에 모셔야 한다거나 기적이 있는지 확인해봐야 한다는 사람들도 있고 말입니다. 저는 성인으로 추대하고 뭐 그런 것은 잘 모르겠습니다. 다만, 분명한 것은 정말 훌륭한 분이었다는 점이지요. 곧장 하늘나라로 가시겠지요. 그곳에서 우리를 위해 기도를 하실 것입니다. 아무튼 그분은 겸손하고, 검소하며, 그리고 하느님을 진정 두려워하시던 그런 분이셨지요. 돌아가시는 순간 자신의 죄에 대해 말씀을 하셨습니다. 정말 무슨 죄라도 지으신 것처럼. 그리고 저희들에게 하느님과 성모님께 당신을 위해 기도해달라고 부탁하셨습니다.

루이스에게 신부님의 삶과 죽음은 깊은 감동을 주었습니다. 그는 종교적 열정과 깊은 신앙과 건전한 의지의 삶을 살아가고 있습니다. 사람들은 루이스를 돌아가신 본당 신부님과 비교합니다. 물론 루이스는 부끄럽다며 펄쩍 뛰지요. 가끔 쓸쓸한 마음이 그의 심장을 억누르기도 하는 모양입니다. 그러면 페피타가 미소와 애정으로 곧 마음을 풀어주는 것 같습니다.

*

집안일은 모두 잘되어가고 있습니다. 루이스와 저는 헤레스를 제외하고는 스페인 어느 곳과 비교해도 자신이 있는 좋은 양조장을 갖고 있지요. 게다가 올해 올리브 기름 수확은 예상을 훨씬 뛰어넘는 풍작입니다. 이제는 즐길 수 있는 여유가 생겼습니다. 그래서 저는 루이스와 페피타에게 독일과 프랑스, 이탈리아를 여행하고 오는 것은 어떻겠냐고 설득을 하고 있는 중이랍니다. 아마도 페피타는 자신의 일을 제쳐두고 쉽사리 떠나기가 힘든 모양입니다. 얘들은 여행을 하게 되면, 집을 장식할 훌륭한 예술품이나 서적, 가구 같은 물건들을 사올 것 같습니다.

*

결혼 일주년에 세례식을 맞추기 위해 우리는 이 주일이나 기다렸습니다. 아기는 잘생기고 튼튼한 태양과 같은 놈이랍니다. 제가 대부가 되었지요. 그리고 제 이름을 붙여주었습니다. 어서 빨리 페드로가 말을 하기 시작하면 좋겠다는 소망에 가슴이 뜁니다.

*

사랑하는 두 젊은이들에게 모든 일이 다 수월하게 진행되어야 할 텐데요. 오늘 페피타의 오빠가 하바나에서 보내온 편지들이 도착했습니다. 저희 모두 그의 방종한 생활을 무척 염려했었는데, 이제 사람이 되어가는 모양입니다. 저희는 오랫동안 그가 어떻게 살아왔는지 모르고 있었습니다. 좋은 기회를 잡아 행운의 여신을 만난 모양이더군요. 처음에는 세관에 취직했었는데, 밀무역에 관여했다가 재산을 모두 탕진했다더군요. 이런저런 곡절 끝에 전정가위 사업에 뛰어들었는데 운이 무척 좋아서 크게 성공을 했다고 합니다. 이제는 후작인가 공작 정도의 대접을 받을 만큼 상류 사회에서 인정을 받으며 안정된 생활을 하고 있는 모양입니다. 페피타는 오빠의 변화에 무척 놀랐고, 뜻하지 않게 엄청난 재산을 번 사실을 오히려 염려하고 있습니다. 그래서 제가 망나니 오빠로 남아 있는 것보다는 그래도 멋진 사업가가 되어 있는 편이 나은 것이니까 쓸데없는 염려는 말라고 달랬답니다.

*

독자들이 지루하지 않도록 형에게 보내는 동생의 편지 가운데 마지막 부분만을 옮겨 적으며 이 책의 편집을 마칠까 한다.

*

아이들이 여행에서 건강한 모습으로 돌아왔습니다. 손자 페드로 역시 건강하고 예쁜 모습으로 돌아왔음은 물론이지요.

루이스와 페피타는 이제 다시는 먼 여행을 하지 않기로 결심했습니다. 쉽지는 않겠지만, 필레몬과 바우키스처럼 살아가기 위해서라더군요. 둘은 그 어느 때보다도 서로를 사랑하고 있어 보기가 좋습니다.

녀석들은 파리와 로마, 피렌체와 비엔나를 두루 여행하면서 아름다운 가구와 많은 책과 그림 몇 점을 비롯하여 자질구레한 장신구들을 가져왔습니다.

　세상 곳곳에서 구입하여 소중하게 이곳으로 옮겨진 세련되고 우아한 취향의 물건들은 집을 장식하는 한편 집안에 품격 있는 문화를 만들어, 이곳 사람들에게 훌륭한 문화 중심지가 되었습니다.

　마드리드 사람들은 우리 같은 지방 사람들을 시골뜨기라서 촌스럽다고 하면서도, 직접 내려와서 지방 사람들이 어떻게 살고 있는지 확인하려는 관심조차 없습니다. 적지 않은 사람들이 지방을 떠나 대도시로 옮겨가기 위해 애를 쓰고 있다는 것도 잘 알고 있습니다.

　하지만 페피타와 루이스는 반대의 생각을 갖고 있는 것 같습니다. 두 사람의 생각에 열렬한 지지와 고마움을 보내고 있답니다. 그들은 자신들의 집을 에덴의 동산으로 만들기 위해 열심히 노력하고 있고, 잘되어가는 것으로 보여 마음이 기쁩니다.

　녀석들이 물질적인 풍요 때문에 종교적인 열성이 줄어들었다고 오해하지는 않으시길 바랍니다. 두 사람의 자비심은 갈수록 깊어가는 것으로 보입니다. 그들은 자신들이 느끼는 흡족함의 크기만큼 감사한 마음과 사랑으로 하늘에 덕을 쌓는 선행을 즐거이 하고 있어서, 형님이 염려하지 않아도 될 것 같습니다.

　루이스는 자신이 꿈꾸었던 이상의 세계를 아직 완전히 잊지 못하고 있는 모양입니다. 지금 그의 삶이 젊은 시절에 이상으로 생각했던 희생과 종교적 헌신으로 가득한 삶과 비교하여 세속적이고, 자기중심적이며, 물질적이라고 느껴지는 순간들이 가끔은 있는 것 같습니다. 그럴 때마다 페피타가 루이스의 스산한 마음에 위로가 되고는 있지만 말이지요. 루이스는 인간이란 존재는 어떤 상황과 조건에서도 자신의 영혼을 가득 채우고 있는 세속적인 사랑과 하느님께 대한 사랑을 조화시킬 수 있다고 굳게 믿고 있답니다. 녀석은 모든 곳에서 하느님을 찾는 모양입니다. 들판을 아름답게 장식하는 꽃들과 과실에서, 페피타의 두 눈에서, 페드로의 순수함에서 신성을 발견한다는 말이지요. 아무튼 형님께 제가 제대로 설명을 할 수 있는지는 모르겠지만, 루이스는 자신이 신비주의자가 되지 않았다는 사실을 섭섭하게 생각하면서도 나쁘게 생각하지는 않는 듯합니다. 두 사람은 자신들이 느끼는 행복에 대해 그 원인과 이유를 따지지 않은 채 그저 감사한 마음으로 살아가고 있습니다.

아들 내외가 꾸며놓은 집 거실은 성당 기도실 같은 분위기입니다. 하긴 한쪽에는 이교도적인 분위기가 없는 것도 아닙니다. 그리스 신화에 나오는 목동과 신들의 이야기를 그림으로 풀어놓은 작품들 때문이지요.

페피타의 텃밭은 이제 더는 텃밭이 아닙니다. 인도 무화과나무와 남양 삼나무를 비롯해서 특이한 나무들로 가득 들어찼거든요.

언젠가 우리가 딸기를 얻어먹었던 곳을 아시는지 모르겠습니다. 루이스와 페피타가 두번째 만났던 장소 말입니다. 그곳은 사원으로 꾸며졌습니다. 하얀 대리석으로 만들어진 기둥과 현관이 두드러지는 건물이지요. 안에는 넓은 거실에 포근한 느낌의 가구들이 놓여 있고, 벽에는 두 개의 아름다운 그림이 있는데, 하나는 사랑의 신 에로스의 모습을 촛불에 비쳐보며 황홀한 표정을 짓고 있는 프시케를 묘사하고 있으며, 다른 하나는 도망치던 매미가 클로에의 가슴에 날아들어 노래를 부르기 시작하자 다프네가 손을 내밀어 사랑하는 이의 가슴에서 매미를 꺼내려는 장면이 묘사되어 있습니다.

거실 한가운데 놓인 카라라 대리석으로 만들어진 메디치의 비너스 조각상의 기단 부분에는 루크레시우스의 시구절이 금박으로 적혀 있습니다.

Nec sine te quidquam dias in luminis oras
Exoritur, neque fit laetum, neque amabile quidquam

그대 없이는 빛도 어두움에 휩싸이고
그대 없이는 사랑도 기쁨도 존재할 수 없으니……

■ 옮긴이 해설

신의 사랑과 인간의 사랑, 그 아름다운 갈등의 노래

후안 발레라Juan Valera는 스페인 사회가 정치·사회적으로 급격한 변화의 시기를 맞이하던 1824년 남부 안달루시아의 중심부인 코르도바의 소도시 카브라에서 태어났다. 그는 파니에가 후작이라는 높은 귀족 작위를 지닌 부모 덕분에 문화적으로 매우 풍족한 환경에서 유년 시절을 보낼 수 있었다. 끝없이 펼쳐진 올리브밭과 포도밭에 에워싸인 작은 도시 카브라는 풍요로운 자연과 더불어 로마 제국과 서고트 왕국의 찬란한 문화 유적을 간직한 곳으로, 그에게 따스한 소년 시절의 추억을 만들어주었다.

고향 카브라에서 유복한 어린 시절을 보낸 그는 문화와 예술의 도시 말라가와 그라나다에서 교육을 받았으며, 그라나다 대학교와 마드리드 대학에서 각각 법학을 전공하였다. 23세에 나폴리 대사 수행 비서로 시작된 그의 외교관 생활은 리스본과 리오 데 자네이루, 드레스덴 등지로 이어졌다. 젊은 시절 외국에서 문화와 예술적 안목을 키울 수 있었던 발레라는 불어, 영어, 독일어, 포르투갈어 등 주요 외국어에 능통하였으며, 마드리드로 돌아온 뒤에 외국에서의 풍부한 문화적 체험과 예술적 안목을 바탕으로 편집과 집필 활동에 전념할 수 있었다. 그의 외교관 생활은, 법학을 전공하였음에도 불구하고 어린 시절부터 줄곧 관심의 주된 대상이었던 예술적 표현의 세계에 대한 향수와 그리움을 삶의 테마로 선택하는 결정을 한 시기였다.

1859년 『현대저널』의 편집 작업을 시작으로 그는 본격적인 문예 비평과 집필을 시작하였으며, 1874년 그의 최고 걸작인 『페피타 히메네스』를 완성했다. 이 작품은 출판되자마자 독자들의 사랑을 받았으며, 평단의 호평을 이끌어내었다.

발레라는 먼저 발표하였던 몇몇 단편들과 평론, 수필과 소설 등을 통해서 꾸준한 독자층을 만들 수 있었으며, 우아하고 섬세한 취향의 소설가로 각인되었다. 다양한 문화와 예술에 깊은 조예를 보이며, 특히 그리스와 로마의 신화 및 고전 문화 예술에 대한 해박한 지식을 갖추고 있었던 그의 작품은 넓은 독자층을 형성했고, 그의 책들은 곧 유럽 주요 나라에서 번역되어 유포되기 시작하였다.

『페피타 히메네스』는 유려한 문체와 예술적인 안목, 그리고 섬세하면서도 낭만적인 주제를 탁월한 심리 묘사로 형상화해 스페인의 대표작이 되었다. 이후 『파우스티노 박사의 환영』『기사단장 멘도사』『도냐 루스』를 발표하며 활발히 활동한 발레라는, 1897년 이후 시력을 잃고도 꾸준한 창작 열의를 불태우며 문학을 위한 열정과 사랑의 여생을 보냈다.

시기적으로는 사실주의와 자연주의에 속했으면서도 감상을 절제한 객관적 표현, 특히 자연주의의 예술 표현 양식에 동의하지 않았으며, 낭만주의적 주제에 가까우면서도 결코 낭만주의 작가가 아니었고, 예술적 표현에 있어서 형식미를 추구했지만 상징주의가 내세우는 '예술을 위한 예술'을 반대했던 그는, 시대와 사회를 뛰어넘어 인간의 심연에 울리는 낭만적 감성의 유려한 떨림을 수채화처럼 담아낸 작가였다.

평생 46권의 책을 출판하며 세계적으로 작가로서의 명성을 떨쳤던 발레라는 문학평론, 시, 연극, 단편소설 등의 다양한 문학 장르에 관심을 보여왔다. 그러나 무엇보다도 그를 대표할 수 있는 장르는 소설이라고 할 수 있다. 발레라에게 소설은 인간의 삶과 이념, 미의식을 반영하는 종합예술이다. 문학과 예술에 대한 고전적 취향을 지니고 있던 발레라는 인간의 정신과 생활을 해부학적 시각으로 관찰하고 분석하려는 당시의 자연주의적 문학관을 반대하였다. 인간의 미묘한 심상과 감성은 객관적으로 관찰되고 묘사될 수 있는 것이 아니라는 생각 때문이었다. 또한 사실주의에서는 문체의 중요성이 상대적으로 등한시되며 예술적 표현 양식이 단순화되고, 자연주의에서는 대상을 객관적으로 관찰하고 그 대상이 어떻게 변화되어가는지 동기와 결과의 전개 과정에 더욱 큰 중요성을 부여한다는 사실은 발레라에게 참을 수 없는 부분이었다. 그가 문학과 예술에서 중요하게 생각하는 것은 대상을 묘사하기 위한 어휘와 도구를 가다듬고 문체와 표현 양식을 고르는 일, 문장 표현의 섬세한 수정과 조탁, 그리고 예술적 표현과 정신의 함양에 있었기 때문이었다. 이러한 이유에서 그의 창작 활동 시기가 사실주의와 자연주의와 시간적으로는 겹쳐지면서도 내용면에서는 상당한 차이를 보였던 것이다. 오히려 발레라는 예술 정신의 고양을 강조하였다.

우아한 예술 표현 양식과 스타일, 그리고 섬세한 심리 묘사는 발레라 고유의 문학적 특징으로 자리 매김하게 되었다. 이러한 우아함과 고상함의 정서는 언어와 표현, 문체와 묘사를 통해 일관되게 드러나며, 그러한 일관성은 예술에 있어서 형식미와 긴밀하게 연결될 수 있다. 여기에서의 형식미는 상아로 만든 탑의 외형적인 아름다움을 이야기했던 상징주의 작가들이 주장하는 형식미와는 다소 차이가 있었다. 형식에 드러나는 아름다움의 구상이라는 미의식은 발레라가 추구했던 내면의 아름다움과의 조화라는 의미에서 일정한 차이를 보일 수밖에 없었던 것이다. 문예사조 측면에서 볼 때 발레라의 문체와 미의식은 상징주의와는 부분적으로 일치할 뿐이었으며, 오히려 니카라과의 시인 루벤 다리오Rubén Darío가 완성했던 모데르니스모Modernismo와 더 가깝다고 할 수 있을 것이다. 발레라는 개인적으로 루벤 다리오의 시 세계를 칭찬하면서 니카라과 시인의 시 작품에서 드러나는 음악적 운율과 회화적 이미지의 조형미가 이뤄내는 예술의 고양된 상태를 호의적으로 받아들였다. 결국 발레라의 문학 세계는 문예사조의 시각에서 사실주의나 자연주의와 일정한 간격을 두고 있었고, 상징주의와 지향하는 바가 달랐으며, 문체와 어휘의 선택 및 운율에 있어서 루벤 다리오의 모데르니스모를 인정했을 뿐이었다. 즉, 그는 시대의 문학 예술 사조에 영향을 받으면서도 개별적인 예술 세계를 지향했던 것이다.

『페피타 히메네스』는 후안 발레라의 대표작이면서 동시에 스페인 문학을 대표하는 최고의 근대소설이다. 서간체 소설로 구성된 이 작품은 신의 사랑과 인간의 사랑 사이에서 겪을 수 있는 번민과 갈등에 대해 노래했다. 이상적인 아름다움의 미학적 세계를 신학의 차원에서 감상하고 수용하는, 이상주의자이자 박애주의자인 젊은 신학생 돈 루이스가 자신의 아버지가 재혼의 상대로 마음에 두고 있던 젊은 미망인 페피타 히메네스를 만나면서 이야기는 시작된다.

절제되어 있으면서 균형 잡힌 이성과 인간에 대한 선한 의지, 섬세한 정신으로 가득한 그의 단아하고 유려한 문체는 유럽 전역의 수많은 독자들의 가슴을 사로잡았다.

아버지가 마음에 두고 있는 젊고 아름다운 미망인, 페피타 히메네스를 사랑하게 된 예비 사제가 고뇌와 번민 끝에 영적 사랑을 포기하고 세속적 사랑을 선택한다는 내용을 서간체 형식의 글을 중심으로 엮은 이 소설은, 주인공 남녀의 섬세한 심리 변화와 그들을 둘러싼 상황의 전개 과정에 대한 독자의 궁금증을 이끌어내는 매력으로 탄탄한 구조를 지니고 있다. 신부가 되려는 영적 소명과 새어머니가 될 수도 있는 여인에 대한 세속적인 사랑, 그리고 그에 따른 심리적 갈등이 소설 전체에 흐르는 섬세하고 유려한 문체와 절묘한 조화를 이룬다.

스페인의 근대 심리 소설의 원조가 된 이 작품은 국내는 물론이고 유럽 전역에 대단한 영향을 미쳤다. 페피타 히메네스의 순수함과 정열, 아버지가 그녀를 사랑한다는 사실을 알면서도 자신도 모르게 그녀에게 빠져들기 시작하는 젊은 예비 사제 돈 루이스의 갈등과 번민이 진정한 사랑에 대한 작가의 인간적 성찰과 고민을 통해 섬세한 심리 묘사와 함께 수많은 독자들의 공감을 자아냈다.

작품은 「조카의 편지」 「숨겨진 이야기」 「동생의 편지」 이렇게 세 부분으로 구성되어 있다. 「조카의 편지」는 돈 루이스가 숙부인 대성당 주임 사제에게 보내는 내면 고백의 편지글을 묶어놓은 것인데, 순수하고 맑은 루이스의 영혼이 세속적인 사랑의 감정을 경험하면서 겪는 고민과 갈등이 고해 성사처럼 고스란히 드러난다. 「숨겨진 이야기」는 그의 편지만으로는 알 수 없는 사실과 정황들을 소설 형식으로 옮겨 적은 부분이다. 그리고 마지막으로 「동생의 편지」는 아들인 돈 루이스와 페피타 히메네스의 사랑에 관한 아버지의 편지로서 전체 소설의 구성에서 에필로그에 속한다.

1874년 출판된 『페피타 히메네스』는 인간의 문화와 예술이 지닌 세련되고 우아한 정신성에 대한 기록이며, 인간의 언어가 지닌 아름다움에 대한 높은 상상력을 넘나들며 작가의 고귀한 예술성과 정신세계를 잘 표현하고 있는 작품이다. 이야기의 전개와 작중 인물들의 움직임은 정교하게 조탁되고 정제된 어휘를 통해 그 매력을 발휘한다.

내면의 아름다움이 외형적 형식을 통해 조화롭게 드러나는 이러한 관계는 신이 우주를 창조하고 그 존재를 지속시키면서 피조물에게 자신을 미학적으로 드러내는 것이며, 이러한 관계를 통해 신이 인간에게 존재의 의미를 철학적으로 노출한다고 믿었던 신플라톤주의Neoplatonism의 미의식과 유사하다. 발레라는『페피타 히메네스』의 여러 장면에서 신플라톤적 미의식과 가치관을 드러낸다. 그가 상징주의에 반기를 들고, 모데르니스모에 절반의 호응을 드러냈던 것에 비교하여 매우 대조되는 입장이다.

발레라의 미의식은 주인공인 돈 루이스의 고뇌 어린 고백을 통해 여러 차례 밝혀지고 있다. 돈 루이스는 전원의 아름다움을 보듯 세상의 외형적 아름다움을 통해 신의 세계를 동경하곤 했었다.

> 안달루시아의 들판 위로 생동하던 봄기운이 차분해지면 고즈넉한 밤하늘에 빛나는 수많은 별들, 푸른 초목이 덮여 있는 싱그럽고 활기찬 전원, 냇물이 흐르고 새들이 꽃과 향기로운 풀잎 사이로 날아다니며 노래하는 아름다운 목장, 이러한 조용한 장소를 바라보면서 예전에는 제 영혼을 살찌우고 스스로를 자극하여 종교적 열정으로 가득 차는 것을 느끼곤 했었습니다. (p. 33)

성스럽고 영광스러운 대상을 동경할 뿐 세속적인 것은 다만 지나가는 것, 성스러운 것을 연상하도록 이끌어내는 도구에 불과할 뿐이라고 확신하던 돈 루이스는 숙부에게 보내는 편지에서 고백하듯, 자신의 세속적 관심이 신플라톤적 미의식의 세계에서 점차 인간적인 관계로 확대되고 있음을 경계한다.

> 피조물의 아름다움에 마음이 끌려 저의 마음을 무겁게 짓누르고 있습니다.
> [……]
> 그러나 지금은 이러한 순간적이고 감성을 자극하는 피조물을 감상하면서 영원한 것을 잊는 행위가 감각적인 것들에 넋을 빼앗기고 있는 듯하게 느껴져, 도저히 용서받을 수 없는 죄악으로 여겨지곤 합니다. 제가 보아도 덕이 한참이나 부족하고, 영혼 또한 공상이 만들어 낸 허상으로부터 자유롭지 못한 것 같습니다. 외부에서 접하는 느낌으로부터 참된 자아를 독립시키지도 못할 뿐 아니라, 상상이나 형상에서 벗어나 진리와 선을 제대로 볼 수 있도록 제 마음의 정점과 지혜의 중심에 자리한 사랑의 힘도 보지 못합니다. (pp. 33~34)

육체를 지닌 인간의 숙명은 정신적 사랑만을 지향할 수 없다는 데 있는 것일지도 모르겠다고 발레라는 우리에게 말하고 있다. 돈 루이스의 고백을 들어보자.

> 숙부님, 두렵습니다. 육체를 지닌 인간인 제 기도로는 참된 제 모습을 제대로 떠올리지도 못할 듯합니다. 이성적인 성찰 또한 제 근심을 덜어주지는 못합니다. 하느님을 제대로 알기 위한 추론이나, 하느님을 사랑하기 위해 타당한 사랑의 원인을 밝히는 것도 선뜻 마음이 가지 않습니다. 근본적인 내면의 고요한 명상 상태로 훌쩍 뛰어 날아

가고 싶은 마음 간절합니다. (p. 34)

돈 루이스는 모든 피조물에 절대자의 혼의 깃들어 있기 때문에 그 대상에 대한 사랑을 느끼는 것은 자연스러운 현상이지만, 그 사랑을 초월적인 신에 대한 사랑으로 승화시켜야 한다는 입장을 취해 자신의 갈등과 번민을 해결하려 노력한다. 한편 자신에게 이성적 관심을 두고 접근해오는 돈 페드로의 배려와 관심을 호의로 받아들이면서도, 그 아들이며 몇 달 안에 사제 서품을 받을 예정인 돈 루이스에게 매료된 페피타 히메네스는 '자신이 마음을 주고 싶은 사람의 손과 발, 몸과 그 몸이 이루는 그림자, 물에 비친 모습, 풍기는 냄새, 그 사람의 이름과 습관 등 지상에서 그 사람의 존재와 관련된 모든 무게와 의미를 사랑하는 것'으로 사랑을 정의하며 상대적으로 단호한 자신의 입장을 밝힌다.

그녀는 사랑을 이해하는 정신보다 그 사랑을 느끼고 경험하는 감정과 감각이 보다 본질적이고 중요하다고 믿는다. 긴장과 갈등 속에서 두 사람의 사랑이 현실을 어떻게 맞이하고 극복해야 할 것인가, 하는 이야기는 뜨거운 피가 흐르는 인간이란 존재가 겪어내야 하는 본질적인 물음과 함께 전개된다.

하지만 돈 루이스는 페피타에 대한 자신의 관심과 호감을 사물에 깃들어 있는 신의 존재에 대한 향수라는 신플라톤적 가치관으로 합리화하려는 심리적 방어기재를 발동할 뿐이다. 그녀에 대한 사랑은 신에 대한 사랑을 위한 매개이며 안내일 뿐이라고.

하느님은 말로 설명하기 어려운 방식으로 모든 사물에 깃들어 있음을 설파하고 있지요. 〔……〕 어렸을 때 밤하늘의 별이나 꽃을 보면서 느꼈던 감정, 암컷에게 구애를 하는 산비둘기의 노래나 제비의 재잘거리는 소리를 들었을 때와 밤의 적막을 깨고 울려오는 나이팅게일의 노래를 들으며 갖게 되었던 희열을 느끼는 제 자신이 왠지 모를 두려움과 걱정에 에워싸여 있음을 부정할 수 없습니다. 모든 곳에서 드러나는 이러한 감각적인 열락은 제 자신에게서 보다 높은 희구와 열망을 향한 마음을 순간순간 잊게 만들기도 합니다. 〔……〕 들판 가득 부드럽고 청량한 향기의 산들바람이나 새들의 지저귐, 정원이나 목장에 늦은 밤 고요하게 깔리는 적막함 같은 사물의 아름답고 부드러운 달콤함 때문에, 조화로운 세상의 창조주에 대한 저의 사랑을 한순간이라도 느슨하게 만들거나 초월적인 아름다움을 놓치는 일이 없기를 간절히 바랍니다. 이러한 모든 물질적인 것들이 〔……〕 하느님의 아름다움을 읽고 발견할 수 있는 심오한 의미를 찾아갈 수 있는 길잡이이며, 기호요, 신호입니다.

〔……〕

저는 피조물의 아름다움을 있는 그대로가 아닌 천상의 아름다움을 반영하고 있는 표상으로 받아들임으로써, 어떠한 사물이나 피조물보다 수천 배 값지고 비길 데 없이 중요한 신성의 아름다움을 받아들여야 한다고 대답을 합니다. (pp. 35~36)

소설은 이뤄질 수 없는 사랑에 대한 안타까움을 그리며, 사랑의 숭고함과 아름다움이 어디에 있는 것인지, 인간의 행복은 과연 어디에 그 실체를 두어야 하는 것인지 우리에게 묻고 있다.

우리는 신의 사랑과 인간의 사랑 가운데 무엇을 선택하고 있는가. 우리는 신의 이름으로 인간에 대한 사랑을 고집하거나, 인간에 대한 사랑을 통해 신을 찬미할 수도 있다. 『페피타 히메네스』는 이러한 미세한 심리 변화를 시시각각으로 묘사하고 기록한 사랑의 보고서다. 소설은 사람의 관계와 그 변화에 대해 말하고 있지만, 고정되고 정형화된 사람은 보이지 않는다. 시간과 상황에 따라 감성의 가장 순수한 촉수를 뻗어 섬세하게 자신의 가슴이 알려주는 사랑의 마음이 보일 뿐이다.

■ 작가 연보

1824   10월 18일 스페인 남부 안달루시아 코르도바 지방 카브라에서 아버지 호세 발레라 이 비아냐José Valerra y Viaña와 파니에카의 후작인 어머니 데 돌로레스 알칼라 갈리아노De dolores Alacá-Galiano 사이에서 출생
1837~40   안달루시아의 지중해 도시 말라가의 가톨릭 신학교에서 정규 중등 교육 과정 수학
1841~44   그라나다의 사크로 몬테Sacro Monte 법률 학교, 그라나다Granada 대학교 및 마드리드Madrid 대학교에서 법률학 학사 과정 수료
1845~46   마드리드에 거주하면서 귀족들의 살롱 문화와 문학 예술 활동을 접함
1847~49   데 리바스De Rivas 공작의 후원으로 나폴리 문화담당관이 되어 외교관 생활 시작
1850~51   포르투갈의 리스본 문화담당관 역임
1851~53   리오 데 자네이루Rio de Janeiro 공사관 근무
1853   레비스타 에스파뇰라 데 암보스 문도스Revista Española de Ambos

	Mundos 문예 잡지에 처음으로 문학평론을 발표하면서, 문학계에 본격적으로 입문
1855	드레스덴Dresden 공사관에서 공사로 재직
1856~57	스페인 왕실의 실세였던 오수나Osuna 공작의 후원으로 6개월 동안 러시아에서 외교 임무 수행
1858	말라가 지방의회 의원으로 선출. 첫번째 창작집 『시』 발표
1859	문학평론가들과 함께 전문 문학평론지 『접시꽃 La Malva』 창간
1860	안토니오 마리아 세고비아Antonio María Segovia와 함께 전문 문학평론지 『잔소리꾼 El cocora』 창간
1860~63	중도 일간지 『현대저널 El Contemporáneo』의 편집장으로 근무
1861	미완성 소설 「마리키다와 안토니오 Mariquita y Antonio」를 일간지 『현대저널』에 연재
1862	스페인 왕립학술원의 회원으로 입회
1864	첫번째 수필집 『현대문학, 정치 그리고 풍속에 대한 소고 Estudios críticos sobre literatura, política y costumbres de nuestros días』 발표
1865~66	프랑크푸르트 공사 역임
1867	12월 5일 돌로레스 델라밧Dolores Delavat과 결혼
1868	이사벨 2세Isabel II 여왕의 정권이 몰락한 뒤 새로운 정권이 들어서면서 문화와 예술에 조예가 깊으면서 정치적으로 온건했던 대표적 인물로 평가돼 국무성 차관으로 임명
1873~80	정치적인 역할에서 벗어나 온전히 문학에 투신하였던 시기였으며, 특히 창작에 몰두
1874	스페인의 대표적 문예지 『레비스타 데 에스파냐 Revista de España』에 소설 「페피타 히메네스 Pepita Jiménez」 발표

1874~75	소설『파우스티노 박사의 환영 Las ilusiones del doctor Faustino』발표
1876~77	소설『기사단장 멘도사 El Comendador Mendoza』발표
1877~78	소설『다 된 밥에 코 빠뜨리기 Pasarse de listo』발표
1878	두번째 수필집『문학적 판단과 평론집 Disertaciones y juicios literarios』발표
1878~79	소설『도냐 루스 Dona Luz』발표
1881	종신상원의원으로 선출되었으며, 문학 예술 및 외교 분야에서의 공훈을 인정받아 카를로스 3세 국왕으로부터 십자훈장 수여
1881~83	포르투갈의 수도 리스본 주재 대사
1884~86	미합중국 워싱턴 주재 대사
1885	아들 카를로스의 죽음
1886~87	브뤼셀 주재 대사
1887~92	외교관 생활을 접고 대학 시절과 문필 생활을 보냈던 마드리드로 귀환하여, 두 권짜리 장편『미국에서 온 편지 Cartas camericanas』를 발표하는 등 창작과 비평에 열정을 쏟음
1893~95	오스트리아 빈 주재 대사
1895	소설『늘씬한 후아니타 Juanita la larga』발표. 시력을 잃어가면서도 마드리드로 돌아가 열정적인 창작 생활 재개
1897	시력을 잃은 상태에서 단편집『기질과 풍자 Genio y figura』발표
1899	유일한 역사 소설『미겔 데 수에로스와 티부르시오 데 시마온다의 모험과 사랑의 영웅담 Morsamor peregrinaciones heróicas y lances de amor y furtuna de Miguel de Zuheros y Tiburcio de Simhonda』발표
1905	4월 18일 마드리드에서 생을 마감

■ 기획의 말

'대산세계문학총서'를 펴내며

근대 문학 100년을 넘어 새로운 세기가 펼쳐지고 있지만, 이 땅의 '세계 문학'은 아직 너무도 초라하다. 몇몇 의미 있었던 시도에도 불구하고, 전체적으로는 나태하고 편협한 지적 풍토와 빈곤한 번역 소개 여건 및 출간 역량으로 인해, 늘 읽어온 '간판' 작품들이 쓸데없이 중간되거나 천박한 '상업주의적' 작품들만이 신간되는 등, 세계 문학의 수용이 답보 상태에 머물러 있었음을 부인하기 힘들다. 분명한 자각과 사명감이 절실한 단계에 이른 것이다.

세계 문학의 수용 문제는, 그 올바른 이해와 향유 없이, 다시 말해 세계 문학과의 참다운 교류 없이 한국 문학의 세계 시민화가 불가능하다는 의미에서, 보다 근본적으로, 우리의 문화적 시야 및 터전의 확대와 그 질적 성숙에 관련되어 있다. 요컨대 이것은, 후미에 갇힌 우리의 좁은 인식론적 전망의 틀을 깨고 세계 전체를 통찰하는 눈으로 진정한 '문화적 이종 교배'의 토양을 가꾸는 작업이며, 그럼으로써 인간 그 자체를 더 깊게 탐색하기 위해 '미로의 실타래'를 풀며 존재의 심연으로 침잠하는 작업이라 할 수 있다.

우리의 현실을 둘러볼 때, 그 실천을 위한 인문학적 토대는 어느 정도 갖추어진 듯이 보인다. 다양한 언어권의 다양한 영역에서 문학 전공자들이 고루 등장하여 굳은 전통이나 헛된 유행에 기대지 않고 나름의 가치 있는 작가와 작품을 파고들고 있으며, 독자들 또한 진부한 도식을 벗어나 풍요로운 문학적 체험을 원하고 있다. 새롭게 변화한 한국어의 질감 속에서 그 체험이 이루어지기를 바라는 요청 역시 크다. 그러므로 필요한 것은 어쩌면 물적 토대뿐일지도 모른다는 판단이 우리를 안타깝게 해왔다.

이러한 시점에서, 대산문화재단의 과감한 지원 사업과 문학과지성사의 신뢰성 높은 출간을 통해 그 현실화의 첫발을 내딛게 된 것은 우리 문화계의 큰 즐거움이 아닐 수 없다. 오늘의 문학적 지성에 주어진 이 과제가 충실한 결실을 맺을 수 있도록, 우리는 모든 성실을 기울일 것이다.

'대산세계문학총서' 기획위원회

대산세계문학총서

001–002 소설	**트리스트럼 샌디**(전 2권)	로랜스 스턴 지음 | 홍경숙 옮김
003 시	**노래의 책**	하인리히 하이네 지음 | 김재혁 옮김
004–005 소설	**페리키요 사르니엔토**(전 2권)	
	호세 호아킨 페르난데스 데 리사르디 지음 | 김현철 옮김	
006 시	**알코올**	기욤 아폴리네르 지음 | 이규현 옮김
007 소설	**그들의 눈은 신을 보고 있었다**	조라 닐 허스턴 지음 | 이시영 옮김
008 소설	**행인**	나쓰메 소세키 지음 | 유숙자 옮김
009 희곡	**타오르는 어둠 속에서 / 어느 계단의 이야기**	
	안토니오 부에로 바예호 지음 | 김보영 옮김	
010–011 소설	**오블로모프**(전 2권)	I. A. 곤차로프 지음 | 최윤락 옮김
012–013 소설	**코린나: 이탈리아 이야기**(전 2권)	마담 드 스탈 지음 | 권유현 옮김
014 희곡	**탬벌레인 여왕 / 몰타의 유대인 / 파우스트스 박사**	
	크리스 로 지음 | 강석주 옮김	
015 소설	**러시아 인형**	아돌포 비오이 까사레스 지음 | 안영옥 옮김
016 소설	**문장**	요코미쓰 리이치 지음 | 이양 옮김
017 소설	**안톤 라이저**	칼 필립 모리츠 지음 | 장희권 옮김
018 시	**악의 꽃**	샤를 보들레르 지음 | 윤영애 옮김
019 시	**로만체로**	하인리히 하이네 지음 | 김재혁 옮김
020 소설	**사랑과 교육**	미겔 데 우나무노 지음 | 남진희 옮김
021–030 소설	**서유기**(전 10권)	오승은 지음 | 임홍빈 옮김
031 소설	**변경**	미셸 뷔토르 지음 | 권은미 옮김
032–033 소설	**약혼자들**(전 2권)	알레산드로 만초니 지음 | 김효정 옮김
034 소설	**보헤미아의 숲 / 숲 속의 오솔길**	아달베르트 슈티프터 지음 | 권영경 옮김
035 소설	**가르강튀아 / 팡타그뤼엘**	프랑수아 라블레 지음 | 유석호 옮김
036 소설	**사탄의 태양 아래**	조르주 베르나노스 지음 | 윤진 옮김
037 시	**시집**	스테판 말라르메 지음 | 황현산 옮김

038 시	도연명 전집 도연명 지음	이치수 역주
039 소설	드리나 강의 다리 이보 안드리치 지음	김지향 옮김
040 시	한밤의 가수 베이다오 지음	배도임 옮김
041 소설	독사를 죽였어야 했는데 야샤르 케말 지음	오은경 옮김
042 희곡	볼포네, 또는 여우 벤 존슨 지음	임이연 옮김
043 소설	백마의 기사 테오도어 슈토름 지음	박경희 옮김
044 소설	경성지련 장아이링 지음	김순진 옮김
045 소설	첫번째 향로 장아이링 지음	김순진 옮김
046 소설	끄르일로프 우화집 이반 끄르일로프 지음	정막래 옮김
047 시	이백 오칠언절구 이백 지음	황선재 역주
048 소설	페테르부르크 안드레이 벨르이 지음	이현숙 옮김
049 소설	발칸의 전설 요르단 욥코프 지음	신윤곤 옮김
050 소설	블라이드데일 로맨스 나사니엘 호손 지음	김지원·한혜경 옮김
051 희곡	보헤미아의 빛 라몬 델 바예-인클란 지음	김선욱 옮김
052 시	서동 시집 요한 볼프강 폰 괴테 지음	안문영 외 옮김
053 소설	비밀요원 조지프 콘래드 지음	왕은철 옮김
054-055 소설	헤이케 이야기(전 2권) 오찬욱 옮김
056 소설	몽골의 설화 데. 체렌소드놈 편저	이안나 옮김
057 소설	암초 이디스 워튼 지음	손영미 옮김
058 소설	수전노 알 자히드 지음	김정아 옮김
059 소설	거꾸로 조리스-카를 위스망스 지음	유진현 옮김
060 소설	페피타 히메네스 후안 발레라 지음	박종욱 옮김